원피스로 철학하기

원피스로

Philosophy
with
ONE PIECE

권혁웅 평론집

철학하기

김영사

차례

원피스(ONE PIECE), 실재의 조각을 찾아서

〈원피스〉는 오다 에이치로가 1997년부터 지금까지 《주간 소년 점프》에 연재 중인 장편 해양 모험만화다. 주인공이 모험을 겪으며 성장하는 이야기로, 선악의 구도가 뚜렷하고 일대 일 결투를 통해 승부를 결착 짓는 등 소년만화의 특징이 뚜렷한 작품이다. 거기에 더해 무수한 인물들이 엮어내는 방대한 세계, 복선을 곳곳에 묻어둔 복잡한 구성, 감동과 유머가 교차하는 화려한 스토리로 엄청난 인기를 끌었다. 전 세계 누적판매부수가 4억 6000만 부─일본에서 3억 9000만 부, 해외에서 7000만 부─에 이르며(2019년 11월 기준), TV 애니메이션과 극장판 영화, 게임과 캐릭터 사업으로 벌어들인 수입은 집계가 불가능할 정도다. '정상결전' 편 이후로 인기가 하강하는 추세라고는 해도 〈원피스〉는 여전히 각종 기록을 경신하며 순항하고 있다.

내가 〈원피스〉를 처음 접한 것이 단행본 11권 때부터이니 햇수로 20년이 넘었다. 작품이 언제 완결될지 알 수 없는 데다, 이제 작가가 뿌려둔 떡밥들이 조금씩 회수되는 시점이라 한 번쯤 이 걸작에 대해서 정리해보고 싶었다. 아울러 내 젊은 시절의 추억에 대해서도. 〈원피스〉에 등장하는 인물들과 그들의 이야기를 내가 공부해온 여러 분야(인문학과 자연과학)의 주제와 관련지어 이야기하고 싶었다. 그래서 이 책은 '만화로 철학하기' 나아가 '대중문화로 세계를 바라보기'라는 이종교배의 산물이다. 나처럼 〈원피스〉를 재미있게 읽은 이들이 이를 통해 철학과 인문학, 자연과학의 몇몇 통찰을 흥미롭게 접했으면 하는 소망이 있으나, 그 반대의 결과―만화는 즐겁게 읽었으나 다른 내용은 머리가 아프다거나, 인문학적 소양은 갖추었으나 이 장편만화에 도저히 손댈 엄두가 안 난다거나―에 이를까 봐 두렵다. 어쨌든 이렇게 이 책을 지었다. 머리는 아프지만 재미있는 독서 체험이 되었으면 하는 바람이다.

〈원피스〉는 비밀이 많은 만화다. 제목부터가 무엇을 뜻하는지 알 수 없다. 만화는 해적왕 골드 로저가 처형당하며 공표한, 이 세상 전부를 거기에 두고 왔으니 내 보물을 잘 찾아보라는 말로 시작한다. 그런데 정작 대비보(大祕寶)로 알려진 원피스(ONE PIECE)의 정체가 무엇인지가 지금까지도 알려지지 않았다. 금은보화나 고대병기를 뜻하는 것 같지는 않다. 이 때문에 〈원피스〉는 추리물과 모험물의 이중적인 성격을 띤다. 원피스의 정체에 대한 나의 추측은 '로빈' 편에서 밝혔다. 우리는 찾을 수 없는 무언가를 찾는 것이 아닐까? 알면 알수록 미지(未知)의 영역으로 물러가는 지식이 있다. 이를테면 과학적 지식이 그렇다. 사물이 원자로 되어 있다는 것을 알고 나면 원자가 무엇으로 되어 있는지를 찾아야 하고, 그것이 전자와 양성자, 중성자로 되어 있다는 것을 알고 나면 양성자와 중성자가 다시 무엇인지를 알아야 하고, 그것들이 쿼크로 되어 있다는 것을 알고 나면… 이렇게 계속 나아간다. 루피가 근대의 지식을 대표한다는 나의 추론은 이처럼 원피스를 찾아가는 여정과도 관련되어 있다. 그 비밀을 인간의 앎의 역사로 풀어보고자 했다.

일 년간 연재 지면을 내어준 〈문장〉 웹진에 감사드린다. 많은 글의 운명이 그러하듯, 이 글도 마감이 없었다면 쓸 수 없었을 것이다. 정확히 말해서 '지면(紙面)'은 아니어서 종이를 낭비하지 않았다는 사실도 변명 삼아 덧붙여둔다. 선뜻 출간을 맡아준 김영사의 고세규 대표와 멋지게 책을 만들어준 비채 편집부에도 감사드린다. 원피스는 아직도 정체를 드러내지 않았으나, 여러분 덕택에 이 책은 이렇게 물성을 띤 사물(the thing)로 세상에 출현할 수 있었다. 무엇보다도 나처럼 〈원피스〉를 좋아하는 팬들의 도움을 많이 받았다. 팬들이 정리해둔 나무위키와 여러 사이트의 방대한 자료가 없었다면, 매번 100권 가까운 책을 뒤적이느라 마감에 맞춰 글을 쓸 수 없었을 것이다. 깊이 감사드린다. 이 책의 주인공이 아닌 다른 루피를 좋아하는 어린 친구가 나중에 이 책도 좋아해주었으면 좋겠다.

권혁웅

원피스 세계에 관하여

〰〰〰

환경

원피스 지구는 바다가 표면 전체를 덮고 있으며, 레드 라인(Red Line)이라 불리는 대륙이 이 지구를 빙 두르고 있다. 레드 라인과 직각으로 위대한 항로(Grand Line)가 지구를 가로지르며, 위대한 항로의 좌우에는 해류가 흐르지 않는 캄 벨트(Calm Belt)라 불리는 지역이 있다. 원피스 지구는 이 두 선에 의해 네 개의 바다로 나뉘며, 이 네 개의 바다를 각각 이스트 블루(East Blue), 사우스 블루(South Blue), 노스 블루(North Blue), 웨스트 블루(West Blue)라 부른다. 여기에 위대한 항로까지 포함하면 다섯 바다다. 노스 블루와 웨스트 블루는 세계 정부의 영향이 미치지 않는 무법천지의 모험세계로, 따로 신세계라 불린다.

레드 라인은 바다를 양분하는 거대한 대륙이다. 레드 라인의 깎아지른 벼랑들이 빈틈없이 이어져 한쪽 바다에서 다른 쪽 바다로 넘어갈 수가 없다. 레드 라인과 위대한 항로가 교차하는 곳이 두 군데 있는데, 이 두 지역을 통해서만 레드 라인을 넘을 수 있다. 하나는 리버스 마운틴(Rivers Mountain)이며, 다른 하나는 세계정부의 중심지인 성지(聖地) 마리조아이다. 마리조아에는 세계를 다스리는 다섯 실력자인 오로성(五老星)과 천룡인(天龍人, 세계정부를 구성한 왕족들)이 산다. 마리조아가 자리한 정상에서 바다 양쪽으로는 레드 포트(Red Port)라 불리는 해군본부의 기지가 자리하고 있어서, 허가받은 이들만 양쪽 바다(낙원과 신세계)로 넘나들 수 있다. 해적과 같은 범법자들은 통행허가를 받을 수가 없기에 비밀 루트를 이용한다. 마리조아가 있는 곳의 해저 깊은 곳에 있는 어인섬을 통해서 가는 바닷속 항로가 그것이다.

위대한 항로는 레드 라인을 직각으로 가로지르는 세계일주항로의 이름이다. 낙원과 신세계를 일주하는 이 항로를 일주하는 데 성공한 이들은 해적왕 골 D 로저가 이끄는 로저 해적단이 유일했다. 위대한 항로로 들어가는 입구는 앞에서 말한 리버스 마운틴이다. 동서남북의 바닷물이 역류하여 산 정상에 모이고, 그 물이 다시 낙원이 있는 쪽의 위대한 항로로 흐른다. 이 바다를 지나면 마리조아나 어인섬이 있는 반대쪽 레드 라인에 이르고, 이 두 곳을 거쳐야 신세계로 들어간다. 〈원피스〉 1부는 밀짚모자 해적단이 낙원에서 겪는 모험을, 2부는 어인섬을 거쳐 신세계에서 겪는 모험을 다룬다. 한편 캄 벨트에는 해왕류라 불리는 거대한 물고기들이 살고 있어서 배들이 위대한 항로로 진입하는 것을 막는다.

나라와 세력들

원피스 지구에는 수백 개의 나라들이 있다. 유일한 대륙인 레드 라인에는 세계정부와 마리조아, 레드 포트만 있으므로, 이 나라들은 모두 섬나라이다. 동서남북 네 개의 바다마다 네 계절이 있어서 모두 열여섯 개의 계절이 존재한다. 다양한 기후에 따라 나라들 역시 다양하게 존재하는데, 실제 지구의 나라들에서 모티프를 따온 경우가 많다. 드럼왕국(뒤에 벚꽃왕국으로 이름을 바꾸었다)은 스칸디나비아 3국, 워터세븐은 수상도시 베네치아, 드레스로자는 스페인, 알라바스타는 이집트, 제르마66은 나치 치하의 독일, 와노쿠니는 개국 이전의 일본, 시샤노(905화)는 멕시코, 로쉬완왕국(905화)은 제정 러시아를 모델로 삼았다.

원피스 세계의 주요 나라들은 세계정부에 가입해 있다.

세계정부란 오늘날의 UN과 비슷한 국제기구로, 170개 나라를 가맹국으로 거느린다(와노쿠니처럼 세계정부에 가입하지 않은 나라도 있다). 세계정부는 800년 전, 20개국의 왕들이 모여 결성한 이래 그 영향력이 확대되어왔다. 이때 가입한 19개 나라의 왕가(20개 나라 중에 알라바스타 왕국의 네펠타리 왕가는 여기에 참여하지 않았다)가 세계귀족 천룡인이 되었다. 이들은 마리조아에 거주하며 이 세계를 지배하는 창조주의 후예라고 자칭하는데, 그 횡포가 이루 말할 수 없다. 그도 그럴 것이 이들에게 거역하면 해군본부의 대장들이 출동하기 때문이다. 천룡인의 위에는 오로성이라 불리는 다섯 원로가 있으며, 이들의 위에는 '허(虛)의 옥좌'(The Empty Throne)라 불리는 텅 빈 왕좌가 있다. 허의 옥좌는 '각 나라가 모두 평등하며, 세계정부는 독재를 지양한다'는 상징이다. 하지만 실제로는 오로성들이 무릎을 꿇는, 허의 옥좌에 앉은 독재자가 있다. 이름이 '임'(Im 혹은 Imu)인데, 신(神)과 관련된 이름으로 보인다. 그 정체는 아직 밝혀지지 않았다.

세계정부 산하에는 군사조직인 해군, 사법조직인 에니에스 로비(Enies Lobby), 대감옥 임펠 다운(Impel Down)—이 셋이 세계정부를 대표하는 3대 기구인데, 주인공 루피에게 세 곳 모두가 뚫렸다—, 첩보조직인 사이퍼 폴(Cipher Pol) 등이 있다. 이 가운데 최대의 조직이 해군이다. 원피스 세계가 바다와 섬으로만 이루어져 있어서 육군이나 공군은 따로 없다(같은 이유로 범법자들도 대부분 해적들이다). 〈원피스〉는 (겉으로는) 정의를 표방하(지만 속으로는 무법과 폭력을 일삼)는 해군과 (겉으로는) 무법자(이지만 속으로는 구속을 거부하고 자유를 추구하는 이들이 뒤섞)인 해적들의 대립을 그리고 있다.

해군은 본부와 지부로 나뉘어 있는데, 실력자들은 주로 본부에 몰려 있다. 정상결전(흰수염 해적단과 해군본부+칠무해가 맞붙은 원피스 최대의 전쟁) 당시 모인 장교의 숫자만 10만 명이었으니, 원피스 최대 최강의 조직이라 할 만하다. 원수(元帥) 1명, 대장(일본어판에서는 상장〔上將〕) 3명, 중장 20여 명이 있으며, 그 아래로 소장, 준장, 대령, 중령, 소령(일본판에서는 대좌, 중좌, 소좌), 대위, 중위, 소위…순으로 편제되어 있고, 과학, 의료, 연구를 담당하는 부대가 따로 있다. 이들 가운데 대장(大將) 이상은 가장 세력이 강한 네 해적단의 우두머리인 사황(四皇)과 자웅을 겨룰 수 있는 최강의 실력자들이다. 정상결전 당시 원수는 사람사람열매 대불(大佛) 능력자 부처님 센고쿠였는데, 이후 그 자리를 대장이던 마그마그열매 능력자인 사카즈키가 이어받았다. (이전 시대 원수는 콩으로 알려져 있다.) 정상결전 당시 세 명의 해군 대장은 얼음얼음열매 능력자 아오키지 쿠잔, 번쩍번쩍열매 능력자 키자루 보르살리노(번역본에는 볼사리노라고 되어 있는데 보르살리노라고 적어야 바른 표기다), 아카이누 사카즈키였다. 이후 사카즈키가 해군 원수로 진급하고 쿠잔이 해군을 나가면서, 현재는 보르살리노와 함께 중력을 다루는 쿠궁쿠궁열매 능력자인 후지토라 잇쇼, 숲숲열매 능력자인 료쿠규 아라마키가 해군 삼대장의 자리를 채웠다. (과거에는 제파라는 인물이 있었다.) 또 하나. 루피의 할아버지인 몽키 D 가프는 대장급 실력자이지만, 천룡인에 봉사하는 게 싫어서 대장이 되는 걸 거부하고 중장 자리에 머물고 있는 강자다.

원피스 지구는 세계정부가 지배하는 낙원과 해적들이 지배하는 신세계로 나뉜다. 신세계를 지배하는 네 명의 실력자들—혹은 이들을 선장으로 둔 네 해적단—을 사황이라 부른다. 사황의 힘은 강력해서, 정상결전 때에는 사황 중 하나인 흰수염 해적단을 상대하기 위해서 해군본부 전체와 칠무해(七武海)가 연합전선을 폈을 정도였다. 1부에서 사황은 다음 넷이었다. 세계 최강의 사나이라 불리는 흔들흔들열매 능력자 흰수염 에드워드 뉴게이트가 이끄는 흰수염 해적단, 세계 최강의 생물이라 평가받는 물고기물고기열매(환수종 청룡) 능력자 카이도가 이끄는 백수(百獸) 해적단, 소녀 시절부터 거인족 전사들을 맨몸으로 해치운 괴력의 소유자이자 소울소울열매 능력자인 샬롯 링링이 이끄는 빅 맘 해적단, 루피의 은인으로 그에게 밀짚모자를 맡긴 빨간머리 샹크스가 이끄는 빨간머리 해적단이다. 2부에서는 악당 마샬 D 티치가 이끄는 검은수염 해적단이 흰수염 해적단의 자리를 차지했다. (루피와 로우, 키드가 카이도와 빅 맘을 겪은 후에 사황은 루피, 티치, 샹크스, 천냥광대 버기로 재편되었다.) 신세계 곧 원피스 지구의 절반을 반분했을 정도로 이들의 힘은 강대하다.

이 사이에 왕하(王下, 왕의 부하) 칠무해가 있다. 이들은 해적이지만 세계정부에 협력하는 대가로 해적의 권리를 인정받은 자들이다. 실제 지구의 역사에서도 나라가 공인한 해적선인 사략선(私掠船, privateer)을 모는 이들이 있었는데, 칠무해의 모델은 바로 이들인 것으로 보인다. 세계정부 산하에 있어서 불법을 저질러도 면책 특권을 가져 처벌을 면하는 대신, 정상결전과 같은 주요 전투에서는 해군의 편에서 싸운다. 캄 벨트에 있는 여인국을 다스리는 핸콕을 제외하고는 모두 위대한 항로에 자리 잡고 있어서, 루피와는 전반기(1부) 모험 때 대부분 맞닥뜨리게 된다. 루피가 모험을 시작했을 때 칠무해는 다음 일곱이었다. 매의 눈 쥬라클 미호크(검호로서 특별한 소속 없이 홀로 다님), 크로커다일(모래모래열매 능력자로 비밀조직 바로크 워크스의 수장), 돈키호테 도플라밍고(실실열매 능력자로 드레스로자를 빼앗아 국왕이 되었으며 신세계에 무기를 암거래하는 암흑가 보스, 돈키호테 패밀리를 이끈다), 폭군 바솔로뮤 쿠마(도톰도톰열매 능력자로 혁명군 간부였으나 딸의 병을 고치는 대가로 세계정부의 과학실험 대상이 되어 사이보그가 된다), 겟코 모리아(그림자 그림자열매 능력자로 유령선 스릴러 바크를 이끈다), 여제 보아 핸콕(매료매료열매 능력자로 여인섬 아마존 릴리를 다스리는 여제로 구사 해적단의 선장이다), 바다의 협객 징베(어인섬 출신으로 태양 해적단을 이끌다가 후에 밀짚모자 해적단에 조타수로 합류한다). 이들 가운데 셋(크로커다일, 겟코 모리아, 돈키호테 도플라밍고)은 루피에게 패배했고, 둘(보아 핸콕, 징베)은 루피의 편이 되었으며, 하나(바솔로뮤 쿠마)는 사이보그가 되어 세계정부의 수하가 되었으며, 마지막 하나(미호크)는 무소속이다. 이야기가 전개되면서 칠무해에서 탈락한 이들(크로커다일, 징베, 겟코 모리아)의 빈자리를 채운 이들은 다음과 같다. 마샬 D 티치(어둠어둠열매 능력자이자 검은수염 해적단 선장으로 불주먹 에이스를 잡아 해군에게 넘겨주는 대가로 칠무해가 되었다. 하지만 칠무해에 가입한 실제 목적은 해군 본부에 잠입하기 위한 것이었으며, 정상결전의 끝에서 사망한 흰수염의 능력—흔들흔들열매—을 탈취하는 데 성공한다. 그는 이형의 신체를 통해 흰수염의 능력을 자신의 것으로 만든 후 사황의 자리에 오른다), 죽음의 외과의 트라팔가 로(수술수술열매 능력자로 하트 해적단을 이끌며 나중에 루피와 동맹을 맺는다), 천냥광대 버기(동강동강열매 능력자로 능력은 그다지 없으나 이미지 메이킹으로 성공, 용병을 공급하는 해적회사인 버기즈 딜리버리를 세우고, 마침내 사황의 자리에 오른다), 에드워드 위블(자칭 흰수염의 아들로 흰수염이 사망한 후 흰수염의 유산을 노리고 흰수염 해적단을 소탕하고 다닌다). 후에 해군대장 잇쇼(후지토라)의 제안으로 칠무해 제도는 전면 폐지된다.

한편 밀짚모자 일당과 비슷한 시기에 낙원 쪽 위대한 항로를 완주해서 샤봉디 제도(신세계로 넘어가기 위해서는 해저에 있는 어인섬에 들러야 한다. 샤봉디 제도는 배를 해저탐험이 가능하도록 코팅하는 곳이다)에 모인 현상금 1억 이상의 신세대 해적 11명을 초신성이라 부르고, 여기에 마샬 D 티치를 포함한 12명을 (구세대 능력자들과 구별하여) 최악의 세대(Worst Generation)라 부른다. 이들의 이름과 현재까지의 행적은 다음과 같다.

1. 밀짚모자 해적단 선장 루피와 전투원 롤로노아 조로.

2. 키드 해적단 선장 유스타스 캡틴 키드(금속을 자유자재로 다루는 자기자기 열매 능력자)와 전투원 살육무인 킬러. 둘은 사황 카이도에게 패하여 포로로 잡혔다가, 같은 신세가 된 루피와 함께 탈출하여 카이도-빅 맘과 싸운다.

3. 호킨스 해적단을 이끄는 짚짚열매 능력자 바질 호킨스와 온에어 해적단을 이끄는 바다천둥 스크래치맨 아푸(신체를 악기로 바꾸어 연주하며, 여기서 나온 소리로 상대를 공격한다), 그리고 드레이크 해적단을 이끄는 붉은 깃발 X 드레이크(동물계 용용열매 가운데 고대종 알로사우루스 모델 능력자

이다). 호킨스는 카이도의 능력을 보고 항복하여 수하가 되며, 아푸는 카이도의 비밀스러운 부하였다. 드레이크 역시 카이도의 부하가 되었으나, 사실 그의 정체는 해군 특수부대인 'SWORD'의 대장이었다.

4. 그 밖에 독립적으로 행동하는 이들로 하트 해적단을 이끌며 죽음의 외과의라 불리는 수술수술열매 능력자 트라팔가 로(정상결전에서 빈사상태에 빠진 루피를 구하고 후에 동맹을 맺는다), 보니 해적단을 이끄는 대식가 쥬얼리 보니(자신과 타인의 나이를 마음대로 바꿀 수 있는 악마의 열매 능력자로 최신화에서 바솔로뮤 쿠마의 딸임이 밝혀졌다), 파이어탱크 해적단을 이끄는 성성(城城)열매 능력자 카포네 벳지(루피와 동맹을 맺어 빅 맘을 암살하려 했으나 실패하고 도주한다), 파계승 해적단을 이끄는 괴승 우루지(사이보그 파시피스타와 빅 맘 해적단의 4장성 가운데 하나인 스낵을 쓰러뜨린 괴력의 소유자)가 있다.

5. 그 외에도 최악의 세대는 아니지만 현상금이 1억 베리를 넘는 해적으로 아름다운 해적단 선장 백마 캐번디시, 식인종 바르톨로메오(배리어배리어열매 능력자로 루피를 일편단심으로 따른다), 젖은 머리 카리브(늪늪열매 능력자)와 피범벅 코리브 형제가 알려졌다.

한편 '혁명군'이라는 특별한 세력이 있다. 세계정부를 타도하고, 절대 권력으로 군림하는 천룡인의 지배를 종식시키려는 무장투쟁집단이다. 총사령관은 루피의 아버지인 몽키 D 드래곤, 참모총장은 루피의 의형제인 사보(또 다른 형제인 불주먹 에이스가 사망한 뒤, 그의 능력이었던 이글이글열매를 먹는다)이며, 그 밑에 세계 각지의 혁명군을 거느리는 군대장으로 동군 군대장 벨로 베티(다른 사람들의 사기를 높이는 격려격려열매 능력자), 서군 군대장 몰리(모든 것을 밀어내는 푸시푸시열매 능력자), 남군 군대장 린드버그(자신이 개발한 신병기로 싸우며 악마의 열매 능력자인지는 알려지지 않았다), 북군 군대장 카라스(자기 몸을 수많은 까마귀로 바꿀 수 있다), 독립 부대인 G군 군대장 엠포리오 이반코프(신인류인 뉴커머라 불리며 호르호르열매 능력자)가 있다.

종족

해저 1만 미터 심해에 위치한 어인섬에서 해발 1만 미터 상공에 위치한 하늘섬에 이르기까지 원피스 지구에는 다양한 지역에서 다양한 종족과 동물들이 살아간다. 그중 인간의 수가 가장 많다. 원피스 세계의 인간은 보통 인간과 비슷하지만, 크기와 생김새에 차이가 심하다. 전투력이 센 인물들은 대개 키가 2, 3미터를 훌쩍 넘는다. 여제 보아 행콕(그녀의 키는 2미터 조금 안 된다)의 두 여동생 보아 썬더소니아(뱀뱀열매 아나콘다 능력자)와 보아 마리골드(뱀뱀열매 킹코브라 능력자)는 4미터 중반, 겟코 모리아는 7미터, 샬롯 링링(빅 맘)은 9미터에 이른다. 능력에도 편차가 심해서 평범한 이들부터 샬롯 링링처럼 어렸을 때부터 거인을 때려죽일 수 있는 괴력을 갖춘 이들까지 다양하다.

그다음으로 많은 종족이 어인과 인어다. 〈원피스〉가 광대한 바다 위에서 펼쳐지는 판타지 모험만화인 만큼 인간과 바다생물의 중간형이 등장하는 것은 자연스러워 보인다. 하반신이 물고기이고 상반신이 인간이면 인어이고, 인간과 물고기의 전신이 서로 섞여 있으면 어인이다. 둘 다 뭍에서는 폐로, 물에서는 아가미로 숨을 쉰다. 서로 다른 인어나 어인끼리 결혼을 해서 부모를 닮지 않은 자식을 낳을 수도 있다. 그 예로 어인섬 공주 시라호시는 농어목에 속하는 보리멸인어인데, 아버지 넵튠은 실러캔스인어, 어머니 오토히메는 금붕어인어였다. 자식이 부모와 다른 모습으로 태어나는 것은 그들의 조상 가운데 해당 DNA를 가진 인어가 있었기 때문이라고 설명한다. 이 때문에 이들은 생김새나 혈통으로 서로를 차별하지 않는다. 이것은 인간들이 어인과 인어를 차별하는 것과 다른 지점이다. 이들은 어류라 하여 인간들에게 극심한 차별을 당했는데, 이런 멸시와 혐오, 반발과 분노는 원피스 세계에서 전해 내려온 뿌리 깊은 갈등 요인 가운데 하나다.

동물과 사람의 중간형인 종족도 있다. 주로 털 있는 동물(개, 고양이, 표범, 재규어 등)과 사람의 중간형으로, 밍크족이라 불린다. 개밍크는 뼈다귀를 좋아하고 고릴라밍크는 바나나를 좋아하는 식으로 모델이 된 동물들의 습성을 갖고 있으며, 서로 만지고 비비고 핥는 방식으로 친근감을 표시한다. 싸움에 능한 종족으로 특히 보름달이 뜰 때에는 늑대인간처럼 신체의 변이가 일어나 타고난 전사(스론, 달의 사자)로 변신한다. 자손들이 부모와 다른 동물의 모습을 하는 경우가 왕왕 있는 것은 어인이나 인어의 경우와 같다. 〈원피스〉에서는 이동하는 거대 코끼리인 '조' 위에 자리한 모코모 공국 사람들로 처음 등장했는데, 이들의 설명으로 그 전에 간간이 모습을 보이던 동물 인간들이 모두 밍크족이었다는 사실이 알려진다.

거인족과 소인족도 있다. 거인족은 어마어마한 덩치와 힘을 자랑하며, 수명도 300년 가까이 된다. 보통 키가 20미터를 넘는데, 고대의 거인족이었던 '국토 끌어가기'의 주인공 오즈와 그 후손인 리틀 오즈 주니어는 60미터에 달했다. 최고기록은 '거대전함' 산후안 울프가 기록한 180미터다(사실 이 거대한 덩치는 거대거대열매를 먹은 덕이다). 덩치와 힘에 맞게 거병해적단을 구성하거나 해군본부에 들어가 중장 지위에 오른 이들이 많다. 반면 소인족은 10, 20센티미터밖에 안 되는 미니 사이즈 인간들이다. 귀여운 외모와 순수한 심성을 지녔으나, 이들도 150년은 거뜬히 산다. 〈원피스〉에서는 드레스로자 편에서 톤타타 왕국 사람들로 등장해서 밀짚모자 해적단의 산하에 들어간다.

수장족(手長族)은 팔 관절이 둘이어서 긴 팔을 가진 종족이다. 온에어 해적단의 스크래치맨 아푸(하완골이 둘이며, 팔을 악기로 바꾸어 연주할 때 내는 음악 소리로 상대를 공격한다), 해군 본부 중장 슈조(상완골이 둘이며, 원피스 애니에 등장한다), 파괴포 이데오(상완골이 어깨 위로 솟아 있으며, 그 팔을 이용한 스트레이트 펀치로 유명하다) 등이 알려졌다. 족장족(足長族)은 다리 길이가 긴 종족이다. 하반신이 길어서 대개 장신이다. 빅 맘 해적단의 타마고 남작(이름처럼 달걀 속에 있다가 전투에서 '깨질' 때마다 점차 병아리, 닭으로 변신한다)과 샬롯 스무디(즙즙열매 능력자로 빅 맘 해적단의 3장성 가운데 하나), 이데오와 함께 활동하는 블루 길리(긴 발을 이용해 싸우는 격투가) 등이 유명하다. 두 종족은 중국의 《산해경》에 나오는 장비국(長臂國)과 장고국(長股國), 일본의 전설에 등장하는 팔이나 다리가 긴 요괴인 테나가(手長)와 아시나가(足長)를 모델로 삼았다.

그 밖에도 뱀처럼 긴 목을 한 사수족(蛇首族, 일본의 요괴 로쿠로쿠비가 모델이다), 눈이 셋인 삼안족(三眼族) 등이 있다고 알려져 있으나, 〈원피스〉에 등장하는 것은 이들과 인간(샬롯 링링)의 혼혈 자식들(샬롯 아망드, 샬롯 마스칼포네, 샬롯 푸딩 등) 뿐이다(사수족은 와노쿠니 편에서도 잠깐 출현했다).

여기에 동물계 악마의 열매 능력자들도 있다. 이들 가운데에는 현존하는 동물로 변신하는 이들도 있지만, 지금은 멸종하고 없는 고대종(공룡이나 익룡, 매머드 등)이나 현실에는 없는 환수종(구미호, 불사조 등)으로 변신하는 이들도 있다. 동물들도 지역과 체형을 바꿔가며 출현한다. 전투를 좋아하는 거대한 눈토끼가 있는가 하면, 파도타기를 좋아하는 바다원숭이도 있다. 이런 하이브리드가 원피스 지구 전체에 걸쳐 있다. 게다가 해왕류라 불리는 초거대 바다생물들이 캄 벨트에 산다. 인간들이 캄 벨트를 넘나들 수 없는 것은 이들 때문이다. 인어공주 시라호시나 해적왕 골 D 로저 등은 해왕류와 이야기를 나눌 수 있는 특별한 능력을 지녔다.

악마의 열매

〈원피스〉세계관을 이끄는 가장 큰 특징은 '악마의 열매'다. 이 열매를 먹으면 특수한 능력을 갖게 되는데 능력은 모두 다르다. 동일한 악마의 열매가 없다는 뜻이다. 열매의 능력자가 죽으면 해당 능력을 갖게 하는 악마의 열매가 원피스 지구어디선가 다시 생겨나서 능력이 계승된다. 불주먹 에이스가 죽은 이후 이글이글열매 능력을 이어받은 사보, 압살롬을 살해하고 그의 능력을 탈취한 투명투명열매 능력자 비(雨)의 시류, 쿠로즈미 히구라시의 복사복사열매 능력을 이어받은 Mr.2 봉쿠레, 쿠로즈미 세미마루의 배리어배리어열매 능력을 승계한 식인종 바르톨로메오 등이 이런 예다. 원피스 세계의 다채로움은 악마의 열매의 가짓수에 달려 있다고 해도 과언이 아니다.

악마의 열매는 두 개 이상 먹을 수 없다. 이럴 경우, 열매가 폭주해서 먹은 자를 죽음에 이르게 한다. 유일한 예외는 이형의 신체를 가진 마샬 D 티치이다. 그는 어둠어둠열매 능력자임에도 흔들흔들열매를 섭취하여 강대한 두 개의 힘을 동시에 소유하게 되었다. '이형의 신체'가 무엇을 뜻하는지에 대해서는 알려진 바 없다. 다만 지금까지 나온 암시들(그는 한 사람이 아니다, 그는 잠을 잔 적이 없다, 그는 남들보다 두 배는 긴 인생을 살았다, 웃을 때마다 이 빠진 위치가 다르다, 그가 이끄는 검은수염 해적단의 깃발에는 세 개의 해골이 표시되어 있다⋯)로 미루어 보건대, 그의 몸에는 여러 사람이 동거(同居)하고 있는 듯하다. 동물이나 사물에게도 악마의 열매를 먹일 수 있다. 검이나 총에 열매를 먹여서 무기의 성능을 높이는 경우도 있고, 쵸파처럼 사람사람열매를 먹어서 사람처럼 생각하고 행동하는 동물도 있다. 최근에는 우리의 주인공 루피가 먹은 고무고무열매의 정체도 사람사람열매라는 충격적인 사실이 밝혀졌다.

악마의 열매를 먹으면 바다의 저주를 받아서 헤엄을 칠수 없는 신세가 된다. 이것은 어인이나 인어도 마찬가지여서, 백수 해적단의 세 대장 가운데 하나인 가뭄의 잭은 어인임에도 물에 빠지자 그대로 해저에 가라앉아(어인이므로 숨은 쉴 수 있었다) 구조를 기다려야 했다. 악마의 열매 능력자들이 해루석(바다의 정기를 발산하는 광석)에 꼼짝 못 하는 것도 같은 이유다. 이 때문에 해군에서는 능력자들을 잡을 때 바다와 동일한 에너지를 발산하는 광물인 해루석을 장착한 무기를 쓰거나 해루석 수갑과 사슬을 채우기도 한다.

악마의 열매는 크게 세 가지 종류로 나뉜다. 동물계는 열매 복용자로 하여금 동물의 몸과 능력을 갖게 하는 열매다. 평소에는 인간으로 있다가 동물의 모습으로, 혹은 반인반수의 모습으로 변신할 수 있다. 복용자는 동물의 근육, 발톱, 이빨, 날개 등이 생겨나 신체 능력이 비약적으로 향상되기에, 접근전에서는 최강의 능력으로 평가된다. 고대종, 환수종 같은 하위 범주가 있으며, 같은 과나 속에 속해도 종이나 아종에 따라서 다른 열매 능력자가 된다. 예를 들어 개개열매라 해도 닥스훈트, 자칼, 늑대가 따로 존재한다. 사람사람열매도 동물계에 속하며, 앞에서 든 쵸파와 대불이 모델인 해군 원수 센고쿠가 등장한 바 있다.

자연계는 몸을 자연물로 변화시켜 다룰 수 있는 열매다. 물리적인 공격이 먹히지 않으므로 악마의 열매 가운데 최강의 능력으로 꼽히며, 실제로 이 열매 능력자들이 원피스 세계의 최강자들이다. 이들을 상대하기 위해서는 '패기(覇氣)'라 불리는 특수한 능력을 사용해야 한다. 패기는 인간에게 잠재된 의지력 내지 무의식적인 능력이라 불리며, 견문색(見聞色) 패기, 무장색(武裝色) 패기, 패왕색(霸王色) 패기의 세 종류가 있다. 견문색 패기는 상대의 기척이나 위치, 동작을 알아챌 수 있는 능력, 무장색 패기는 몸을 갑옷이나 무기처럼 강화하는 능력, 패왕색 패기는 상대를 압도하는 기백이 발현된 능력으로 왕의 자질을 가진 이들에게만 존재하는 패기다. 자연계 능력자들에게는 이런 패기를 두른 공격만이 통할 수 있다.

초인계는 동물계와 자연계가 아닌 여타의 모든 능력을 갖게 하는 열매다. 능력의 종류가 다양하고 미치는 범위도 넓어서, 자연계만큼이나 강력한 능력을 발휘하는 열매들도 많다. 사황의 지위에 오른 흰수염 에드워드 뉴게이트, 검은수염 티치, 빅 맘 샬롯 링링이 모두 초인계 열매 능력자다. 이외에도 수술실 안에서 의사의 전능한 권력을 보여주는 트라팔가 로의 수술수술열매, 체내에서 독을 합성하는 능력을 가진 임펠 다운 서장 마젤란의 독독열매, 그림자를 가두어 사람을 조종하는 힘인 겟코 모리아의 그림자그림자열매, 사람을 무력한 인형으로 바꾸어 지배하는 슈거의 하비하비열매, 먹은 사람이 죽으면 되살려내는 브룩의 부활부활열매, 사람에게서 자신감을 빼앗아버리는 페로나의 홀로홀로열매 등 그 종류가 엄청나게 많다.

여기까지가 원피스 세계의 개관이다. 이제 주요 인물을 중심으로 원피스 세계와 우리 세계를 넘나드는 여행을 시작해 보자.

우린 친구니까

밀짚모자 해적단과 '우정'

이 만화의 주인공인 밀짚모자 해적단에 대해서 먼저 이야기해보자.

힘이 곧 정의인 세계

원피스 세계는 세계정부의 군대인 해군, 네 명의 대(大)해적인 사황, 해적이면서도 왕의 명령에 복종하는(그 대가로 공공연히 해적질을 일삼으면서도 처벌받지 않는) 왕하 칠무해의 세 세력으로 분할되어 있다. 그러니까 기본적으로 이 세계는 강자가 약자를 지배하는 약육강식의 세계다. 원피스 세계의 악당들은 이런 권력 내지 무력에 의한 지배를 정당화하는 발언을 일삼는다. 힘 있는 자에게 반항하면 죽어야 마땅하다며 강자만이 살아남는 힘의 논리를 설파하기도 하고(해적함대 제독 클리크), 세상은 칭호가 전부라며, 가장 높은 칭호를 받은 자가 무조건 옳다고 주장하기도 한다(도끼손 모건). 이들은 거침없이 힘의 논리를 설파하는 무력의 신봉자들이다.

우선 클리크는 승리를 위해서는 수단과 방법을 가리지 않는 비열한 해적이다. 신세계(사황이 지배하는 위대한 항로 후반부의 바다)에 출항했다가 칠무해인 쥬라클 미호크 한 사람에게 함대가 궤멸했다. 잔당을 이끌고 먹을 것을 구걸하던 클리크는 밥을 먹고 기력을 회복하자 도리어 자신에게 밥을 준 해상 레스토랑을 탈취하려고 한다. 그의 힘은 순수한 무(武)를 추구하는 미호크에게 턱없이 미치지 못하지만, 그는 약자를 착취하고 희생 제물로 삼아서 강함을 회복하려고 한다. 약육강식의 맨얼굴이 그에게서 그대로 드러난다. 도끼손 모건은 한쪽 팔뚝에 손 대신 커다란 도끼를 장착한 인물로, 그 도끼를 휘둘러 적을 제압해서 지금의 지위에 올랐다. 그는 자신의 지위에 부여된 칭호(대령)와 인물의 위대함을 동일시한다. 이 기지에서는 대령이 제일 높은 지위이므로 자신이 가장 위대한 인물이라는 것이다. 무력이 권위나 명예로 전환되는 모습을 모건에게서 확인할 수 있다.

무력이나 권위의 정당성을 내면화하면 인종이나 신분이

차별의 근거가 된다. 톱상어 인어 아론은 타고난 체력과 힘을 우월성의 근거로 내세우며 그렇지 못한 존재들을 하등하다고 여긴다. 무력의 유무는 태어날 때 이미 결정된 것이다. 이것이 권력으로 전환되면 이른바 '왕권신수설'의 근거가 된다. 한편 루피의 고향인 고아 왕국은 쓰레기가 없어서 세계에서 가장 아름다운 나라로 불리지만 실은 쓰레기를 왕국 바깥에 내다버렸기 때문에 겉으로만 깨끗해 보이는 것이다. 가난한 사람들은 이 쓰레기 산(山)을 뒤져 생필품을 조달해서 먹고산다. 후에 세계정부의 시찰단이 천룡인(800년 전에 세계정부를 만든 왕들의 후예로, 권력의 최정점에 자리한 부패한 특권 귀족들)을 대동하고 방문하기로 하자, 아예 쓰레기 산 전체를 태워버리려고 한다. 고아 왕국의 귀족들은 귀족으로 태어나지 못한 자들의 잘못이라며 도리어 가난한 사람들을 탓한다. 권력을 가져서 귀족이 된 게 아니라 귀족으로 태어나서 권력을 가졌다는 것이다. 아론의 태도가 인종차별주의자들의 주장이라면, 고아 왕국의 귀족들의 태도는 신분제를 정당화하는 지배계급의 주장이다. 칠무해 가운데 하나인 도플라밍고는 이런 세계관을 간명하게 요약한다. 승자가 곧 정의라고.

정의가 이기는 것은 '사필귀정'이라는 교훈 때문이 아니다. 도플라밍고에 따르면 역사는 승자의 기록이며, 따라서 이긴 자만이 '올바름'을 독점할 수 있다. 그는 정상결전(사황 흰수염 일당, 루피를 포함한 임펠 다운 탈옥수들과 해군 본부, 칠무해 연합군이 맞붙은 〈원피스〉 사상 최대의 전투)의 와중에 이렇게 선언했다. 누가 승자가 되든 후대의 사가들은 '정의가 승리했다'고 적을 것이다. 진정한 올바름의 '내용'(누가 정당했는가?)은 거기에 기록될 수 없다. 판단의 주체가 따로 없으며(중립이라는 말이 뜻하는 것이 이것이다), 있는 것은 행동의 결과에 수반되는 '정의'라는 호칭뿐이다.

　따라서 원피스 세계의 인물들은 현실의 '힘' 자체를 모든 것의 기준으로 삼는다. 그것이 형체를 갖추면 '무력'이 되고, 타인에 대한 강제력인 경우에는 '권력'이 되며, 칭호나 직위에 부여되면 '권위'가 되고, 관념에 스며들면 '명성'이나 '위엄'이 되며, 조직화되면 '위계'가 된다. 자신의 힘이 최고조에 이르렀음을 확신하는 자들은 신이라 자처한다. 하늘섬 스카이피아를 다스리는 번개인간 에넬이 그랬다. 그는 그야말로 압도적인 무력(武力)을 자랑하며, 그 힘에 기초해서 자신을 신이라고 선언한다. 번개는 하늘(=우주)의 신 제우스의 무기이기도 했다. (신이 보기에) 불의한 자를 내려치는 번개의 파괴적인 힘은 신의 본성을 드러내는 데 손색이 없다. 어마어마한 위력으로 하늘 신의 위엄을 드러내는 장면은 공포를 자아내기에 충분하다 (신화학자 엘리아데는 이런 힘을 역현[力顯, Kratophany]이라 부른다). 그는 뇌영이라 불리는 거대한 번개로 된 구체로 하늘섬을 멸망시키려고 들었다.

문제는 그의 심판이 진정한 '올바름'에 기초한 것이 아니라는 데 있다. 그가 하늘섬을 멸망시키려고 하는 것은, 구름도 새도 아니면서 하늘에 뿌리내린 하늘섬이 부자연스러워 보인다는 이유가 전부다.

모든 존재는 분수를 지켜야 하며, 거기에는 장소도 포함되어야 한다는 에넬의 주장이 아무 근거 없는 동어반복에 기초했다는 것은 분명하다. 흙에는 흙이 있어야 할 곳이 있고, 인간에게는 인간이 있어야 할 장소가, 신에게는 신의 장소가 있다? 흙은 목적성을 띠지 않은 물질(철학에서는 이를 기체[基體, substratum]라고 부른다)이므로 흙에는 '있어야 한다'는 당위가 부여될 수 없다. 흙은 그냥 제 있는 곳에 있을 뿐이다. 신의 속성은 무한이므로 신은 특정한 장소에 결박되어 있을 수 없다. 특별한 장소에만 존재하는 것은 유한하기 때문이다. 따라서 에넬의 주장은 인간에게만 적용되는 것이며, 그때 인간에게 주어진 분수란 신이 부여한 것, 곧 천분(天分)이 된다. 결국 이것은 '신인 내가 내 맘대로 인간의 자리를 지정하겠다'라는 주장에 불과하다. 에넬은 신 가운데서도 최악의 신, 종잡을 수 없는 변덕꾸러기 신에 불과했던 셈이다.

너, 동료로 들어와라!—들뢰즈의 '리좀'과 다양체

이것이 루피가 이끄는 밀짚모자 해적단 앞에 펼쳐진 세계다. 힘(무력, 권력, 금력)을 제일의 가치로 추구하며, 그 힘의 유무와 크기에 따라 지배/피지배, 명령자/실행자가 배분되는 위계적이고 권위적인 조직들로 득시글득시글한 세계. 그런데 루피는 모험을 떠날 때부터 이런 조직과는 전혀 다른 동기와 목적을 갖고 있었다. 그가 자신의 해적단원을 모집할 때마다 동료가 되라고 제안하는 것부터가 다르다.

다른 해적단의 선장들은 일당을 영입할 때 모두 '부하'가될 것을 강요한다. 그들은 상대에게 자신의 수하(手下)로 들어올 것을 명령하며, 상대가 말을 듣지 않거나 실력이 모자란다고 생각하면 가차 없이 베어버린다. 그러나 루피는 상대의 힘을 영입의 기준으로 삼지 않으며(이 기준에 관해서는 잠시 후에 얘기하겠다), 상대를 자신의 아래에 두지도 않는다. 다른 자들이 '계약'을 통해 성립된 수직적인 위계 관계로 모였다면, 밀짚모자 해적단은 '약속'으로 맺어진 수평적인 동료, 친구들이다. 루피가 형(불주먹 에이스)을 잃고 한없는 절망 가운데 빠져 있을 때, 그를 바닥이 보이지 않는 절망의 심연에서 건져준 것도 바로 이들이다.

이렇게 모인 이들에게 위계나 상하관계가 있을 리 없다. 선장의 강함이 부하를 복종하게 하는 메커니즘으로 작동하는 다른 집단과 달리, 이들에게는 서로의 약점이 서로를 지켜주는 근거가 된다. 물에 빠져 죽을 뻔했다가 건져진 루피(이른바 '맥주병'은 악마의 열매를 먹은 자들이 갖는 공통의 약점이다)를 아론이 비웃자 루피는 대답한다. 도움을 받지 않으면 살아갈 수 없다고. 혼자서는 검술도, 항해도, 요리도 못 한다는 루피의 말을 모든 동료(검객 조로, 항해사 나미, 요리사 상디, 저격수 우솝)가 듣는다. 말하자면 루피는 '무능'(아론이 비웃으며 한 말이다)한데, 오히려 그 무능으로 단 하나의 일, 눈앞의 적을 '이기는 것'(루피가 아론에게 한 말이다)을 할 수 있다.

> 다양, 그것을 만들어야만 한다. 하지만 언제나 상위 차원을 덧붙임으로써가 아니라 오히려 반대로 가장 단순하게, 냉정하게, 이미 우리에게 익숙한 차원들의 층위에서, 언제나 n−1에서(하나가 다양의 일부가 되려면 언제나 이렇게 빼기를 해야 한다). 다양체를 만들어내야 한다면 유일(l'unique)을 빼고서 n−1에서 써라. 그런 체계를 리좀(Rhizome)이라고 부를 수 있을 것이다. 땅밑 줄기의 다른 말인 리좀은 뿌리나 수염뿌리와 완전히 다르다. 구근(球根)이나 덩이줄기는 리좀이다.
>
> 질 들뢰즈, 《천 개의 고원》, 18쪽

들뢰즈 식으로 말하자면, 밀짚모자 해적단은 동료가 들어

올 때마다 특별한 중심 없이 퍼져나가는 덩이줄기(리좀) 모델로 설명될 수 있다. 다른 집단은 선장이나 대장의 (힘에 의거한) 명령을 절대적으로 따른다는 점에서 뿌리 모델에 의거한다. 후자가 수직적이고 유한하며 하나의 중심으로 수렴된다면, 전자는 수평적이고 무한하며 다양체로 퍼져나간다. 리좀이 되기 위해서는 단 하나의 조건이 있다. 유일한 것 곧 일자(一者, the one)를 제거할 것. 일자란 체계나 조직 전체를 관통하는 하나의 원리, 기제, 힘, 명령권, 정본성(正本性, authority)을 말한다. 일자가 존재하는 곳에서는 모든 것이 일자에 종속된다. 일자는 모든 것을 하나로 관통하며, 구석구석까지 미치고, 모든 것을 수렴하는 뿌리의 중심과도 같다.

제유의 지배력, 환유의 다양함

일부로 전체를 대표하는 수사법을 제유라고 부른다. 예를 들어 밀짚모자 해적단 최대의 적수인 검은수염 해적단의 경우 '검은수염'은 선장인 마샬 D 티치의 별명으로, 그의 힘과 능력을 대표하는 제유이다. 검은수염은 티치의 신체 일부이며 이것이 티치, 나아가 이 해적단 전체를 대표한다. 반면 밀짚모자 해적단에게 '밀짚모자'는 루피가 쓰고 다니는 것인데, 실제로는 루피의 것이 아니다. 이렇게 대상과 유관한 사물로 대상을 비유하는 수사법을 환유라고 부른다. 이것은 빨간머리 샹크스(지금은 사황이라는 대해적이 되었으나, 이 모자를 맡길 당시에는 그 정도의 위명을 날리지는 않았다)가 루피에게 맡기고 간 우정의 징표다. 본래 제유에서는 전체가 그것을 대표하는 유한한 부분으로 집중되고, 환유에서는 대상이 그것과 연관된 다른 대상들로, 말하자면 유관한 다양체들로 무한하게 떠돈다. 검은수염 해적단은 '검은수염'(티치의 별명이자 티치의 일부)으로 수렴되고 집중되는 무력 집단이다. 심지어 티치가 먹은 악마의 열매마저 어둠어둠열매이며 대표적인 공격기 이름이 모든 것을 끌어당기는 '블랙홀'이다. 반면 '밀짚모자'(루피의 별명)는 루피의 별명이지만 빌려온 것이며, 그것이 루피나 이 해적단의 능력을 보여주지도 않는다. 루피가 아무리 소중하게 여겨도 전투 중에 밀짚모자는 자주 너덜너덜해지거나 분실된다. 그것은 오히려 무능의 표식이다. 따라서 검은수염 해적단에게 '검은수염'은 해적단 전원(숫자 n)을 대표하는 n번째 숫자다. 반면 밀짚모자 해적단에게 '밀짚모자'는 해적단 전원(숫자 n)에서 '일자'가 빠졌음을 표시하는 n−1번째(n에서 1을 뺀) 숫자다. 처음부터 밀짚모자는 이 해적단에 속한 것이 아니었던 데다가, 다른 모든 구성원=다양체들이 가진 능력을 갖지 못한 무능의 표식이었기 때문이다. 밀짚모자 해적단은 이 n−1의 힘, 일자를 제거한 다양체의 힘으로 적들을 제압해나간다.

딱 한 번, 루피가 스스로 내세운 이 약속을 어긴 적이 있다. 오랜 여행으로 인해 용골(龍骨)이 상해서 더는 항해를 할수 없는 상태가 된 배 고잉메리 호의 처분을 둘러싸고 우솝과 루피가 언쟁을 벌일 때 일이다. 배를 지켜야 한다고 주장하던 우솝에게 루피가 그렇게 내 방식이 마음에 안 든다면, 지금 당장 이 배에서 나가라고 소리를 지른다(35권 331화). 선장의 권위와 명령권을 앞세운 유일한 순간이다. 마지막 말은 다 하지 못했는데, 상디에게 제지당했기 때문이다. 루피는 바로 사과했지만, 이 일로 우솝은 밀짚모자 해적단에서 탈퇴하고 만다. 물론 우솝도 후에 자신의 잘못을 사과하고 복귀했으며, 그 사이에도 로빈을 구하는 일에 가면을 쓰고 돕는다. 우솝은 해적 단원이 아니었을 때에도 자신의 이름을 지우고, '저격왕'이라는 별명으로 참여한 것이다. 우솝 역시 n-1의 역량으로 자신의 역량을 보탠 셈이다.

지배냐 자유냐?―헤겔의 주인과 노예의 변증법

루피의 목표도 다른 해적들처럼 대비보(大祕寶) 원피스를 찾아서 해적왕이 되는 것이지만, 그 이유는 다르다. 다른 해적들의 목표는 가장 큰 무력이나 권력을 얻어서 전 세계 바다를 제패하는 것이다. 그들은 가장 힘 있는 자, 곧 패자(霸者)를 꿈꾼다. 그러나 루피는 그런 힘의 행사에는 관심이 없다. 이 강고한 바다를 지배할 수 있겠냐고 스승 실버즈 레일리가 묻자 루피는 지배 같은 것은 하지 않겠다고 대답한다.

루피의 목적은 지배가 아니다. 루피가 생각하는 '왕'은 패자가 아닐 뿐만 아니라, 지배·교화·통치·명령·강제하는 자가 아니다. 왕은 '가장 자유로운 자'다. 자유(自由)란 자신의 의지로, 자신이 하고 싶은 것을, 스스로 결정하고 행하는 것이다. 외부적인 힘에 영향을 받거나 휘둘리지 않는 자(나중에 다시 말하겠지만, 루피에게 로맨스가 없는 것도 이 때문이다), 나아가 그 힘을 타인에게도 강요하거나 강제하지 않는 자가 루피가 꿈꾸는 왕이다. 그가 부하(왕에게는 모든 부하가 신민이다)가 아니라 동료를 찾는 것도 이런 이유에서다. 동료는 아랫사람이 아니라 동등한 지위를 가진 자이기 때문이다. 이를 보여주는 유명한 장면이 있다. 드레스로자에서 루피 덕에 목숨을 구한(정확히는 인형으로 전락한 채 평생 노예 노릇을 해야 하는 신세에서 벗어난) 투기장의 전사들이 루피에게 밀짚모자 선단에 들어가겠다고 하며 '부자의 잔'을 나누자고 한다. 선장이 부모이고 전사들이 자식이 되는 예식이다. 이 잔을 나누면, 이들은 모두 밀짚모자 해적단의 산하(傘下)에 드는 것이다.

하지만 루피는 "답답하다"며 그들의 제안을 거절하고, 대신 어려울 때 서로 도와주자고 역으로 제안한다. 계약은 어디까지나 의무가 부과되므로 자유에 배치되는 속박이다. 루피가 말하고자 하는 것은 우리가 수평적인 동료라는 것이다. 그는 자유의사를 지닌 이들끼리의 자발적인 출항 혹은 출전을 제안한다. 이것이 약속과 계약이 다른 점이다. 약속은 자발적으로 무엇인가를 하겠다는 선언이며, 그것의 위반이나 실행에 징벌이나 보상이 주어지지 않는다. 그럼에도 이들은 서로를 기꺼이, 자유의지를 갖고 돕게 될 것이다. 그러자 루피가 '부모의 잔'을 들지 않은 상태에서 전사들이 '멋대로' 부하 술잔을 받드는 역설적인 의식이 행해진다. 이것은 모순이 아니다. 이들은 루피가 강조한 바로 그 '자유'의 의지를 행사해서, 자발적으로, 부자의 잔을 나누었기 때문이다. 이들은 자유의지에 의한 신민이다.

여기에 순수한 자기의식과 순수히 자립적이 아닌, 타자와 관계하는 의식, 즉 사물의 형태를 띠고 존재하는 의식이 등장하게 되는데 이것은 의식에게는 모두가 본질적이다. ~일단 이 양자는 ~서로 대립하는 두 개의 의식형태로서 존재할 수밖에 없다. 한쪽이 독자성을 본질로 하는 자립적인 의식이고 다른 한쪽은 생명, 즉 타자에 대한 존재를 본질로 하는 비자립적인 의식이다. 여기서 전자가 '주인'(der Herr)이고 후자가 '노예'(der Knecht)이다.

게오르그 빌헬름 프리드리히 헤겔, 《정신현상학》 1권, 227 – 228쪽

헤겔은 '주인과 노예의 변증법'이라는 유명한 항목에서 자유/종속의 역전에 관해서 설명한 바 있다. 여기서 '주인'이란 자기 스스로, 자기 자신에 대해서만 있는 존재(대자존재)이며, '노예'는 비자립적으로, 타자(여기에 대해서는 조금 후에 말할 것이다)에 대해서 있는 존재(대타존재)다. 그런데 이런 자립성/비자립성의 관계는 역전된다. 주인은 직접 자기를 의식하는 것이 아니라 노예와의 관계를 통해서만 자기를 의식한다. 노예에게서 인정을 받고 노예의 노동을 강요하고 그 산물을 착취해야 주인 노릇을 할 수 있기 때문이다. 따라서 주인의 자립성은 의존적이다(=주인은 노예가 된다). 반면 노예는 죽음에 대한 공포와 노동에 대한 강요 속에서 자신의 한계, 곧 자신이 '예정된 죽음' 혹은 '보존된 죽음'에 불과하다는 것을 알게 된다. 이 절대적인 부정의 자리, 자신의 모든 근거가 유동적이고 유한하다는 사실 앞에서 그는 역설적으로 '순수한 자립성'을 획득하게 된다. 게다가 그는 노동을 통해서 사물을 생산하며, 그 과정에서 산출하는 자로서의 자기 자신을 직관한다. 따라서 노예의 의존성은 자립적인 것이 된다(=노예는 주인이 된다).

밀짚모자 산하 해적단이 되기로 맹세한 7인의 "괴걸"(〈원피스〉의 표현이다)은 스스로 종속 관계가 됨으로써, 주인의 자발성을 획득하였다. 루피가 놀란 것은 당연하다. 그는 처음에 "나 안 마셨거든?"이라고 항의하지만 술은 이미 다른 동료가 먹어버린 지 오래다(조로가 마셨다). 그러니까 루피는 의식의 주관자 또는 참여자가 아님에도, 의식이 차질 없이 진행된 것이다. "우리는 '멋대로' 네게 충성을 맹세한 거"라고 말하면서 자신들의 이름과 얼굴을 소개하려는 멤버들을 외면하고, 루피는 고기를 찾아 줄행랑을 친다. 물론 의식적인 도주가 아니라 자유로운 이끌림으로.

왕, 부르주아와 민중―바흐친의 '카니발'

바로 이 점이 대해적 흰수염의 실패담과 밀짚모자 해적단의 (미래의) 성공담이 대비되는 지점이다. 흰수염 에드워드 뉴게이트 역시 서로가 서로를 억압하지 않고 서로에게 차별받지 않는 공동체를 꿈꾸었으나, 그것은 무력에 기반한 가족 공동체였다. 흰수염이 일당을 영입할 때 하는 말은 늘 "내 아들이 되어라"였다. 그는 자애로운 아버지였으나 그 자애는 가부장적인 권위에 기반한 배타적 공동체가 될 수밖에 없었다. 힘에 의한 질서는 그 힘이 약해지면 흐트러지고 만다. 결국 그는 한 아들(불주먹 에이스)을 구하기 위해 산하 해적단까지 이끌고 와서 정상결전을 벌였지만, 다른 아들(거대소용돌이거미 스쿼드)의 배신으로 칼에 찔리고 패배하고 끝내 목숨을 잃고 만다. 가족 공동체로 유지되는 것은 빅 맘 해적단도 마찬가지 아닌가?

이 해적단의 간부는 아예 빅 맘(샬롯 링링)의 자식들로만 구성되어 있다(자녀들이 46남 39녀). 이들은 과자를 제때 주지 않는다고 한 나라를 파괴하는 욕망의 화신들이다.

루피가 가족은 물론 은인이나 스승 앞에서도 반말로 일관하는 것도 그런 자유의지의 표현이다. 존댓말은 어떤 의미에서는 종속되어 있다는 것을, 상대의 권위나 위엄이 자신을 능가한다는 것을 인정하는 화법이기 때문이다. 그는 자신의 말을 높이지 않는 대신, 상대방의 화법에도 개의치 않는다. 하나의 모험이 끝나고 승리를 자축할 때마다 밀짚모자 일당이 잔치를 벌이는 것도 주인과 노예가 뒤섞여 구별이 없어지는, 곧 모든 차별을 철폐한 자리에 동료들과 함께 있음을 확인하는 행동이다. 그들의 승리는 다양체의 승리, 곧 소수와 구별되는 다수, 귀족이나 부르주아와 구별되는 민중의 승리이다.

민중·축제적 전통에서 (그리고 라블레에게서) 나타났던 향연의 이미지들은 초기 부르주아 문학에 나타났던 사적인 일상의 음식, 일상적인 과식과 음주의 이미지들과는 날카롭게 구별된다. 후자의 이미지들은 개별적이고 이기적인 인간의 현재의 만족과 포식, 개별적인 쾌락의 표현으로 나타나지 전 민중적인 승리의 표현으로 나타나지는 않는 것이다. 이러한 이미지들은 노동과 투쟁의 과정에서 분리되었다. 이들은 민중의 광장으로부터 멀어졌으며, 가정과 방(가정의 풍요로움)이라는 영역에 틀어 박혀 있었다. 이는 더 이상 모든 이들이 참여하는 〈전 세계를 위한 연회〉가 아니라 기껏해야 문지방에서 구걸하는 배고픈 거지들하고나 나누는 가정의 소연회인 것이다. 만약 이러한 음식의 이미지들이 과장되어 나타난다면, 이는 탐욕의 표현이지 사회적 정의감의 표현은 아닌 것이다. ~이와는 달리, 음식과 음료의 민중·축제적인 이미지들은 정적인 일상 세태나 사적 개인의 금전적 부유함과는 아무런 공통점이 없다. 이러한 이미지들은 대단히 능동적이며 의기양양하다. 왜냐하면, 이들은 사회적 인간과 세계의 투쟁 및 노동 과정을 완결짓고 있기 때문이다. 이 이미지들은 전 민중적인데, 이는 그 토대에 고갈되지 않고 끊임없이 성장하는 물질적 기원의 풍요로움이 놓여 있기 때문이다.

미하일 바흐친, 《프랑수아 라블레의 작품과 중세 및 르네상스의 민중문화》, 470-471쪽

부르주아와 귀족의 식사 공간은 복잡한 예절과 고급스러운 음식이 어우러진 개인의 공간이다. 이들의 욕망이 아무리 고급스러워 보인다고 해도 그 안에는 배타적이고 이기적인 전유(專有)에의 욕망이 들끓는다. 이런 욕망을 가장 잘 보여주는 인물은 무제한의 식탐을 뽐내는 빅 맘이 아니라 파이어 탱크 해적단 선장 카포네 벳지다. 그는 첫 등장부터 고급 레스토랑에서 혼자 식사를 즐기며, 대식가 쥬얼리 보니의 폭식을 보면

서 "천박한 계집. 내 식사의 맛이 확 떨어지는군"이라고 화를 낸다(51권 498화). 그는 성성(城城)열매 능력자로 자신의 몸 안에 무수한 병력과 무기를 숨겨두고 있다. 부르주아의 탐욕에 대한 은유인 셈이다. 게다가 원피스에 등장하는 해적 가운데 드물게 부인과 아이를 아끼는 캐릭터다. 일부일처제의 미덕을 강조하고 핵가족을 삶의 단위로 제시한 것은 부르주아의 가치관이다. 반면 모든 이가 참여하는 왁자지껄, 야단법석의 식사 자리야말로 유한계급의 일상이나 부의 과시와는 무관한 민중적인 축제다. 여기서는 어떤 이도 차별하지 않으며, 어떤 이도 소외되지 않는다.

어인섬을 구하는 '영웅'이 되어달라는 징베의 부탁을 거절하며 루피는 자신은 고기를 나눠주는 영웅이 아니라 고기로 잔치를 벌이는 해적이라고 외친다. 이것은 루피의 식탐을 이용한 농담인데, 사실 루피가 영웅 되기를 거절하는 이유는, 영웅이 민중이 아니기 때문이다. 아무리 선의로 가득 차 있다고 해도 영웅은 다수와 구별되는 소수, 다양체가 아닌 중심, 리좀이 아닌 뿌리다. 영웅은 왁자지껄한 식사자리에 참여해서 다양체의 일원이 되는 n-1이 아니라, 그 식사자리를 주관하는 시혜적인 인물, 이를테면 왕이나 아버지에 불과하다.

다양체 되기—데리다의 '환대'

그런데 밀짚모자 일당은 10명에 불과하다. 이들이 어떻게 다양체를 구성할 수 있을까? 이것은 이들이 동료를 영입하는 기준이 무엇인가 하는 문제와도 관련되어 있다. 앞에서도 말했듯, 그 기준은 힘의 유무가 아니다(특히 초기에 합류한 나미와 우솝은 전투력이 형편없었다). 물론 해적단이므로 항해에 필요한 인원과 전투를 주로 담당한 인원들이 영입되는 것은 당연하지만, 그 면면이 매우 독특하다. 루피는 어떤 이들에게 끌릴까?

우리는 절대적이고 과장적이고 무조건적인 환대란 언어를 정지시키는 것으로, 어떤 한정된 언어를, 그리고 타자에게 건네는 말까지도 정지시키는 것으로 이루어지지는 않을까 자문하기에 이르렀다. 또한 타자에게 그가 누구인지, 이름은 무엇인지, 어디 사람인지 등을 묻고 싶은 유혹조차 억제해야 하지는 않을까? 그러한 질문들은 환대에 필요조건들을, 그러니까 결국 환대에 한계를 통고하는 것이고, 그리하여 환대를 권리와 의무에 구속되고 폐쇄시키는 것이니 말이다. 그러니까 결국 환대를 순환적 경제라는 테두리에 가두는 것이니 말이다. 이 딜레마는 끊임없이, 한편으로 권리나 의무나 정치까지도 초월하는 무조건적인 환대와 다른 한편 권리와 의무에 의해 테두리가 정해지는 환대 사이에서 우리를 번민하게 할 것이다.

데리다의 글에서 환대의 대상은 '이방인' 곧 내가 전혀 알지 못하는 타자(the other)다. 그는 나의 장소에 속해 있지 않으며, 내가 아는 언어에 포획되지도 않고, 나의 관습이나 믿음과도 일치하지 않는 자, 요컨대 나와는 절대적으로 다른 사람이다. 초대하는 사람인 주인은 그를 무조건적으로 받아들여야 한다. "여기서 대망(待望)의 손님인 이방인은 주인이 〈오라〉고만 하는 사람이 아니고 〈들어오라〉고 하는 사람이다. 머뭇거리지 말고 들어오라, 기다리고 있지 말고 우리 집에서 즉시 발길을 멈춰라, 빨리 들어오라, 〈안으로 오라〉, 〈내 안으로 오라.〉 내 쪽으로만이 아니라 내 안으로 오라. 요컨대 나를 점령하라, 내 안에 자리를 잡아라. 동시에 이러한 것이 의미하는 것은 나를 향해서 또는 '내 집'에 오는 것으로 만족하지 말고, 숫제 나의 자리도 차지하라이다."(같은 책, 133쪽) 그러니까 환대는 절대적으로 다른 이에게 문을 활짝 열고, 그가 나의 자리를 차지하기를 요청하는 것이며, 그에게 이름도 묻지 않고 권리나 의무도 지우지 않고 오직 제한 없이 나 자신(=우리)이 되라고 하는 것이다. 이것이 절대적인 환대다.

루피가 동료를 영입하는 방법이 바로 이것이다. 절대적으로 다른 존재에게 우리가 되자고 제안하기. 그래서 밀짚모자 해적단은 점점 더 타자들로 북적거리며 증식하고 방산(放散)하는, 그래서 끝내 세계의 모든 이들을 '대표'하는 다양체가 되었다. 이들을 살펴보자.

① 루피, 조로, 상디는 해적단의 주요 전투원이다. 고무고무열매를 먹은 고무인간 루피는 '온몸'을 동원해서 싸운다. 팔다리를 늘이거나 키우거나 감으면서 싸우고 박치기를 하기도 한다. 조로는 검객이다. 근육을 단련하기도 하지만 적과 부딪치는 부분은 언제나 몸 '바깥'의 도구인 칼이다. 요리사인 상디는 손을 보호하기 위해서 다리로만 싸운다(면발로 공격하는 CP7의 완제에게만 손을 썼는데, 이때는 싸움이 아니라 요리에 가까웠다). 그러니까 셋은 몸, 몸 바깥, 몸의 일부로 대표되는 트리오다.

② 조로, 상디와 앞서거니 뒤서거니 하며 우솝과 나미가 합류한다. 우솝은 저격수에 거짓말쟁이이고, 나미는 항해사에 도둑이다. 둘의 무력은 평범한 인간에 가깝지만 차츰 전투원으로 성장해간다. 루피, 상디, 조로가 근거리 전투원이라면 우솝은 원거리 전투원이며, 루피, 상디, 조로가 육체를 무기로 쓴다면 나미는 두뇌로 싸운다.

③ 여성 캐릭터인 나미와 로빈은 처음에는 도둑, 적으로 출현했다가 동료가 된다. 해적단에 합류하지는 않았으나 동료

로 인정받은 왕녀 네펠타리 비비 역시 처음에는 적이었다. 처음에 이들이 적의 입장에 섰던 것은 한 마을이나 섬이나 나라 전체의 운명을 짊어졌기 때문이다. 이들의 대의는 모험에 나선 다른 전투원들의 동기(해적왕이나 최고의 검객, 올블루의 요리사가 되겠다는 목적)보다 훨씬 더 숭고하다. 셋은 사연이 알려진 후 동료가 된다. 어쨌든 최초의 출현에서 이들이 적이었던 것은 부인할 수 없는 사실이므로 밀짚모자 해적단에게 최초의 분열은 성차였던 셈이다. 이 구별은 금세 흐트러지는데, 이들 서로가 이 구별을 차별로 바꾸지 않았기 때문이다. 이것은 원피스에서 최고의 우정을 보여주는 인물이 뉴하프인 Mr.2 봉쿠레(그/그녀는 복사복사열매의 능력을 이용해서 루피를 임펠 다운에서 탈옥시킨 후 대신 감옥에 갇힌다)인 점에서도 확인된다. 남녀의 구별 혹은 차별을 횡단하는(=무시하는) 인물이야말로 진정한 우정의 화신이다. 하나 더. 루피는 임펠 다운에서 탈옥할 때, 정상결전에서 뉴하프만 왕국의 왕/여왕인 엠포리오 이반코프에게 결정적인 도움을 받기도 한다.

④ 루피와 조로는 무지한 캐릭터들이다. 루피는 조금만 설명이 길어지면 잠이 들어버리고, 조로는 유명한 '길치'여서 도중에 길을 잃고 전투현장에 늘 뒤늦게 도착한다. 반면 나미는 현존하는 모든 실용적인 지식(재무관리에서 항해술에 이르기까지)의 대가이며, 로빈은 실전(失傳)한 지식을 찾아 전 세계를

여행하는 고고학자이다.

⑤ 쵸파는 사람사람열매를 먹은 순록이며, 징베는 어인이다. 이로써 밀짚모자 해적단은 인간과 동물 그리고 그 중간형의 존재를 모두 대표하게 되었다.

⑥ 프랑키는 부서진 몸을 개조한 사이보그이며, 브룩은 죽은 지 오랜 세월이 흘렀으나 부활부활열매 덕에 살아 있는(?) 해골이다. 이로써 이 해적단은 생물, (처음부터 생명이 없는) 사물, (처음에는 생명이 있었으나 지금은 없는) 시체를 모두 대표하게 되었다.

이로써 밀짚모자 해적단은 서로 다른 유형의 전투원들이자, 무지/지식, 남성/여성, 무력(武力)/무력(無力), 사람/동물, 생물/사물, 생명/죽음…이라는 서로 다른 성질(이타성, 異他性)들이 차별 없이 모인 다양체가 되었다. 이들의 승리가 거듭될수록 세계에는 평등과 자유, 환대와 우정이 확산될 것이다.

몸이 또 늘어났다!

고무인간 루피와 '연장(延長)'

　주인공 루피 얘기를 해보자. 그는 어릴 때 빨간머리 샹크스가 갖고 있던 악마의 열매를 멋모르고 먹어서 능력자(악마의 열매를 먹은 자를 이렇게 부른다)가 되었다. 악마의 열매를 먹으면 그 열매에 해당하는 능력을 갖게 된다. 악마의 열매에는 세 가지 유형이 있다. 첫째가 자연계 열매다. 자연계 열매를 먹으면 빛, 불, 얼음, 지진 등 자연에 존재하는 물질이나 현상으로 변신할 수 있다. 둘째가 동물계 열매다. 이 종류의 열매를 먹으면 새, 개, 두더지 등 해당 동물의 능력을 갖게 된다. 마지막이 초인계 열매다. 자연계나 동물계가 아닌 여타의 모든 능력이 초인계로 불리며 따라서 그 범위가 넓다. 루피가 먹은 고무고무 열매도 초인계에 속한다. 루피는 고무의 특징인 탄력성,

신축성, 충격 흡수, 절연체(絕緣體) 등의 특징을 활용하여 맨몸으로 싸운다. 처음 열매를 먹었을 당시에는 몸이 늘어나는 것 외에는 보여줄 게 없었으나 끊임없는 단련을 거쳐 강자의 반열에 올랐다.

아무리 단련을 한다고 해도 루피는 몸을 늘이거나 줄이는 것, 풍선처럼 탄력 있게 바꾸거나 쇠처럼 단단하게 바꾸는 것 외에는 할 줄 아는 게 없다. 무수한 악마의 열매 능력자들 사이에서 제 몸뚱이 하나로 싸우는 주인공을 보면 안쓰럽기도 하고 안타깝기도 하다. 실제로 루피는 모래인간 크로커다일에게 수분을 빨려 미라가 되기도 하고, 얼음인간 아오키지에게 체온을 잃어 냉동인간이 되기도 하며, 독인간 마젤란에 의해 중독되어 식물인간이 되기도 한다. 그럼에도 그는 당당한 주인공이다. 얼핏 보면 무능하기 짝이 없는 능력을 주인공에게 부여하다니, 여기에는 어떤 비밀이 숨어 있을 듯하다. 루피의 성장과정을 따라가며 이 비밀을 밝혀보기로 하자.

고무인간 루피—근대와 '연장'

공간에서 일정한 부피를 갖는 것은 모든 물체(사물)의 특성으로, 이를 철학에서는 연장(延長, extention)이라고 부른다. 우리 집 부엌에 있는 냉장고는 직육면체의 부피를 차지하고 있어서 (제 안에 품는 음료와 얼음, 야채와 반찬통 같은 것들을 제외하면) 다른 것들, 이를테면 TV나 장롱과 공간을 나누어 갖지 않는다. 연장의 가장 중요한 특성이 이것이다. 곧 연장은 (연장을 가진 물체를 통해서) 공간에 특정한 형태와 부피와 방향성을 제공한다.

우리가 아는 공간은 세 개의 차원으로 이루어져 있다. 하나의 점은 영차원이다. 점이란 길이, 넓이, 높이가 모두 0인 지점을 가리킨다. 이 점이 하나의 방향(x축)으로 움직이며 생긴 흔적들이 일차원이다. 따라서 일차원은 선분으로 이루어진다. 이 선분이 다시 일정한 방향(y축)으로 움직이며 생긴 흔적이 이차원이다. 따라서 이차원은 면을 구성한다. 면이 또다시 일정한 방향(z축)으로 움직이며 생긴 흔적이 삼차원이다. 따라서 삼차원은 부피를 나타낸다. 점 → 선 → 면 → 부피로 전개되면서 차원이 증가하는데, 인간의 통상적인 감각이 파악할 수 있는 공간 차원은 여기까지다.

초창기 루피의 기술은 이 순서를 따라서 발전해간다. 루피가 모험을 시작하면서 맨 처음 선보인 기술은 앞바다의 괴물에게 쓴 것이다. 10년 전 자신을 잡아먹으려고 달려들었던, 은인 샹크스의 팔 한 짝을 물어뜯고 달아났던 커다란 악어를 닮은 괴물이다. 루피의 공격기 이름은 '고무고무 총'(1권 1화, 2화)이며, 오른팔을 어깨에서 주먹까지 일직선으로 뻗는 기술이다. 이렇게 말할 수 있겠다. 자신의 몸을 일차원 방향으로 연장하기. 그다음 선보인 기술은 도끼손 모건의 부하들을 날려버린 발차기로 '고무고무 채찍'(1권 6화)이라 부른다. 루피는 발을 횡으로 뻗어 평면을 쓸고 지나갔다. 이렇게 정리하자. 자신의 몸을 이차원 방향으로 연장하기. 세 번째로 선보인 기술은 '고무고무 해머'(2권 13화)와 '고무고무 풍선'(2권 15화)이다. 전자는 두 손을 꽈배기처럼 꼬아서 상대를 잡은 다음, 회전력을 이용하여 내려치는 기술이며, 후자는 몸을 풍선처럼 부풀려 날아오는 포탄을 튕겨내는 기술이다. 이렇게 적어두자. 자신의 몸을 삼차원 방향으로 연장하기.

xyz, 세 개의 축으로 이루어진 삼차원 공간에 추가된 네 번째 차원의 공간(흔히 w축으로 표시된다)은 인간의 지각체계로 받아들일 수 없다. 만일 사차원의 공간이 있다면, 삼차원의 우리가 이차원의 개미를 쉽게 들어 올리듯이(그리고 그것이 개미에게는 마술적인 출현과 증발로 지각되듯이), 삼차원의 어느 공간에서든 마술적으로 나타나고 사라질 수 있을 것이다. 문문 열매 능력자 블루노가 바로 그런 사차원의 인간이다. 그는 어디서든 공간의 문을 열고 나타났다가 문을 닫고 사라질 수 있다. 연장을 대표하는 주인공 루피는 당연히 그런 차원을 인정하지 않으며, 한 번의 전투로 그를 간단히 제압한다.

시간과 공간에 대한 근대인의 상상—뉴턴과 칸트의 시공간

근대의 과학을 대표하는 아이작 뉴턴은 사과를 끌어당기는 힘과 달이 지구를 도는 힘이 같다는 것을 깨달았다. 만유인력의 법칙은 중력이 바로 이 인력(끌어당기는 힘)이라고 설명한다. 돌을 던지면 돌은 사과처럼 포물선을 그리며 날아가다가 떨어진다. 포물선의 변곡점이 지구 중력과 돌이 날아가는 힘이 같아지는 지점이다. 돌을 지구의 중력을 이길 정도로 세게 던지면 돌은 지구 밖으로 날아가게 될 것이다. 그 중간의 힘으로 던지면? 돌은 지구를 벗어나려는 힘과 지구가 끌어당기는 힘 사이에서 균형을 찾게 되므로, 지구를 돌 것이다. 그렇게 도는 거대한 돌이 바로 달이며, 인간이 그 힘으로 던진 쇠붙이가 인공위성이다. 그런데 만유인력이 가능하려면 힘이 '어디서나' 그리고 '언제나' 동일하게 작용한다고 가정해야 한다.

뉴턴에 따르면 이런 힘들은 즉각적으로 작용한다. 예를 들어 태양이 갑자기 사라진다면 뉴턴은 지구가 즉각 궤도를 벗어나 암흑의 공간 속에서 얼어붙을 것이라고 여겼다. 그때 우주의 모든 존재는 태양이 바로 그 순간에 사라졌다는 사실을 알게 될 것이다. 따라서 우주의 어느 곳에서든 모든 시계가 같은 시간을 가리키고 일정하게 흘러가도록 맞추는 게 가능하다. 지구에서의 초는 화성이나 목성에서의 1초와 같다. 나아가 공간도 시간처럼 절대적이다. 지구에서의 1미터는 화성과 목성에서도 1미터이며, 우주의 어느 곳에서든 이 길이는 변치 않는다. 그러므로 공간의 어느 곳을 여행하든 시간과 길이는 언제나 일정하다.

뉴턴은 이처럼 상식적인 절대시간(absolute time)과 절대공간(absolute space)의 관념 위에 그의 아이디어를 세웠다. 뉴턴에 있어 이런 공간과 시간은 절대기준계(absolute reference frame)의 역할을 하며 모든 물체들의 운동은 이에 대하여 판단된다.

미치오 카쿠, 《아인슈타인의 우주》, 26-27쪽

근대과학은 이처럼 시간과 공간에 불변적인 지위를 부여했는데, 이것은 상식적인 시간관, 공간관에도 부합한다. 그런데 이런 시공간은 물리적인 실체일까? 혹시 인간이 세계를 파악하기 위해서 가정한 눈금 같은 것은 아닐까? 뉴턴의 저서 《프린키피아》(1687)보다 1세기 뒤인 1781년에 출판된 책에서 칸트는 이렇게 말한다.

공간은 사물들 자체의 속성을 표상하거나 사물들 자체를 그것들의 상호 관계에서 표상하지 않는다. ～공간은 대상들 자체에 부착해 있어서 사람들이 직관의 모든 주관적인 조건들을 추상화해버려도 남는, 그런 사물들 자체의 규정이 아니다. 왜냐하면 (사물의 규정은—인용자 삽입) 그것이 절대적 규정이든 상대적인 규정이든 규정이 귀속하는 사물들에 앞서서 직관될 수 없고, 따라서 선험적으로 직관될 수 없기 때문이다.

공간은 다름 아니라 외감의 모든 현상들의 형식일 따름이다. 다시 말해 공간은 그 아래에서만 외적 직관이 가능한, 감성의 주관적 조건일 따름이다. ~그러므로 오직 인간의 입장에서만 공간에 대하여 연장적인 것 등에 대하여 얘기할 수 있다. 우리가 이 ~주관적 조건에서 이탈한다면, 공간이라는 표상은 아무런 의미도 없다. 이 술어는 오로지 사물들이 우리에게 현상하는 한에서, 다시 말해 감성의 대상인 한에서만 사물들에 부과된다. 우리가 감성이라고 부르는 이 수용성의 항구적인 형식은, 그 안에서 대상들이 우리 밖의 것으로 직관되는 모든 관계들의 필연적 조건이고, 우리가 이 대상들을 도외시할 경우에는 공간이라는 이름을 지니는 하나의 순수 직관이다.

임마누엘 칸트, 《순수이성비판》 1권, 247-248쪽

칸트에 따르면 공간은 물리적인 실체가 아니며, 인간이 외부의 경험에서 얻어낸 경험적 개념조차 아니다. 인간이 어떤 사물(연장적인 실체)을 떠올리기 위해서는 먼저 공간이라는 표상이 선행되어야 한다. 그것이 연필이든 나무이든 지구이든, 우리는 그것을 특정한 공간에 위치시켜야 하기 때문이다. 우리가 외적인 것을 표상할 때 선행하는 것이 공간이라면, 공

간은 물리적이거나 경험적인 실체가 아니라 모든 외적 표상을 가능하게 하는(그 표상들의 바탕을 이루는) 우리 감성의 형식, 곧 외적인 직관에 지나지 않는다. 같은 방식으로 칸트는 시간 역시 경험적 개념이 아니며, 우리가 사물들이 나란히 있는가 (동시성), 잇달아 있는가(계기성)를 지각하게 해주는 내적 직관이라고 말한다.

뉴턴의 시간과 공간이 우주에 절대적으로 존재하는 무한한 격자와 같은 것이라면, 칸트의 시간과 공간은 인간이 우주를 파악하는 직관의 일종이다. 현대과학은 둘의 생각을 모두 찬성하지 않는다. 시간과 공간은 칸트의 생각과 달리 물리적인 실체이지만, 뉴턴의 생각과 달리 절대적이고 무한하고 균일하게 펼쳐지거나 흘러가지 않는다. 상대성이론은 중력이 끌어당기는 힘이 아니라, 질량에 의해서 시공간 연속체(잠시 후에 보겠지만 시간과 공간은 이제 뗄 수 없는, 연속적인 실체로 기술된다)가 구부러진 장(場, field)이라고 말한다.

루피의 진화

우리의 주인공 루피로 돌아오자. 몸을 단순히 연장시켜— 일차원적으로 뻗고, 이차원적으로 쓸고, 삼차원적으로 부풀리거나 회전하거나 담아내는 방식으로—싸우던 루피는 세 번에 걸쳐 굴욕적인 패배를 당한다. 한 번은 해군대장 '아오키지'(푸른 꿩) 쿠잔에게, 또 한 번은 '폭군' 바솔로뮤 쿠마에게, 그리고 마지막으로 정상결전에서 해군대장 '아카이누'(붉은 개) 사카즈키에게. 물론 루피는 이전에도 여러 차례 패배했으나, 그것은 대개 일시적인 패배였다. 그때마다 루피는 불굴의 의지로 재기했다. 그러나 이 세 번은 다르다. 루피는 압도적인 무력 앞에서 공포에 사로잡히거나 넋을 놓았다. 루피는 본래 공포를 모른다. 광대 버기에게 잡혀 처형대 위에서 목이 잘리기 직전에도 웃으며 "미안, 나 죽나보다"라고 말할 정도다(11권 99화). 그가 공포나 비탄에 사로잡히는 것은 동료(밀짚모자 일당)나 형제(불주먹 에이스)를 잃는 순간이다.

얼음인간 아오키지와 다대 일로 승부하던 밀짚모자 일행이 하나씩 얼어버리자, 루피가 선장으로서 일행에게 가만히 있으라고 명령한다. 일대 일로 맞붙겠다는 것이다. 결국 루피는 '아이스타임'이라는 아오키지의 기술에 간단히 제압되어 얼음덩어리로 변하고 만다. 루피가 일대 일 승부를 제안한 목적은 아오키지로 하여금 다른 일행에게 손을 대지 못하게 하려는 것이었다. 일당은 아오키지의 아량으로 살아남는다.

이 싸움 이후에 루피는 기존의 전투방식에 한계를 느껴 '기어2'와 '기어3'이라는 기술을 개발한다. '기어2'는 혈관에 펌프질을 해서 혈류량을 늘리고, 이를 통해 산소와 영양분을 폭발적으로 공급함으로써 힘과 스피드를 높이는 기술이며, '기어3'은 엄지를 물어 뼈에 공기를 주입하여 신체의 일부를 크게 부풀리는 것으로 일명 '뼈풍선'이라고 불리는 기술이다. '기어2'에 비해 속도는 줄지만 공격력과 방어력이 폭발적으로 증가한다. 기존의 기술명에 'JET'(기어2), '거인의'(기어3)라는 접두사를 붙여 구별한다. 이것은 단순한 몸의 '연장'이 아니다. 몸을 균일하게 늘리거나 부풀리는 게 아니라, 비대칭적으로 늘리는 것이기 때문이다. 다시 말해서 이 기술이 적용되는 몸은 이미 균일한 공간을 표상하는 몸이 아니라, 더 크거나 작고, 밖으로 휘어 있거나 안으로 말려 있는 비동일성의 공간을 표상하는 몸이다. 이 기술로 CP9의 강자 로브 루치를 제압한 루피는 샤봉디 제도에서 다시 한번 절망을 맛본다. 폭군 바솔로뮤 쿠마에게 일행들을 모두 잃고 만 것이다. 도톰도톰열매 능력자인 쿠마는 도톰살이 난 손바닥으로 일행을 하나하나 제거해나간다. 루피는 절망에 사로잡혀 전원 도망치라고 소리치지만, 결국 자신마저 쿠마에게 당하고 만다.

만일 쿠마가 밀짚모자 해적단을 죽일 작정이었다면 이것으로 밀짚모자 일당은 사라졌을 것이다. 그런데 사실은 쿠마가 해군들의 손에서 일당들을 구하기 위해 꾸민 작전이었다. 밀짚모자 일당은 세계 각지로 날려 보내져서 그곳에서 각자 힘을 키우게 된다. 그러나 루피에게는 힘을 기를 시간이 없었다. 칠무해 보아 핸콕이 지배하는 구사 해적단의 본거지로 날려간 그는 형 에이스의 처형 소식을 듣게 되고, 숨 돌릴 틈도 없이 대감옥 임펠 다운으로, 다시 해군본부 마린포드로 형을 구하기 위해 달려간다. 정상결전의 와중에 마침내 형을 구했다고 안심한 순간, 형 에이스는 대장 아카이누의 용암 주먹에 몸을 관통당해서 죽는다. 이 일로 루피는 정신이 붕괴되고 만다. 나중에 정신을 수습한 루피는 로저 해적단의 부선장이었던 '명왕' 레일리를 스승으로 모시고 패기를 수련한다.

　패기(覇氣)란 인간의 내면에 잠재되어 있는 특별한 힘이라 정의되며, 상대의 기척을 강하게 느낄 수 있는 견문색(見聞色), 보이지 않는 갑옷을 두르는 효과를 주는 무장색(武裝色), 극한의 기백으로 상대를 위압하는 패왕색(霸王色)의 세 가지가 있다. 견문색이 극한에 이르면 동물의 말이나 마음속의 말, 기억이나 가까운 미래의 일을 볼 수 있고, 무장색이 강화되면 물리적인 타격이 미치지 않는 자연계 능력자를 공격할 수 있고, 패왕색을 높이면 눈빛만으로 상대를 기절시킬 수 있다. 루피는 세 가지 패기를 모두 익혔으며, 특히 격투기에 무장색을 입혀 '기어4'라는 신기술을 창안했다. '기어2'가 혈관에, '기어3'이 뼈에 작용하는 기술이라면, '기어4'는 근육에 공기를 불어넣어 힘과 탄력을 강화하는 기술이다. 고무의 탄력을 극한으로 끌어올린 다음 거기에 무장색을 입혀서, 탄력성과 경도를 함께 높인 것이 특징이다. 이 가운데 '연장'과 관련하여 우리의 관심을 끄는 것은 '견문색'과 '기어4'의 두 번째 변신 형태인 '스네이크맨'이다.

시공간 연속체—상대성이론의 발견

상디를 찾으러 빅 맘 해적단의 본거지를 찾아간 루피는 빅 맘 해적단의 일인자인 강적 카타쿠리와 대결하게 된다. 카타쿠리는 쫀득쫀득열매 능력자로 루피가 구사하는 기술을 모두 흉내 낼 뿐만 아니라 가까운 미래를 예측하는 능력인 견문색을 익혀 루피의 공격을 모두 무효로 만들어버린다. 루피가 주먹을 날리면 주먹이 공격하는 부위를 구멍으로 만들어버리는 식이다. 루피가 '기어'라는 기술을 통해 '연장'이라는 공간의 속성을 최대한으로 활용한다면, 카타쿠리는 거기에 '시간' 차원을 덧입힌 셈이다.

현대과학은 절대적인 좌표로 기능하는 시간과 공간이라는 개념을 폐기하고, 시공간연속체 곧 시간과 공간의 차원이 결합된 상대적인 시공간이라는 개념을 제시했다. 상대성이론에서 절대적인 값을 갖는 것은 시간이나 공간이 아니라 빛의 속도(광속)이다. 빛의 속도는 299,792.458 km/s이며, 어떤 경우에도 이 속도는 불변이다. 이 속도에서는 시간이 정지하고

(그래서 빛은 빅뱅 이래 0살이다), 질량은 0이 된다(빛이 블랙홀을 빠져나오지 못하는 것은 빛처럼 가벼운 물질에도 영향을 미칠 만큼 중력이 강해서가 아니라, 중력이 공간을 안으로 말아버렸기 때문이다. 빛은 그 구부러진 공간 속에서 여전히 광속으로 '달린다'). 특수 상대성이론에 따르면,

임의의 물체의 속도(공간이동과 시간이동을 조합한 속도)는 어떠한 상황에서도 항상 광속(빛의 속도)과 같다는 것이다. 독자들은 여러 경로를 통해 "광속으로 달릴 수 있는 것은 빛뿐이다"라는 말에 익숙해 있을 것이므로 방금 한 말이 선뜻 이해가 가지 않을 것이다. 그러나 물체가 광속보다 빠르게 달릴 수 없다는 것은 오로지 공간상의 이동만을 고려했을 때 그렇다는 뜻이다. 지금 우리는 공간뿐만 아니라 시간을 따라가는 운동도 같이 고려하고 있다. 아인슈타인이 주장하는 바는 두 종류의 운동(시간운동과 공간운동)이 서로 상보적인 관계에 있다는 것이다. 당신이 길가에 서서 바라보던 주차된 자동차가 어느 순간에 움직이기 시작했다는 것은 오직 시간만을 따라 광속으로 이동하던 자동차가 어느 순간에 방향을 바꿔서 공간으로도 이동을 시작했다는 뜻이다. 그러나 이 경우에도 두 속도를 조합한 전체속도는 변하지 않는다. 그러므로 공간에서 이동을 시작한 자동차의 시간은 정지해 있을 때보다 느리게 갈 수밖에 없는 것이다.

속도란 거리(공간)를 일정한 시간 간격(시간)으로 나눈 값이다. 빛이 불변의 속도라는 말은 광속을 지키기 위해서 시간과 공간이 가변적이어야 한다는 말이다. 광속은 시간이동이 0일 때, 공간이동의 궁극적 최대치다. 다시 말해서 광속은 시간이 정지했을 때 최대로 이동할 수 있는 거리의 한계다. 우리가 속도를 높일수록 시간이 점차 느려지는 것은 이 때문이며(공간이동에 따라 시간이동이 0에 수렴해간다), 질량을 가진 물체가 이 속도에 도달할 수는 없으므로(가속하면 할수록 우리는 점점 '무거워진다'), 우리는 시간의 정지(광속)나 역전(광속의 초과)을 달성할 수 없다.

정지해 있는 물체는 시간을 따라 광속으로 움직이는데, 여기에 공간이동이 추가되면 시간 쪽으로 향했던 광속운동이 공간 쪽으로 일부 할당되며, 공간을 이동하는 속도가 광속에 도달하면 시간을 따른 이동은 전혀 일어나지 않게 된다. 즉, 광속으로 움직이는 물체는 나이를 전혀 먹지 않는다는 뜻이다! 이것은 모든 속도가 공간이동에 100퍼센트 사용된 극단적인 경우이고 여기서 더 이상의 속도를 낼 수는 없으므로, 공간을 이동하는 속도는 어떤 경우에도 광속을 초과할 수 없다. 그리고 빛은 특이하게도 항상 광속으로 달리고 있으므로 나이를 먹지 않는다.

같은 책, 92-93쪽

루피 vs 카타쿠리―시간, 공간, 브라운운동

카타쿠리는 견문색 패기를 수련하여 가까운 미래를 보는 능력을 갖추었다. 이것은 시간과 공간의 상보적 관계를 보여주는 알레고리가 아닐까? 빠르게 이동하는 물체의 시간은 느려진다. 어쩌면 그는 미래를 본 게 아니라, 속도에 따른 시간 지연의 효과를 예측한 게 아닐까? 루피는 이 강자에게 무수하게 얻어맞다가 그의 능력이 자신의 무장색 입힌 공격을 무효화하는 게 아니라, 요령껏 피하는 것임을 알아챈다.

루피는 전투 중에 마침내 '기어4'의 세 번째 변형지점을 찾아낸다. '스네이크맨'이라 불리는 이 기술은 내뻗는 주먹이 불규칙적인 궤도로 이동하여 적을 명중시키는 기술이다. 예측 불가능한 궤도를 그리는 주먹에 카타쿠리도 두들겨 맞고, 마침내 난타전 끝에 루피가 승리한다. 저 궤도의 움직임은 '브라운운동'과 닮았다. 식물학자 로버트 브라운이 발견했다고 하여 이 이름이 붙은 운동이다. 그는 물에 떠 있는 꽃가루 입자가 수면 위를 불규칙하게, 끊임없이 돌아다니는 현상을 현미경으로 관찰한 바 있다. 물체가 전체적으로는 움직이지 않는

평형 상태여도 물체를 이루는 미소입자는 끊임없이 진동하고 있어서, 이 미소입자가 다른 미소입자와 부딪혀서 일어나는 현상이다. 저 불규칙한 운동에는 특정한 방향성도 예측 가능성도 없지만, 그에 따른 확산을 통계적으로 정량화할 수는 있다. 루피는 바로 이 예측 불가능한 움직임을 통해서 카타쿠리를 제압했던 것이다.

Mr. 3 vs 버기—데카르트와 라이프니츠의 '연장'

'연장'은 근대 철학자들이 물질의 속성에 부여했던 이름이다. 데카르트는 물질적인 실체의 속성으로 연장을, 정신적인 실체의 속성으로 사유를 들고는, 감각적인 것의 불완전함을 들어 사유의 우선성, 우월성에 손을 들어주었다.

땅, 하늘, 연장적 사물, 형태, 크기, 장소는 존재하는 것이 아니라, 이것들을 지금 보는 그대로 있는 것처럼 생각하도록 저 신이 만들지 않았다고 어떻게 장담할 수 있는가? ~그래서 나는 이제 진리의 원천인 전능한 신이 아니라, 유능하고 교활한 악령이 온 힘을 다해 나를 속이려 하고 있다고 가정하겠다. 또 하늘, 공기, 땅, 빛깔, 소리 및 모든 외적인 것은 섣불리 믿어버리는 내 마음을 농락하기 위해 악마가 사용하는 꿈의 환상일 뿐이라고 가정하겠다.

르네 데카르트, 《성찰》, 38–40쪽

감각을 통해 들어오는 모든 것, 곧 연장적 속성을 가진 모든 것은 악마가 나를 속이기 위해서 부여한 환상일지도 모른다. 그럼에도 저 모든 것을 의심하는 나의 정신만은 의심할 수 없다.

내가 보는 것은 모두 거짓이라고 가정하자. 저 기만적인 기억이 나에게 나타내는 것은 결코 현존한 적이 없다고 믿자. 나는 어떠한 감각도 갖고 있지 않으며, 물체, 형태, 연장, 운동 및 장소도 환영 이외에 다름 아니다. 그러면 참된 것은 도대체 무엇이란 말인가? 아마도 확실한 것은 아무것도 없다는 이 한 가지 사실 뿐이다.

그렇다면 불확실한 것으로 방금 열거한 것들과는 다른, 조금도 의심할 수 없는 것은 하나도 존재하지 않는다는 사실을 나는 도대체 어떻게 알고 있는 것일까? ~그런데 나는 왜 이런 가정을 하고 있을까? 나 자신이 이런 생각의 작자일 수도 있지 않을까? 그렇다면 나는 적어도 그 어떤 것이 아닐까? ~세계에는 하늘, 땅, 정신, 물체가 없다고 나 자신을 설득하지 않았던가? 이때 나는 또 나 자신도 없다고 설득한 것은 아니었을까? 그렇지는 않다. 내가 만일 나에게 어떤 것을 설득했다면, 확실히 나는 있었을 것이다. 그러나 누군지는 모르지만 아주 유능하고 교활한 기만자가 집요하게 나를 항상 속이고 있다고 치자. 자 이제, 그가 나를 속인다면, 내가 있다는 것은 의심할 수 없다. 그가 온 힘을 다해 나를 속인다고 치자, 그러나 나는 내가 어떤 것이라고 생각하는 동안, 그는 결코 내가 아무것도 아니게끔은 할 수 없을 것이다. 이렇게 이 모든 것을 세심히 고찰해본 결과, 〈나는 있다, 나는 현존한다〉(ego sum, ego existo)는 명제는 내가 이것을 발언할 때마다 혹은 마음속에 품을 때마다 필연적으로 참이라는 결론에 이르게 된다.

같은 책, 42-43쪽

이것이 데카르트의 유명한 철학의 제일원리, "철학함에 있어 나타나는 모든 인식의 제일원리"인 코기토(cogito)이다. 데카르트가 연장보다 사유가 우선함을 입증하기 위해 든 예가 '밀랍'이다. 밀랍은 시각, 촉각, 후각 등의 감각으로 감지된다. 그것은 색도, 형체도, 표면의 질감도, 냄새도 있다. 그런데 열을 가하면 모양과 상태와 색깔이 모두 변한다. 아까의 밀랍과 지금의 밀랍이 동일하다는 것을 감각으로는 알 수가 없다. 그것이 같다는 것을 일러주는 것은 사유뿐이다. "그러므로 밀랍이 무엇인지는 상상되는 것이 아니라 오로지 정신에 의해 지각된다는 점을 인정해야 한다. ~그것은 정신의 통찰(이다)."

(같은 책, 52쪽)

그런데 열을 가한다고 밀랍 자체가 사라지지는 않으며(타서 기체가 되지 않는 한), 따라서 질감은 달라도 밀랍의 '연장'으로서의 성질은 남아 있다. 원피스에서 여기에 대응되는 인물은 촉촉열매 능력자인 양초인간 Mr. 3(본명 갤디노)인데, 처음에는 루피의 적으로 등장했다가 임펠 다운을 함께 탈출할 때 협조하는 인물이다.

반면 라이프니츠는 데카르트가 물체 실체의 본질을 연장에 있다고 본 것을 오류라고 비판했다. 연장은 분할 가능하므로 더 이상 분할할 수 없는 실체의 개념에 해당하지 않기 때문이다. 그가 보기에,

물질 안에 있는 운동의 최종 근거는, 모든 물체 안에 있지만 물체의 충돌을 통해서 자연 안에서 다양한 방식으로 제한되고 억제되는, 창조 시에 물질 안에 각인되어 있는 힘이다. 나는 이 작용하는 힘이 모든 실체에 내재해 있고, 항상 그로부터 어떤 활동이 생겨나고, 그렇기 때문에 (정신적 실체와 마찬가지로) 물체적 실체 자체도 그들의 활동을 결코 중지할 수 없다고 말한다.

고트프리트 라이프니츠, 《형이상학 논고》, 142쪽

그런데 이 힘은 물체에 내재해 있는 역학적 힘이 아니다.

라이프니츠가 보기에 힘에는 두 가지가 있다. 근원적인 힘(vis primitiva)은 실체 안에 든 형이상학적 힘이며, 파생적인 힘(vis derivativa)은 운동하는 물체가 가진 힘이다. 따라서 그가 보기에 일반적인 물체란 실재가 아니라, 정신 안에서 존재하는 관념에 지나지 않는다. 만일 라이프니츠가 원피스의 '천냥광대' 버기를 알았다면, 자신의 이론을 지지하는 증거로 들었을 것이다. 동강동강열매 능력자 버기는 몸이 여러 조각이 나도 살아서 움직이는 인물이다. 연장은 분할 가능하지만, 분할된 몸은 죽는다. 토막이 나서도 살아 있는 버기야말로 물질의 속성이 연장이라는 주장을 논박하는 살아 있는 증거가 아니겠는가?

유물론의 몸

반면에 루피는 연장 그 자체다. 그는 그 자신의 몸과 일체다. (홀로홀로열매 능력자 페로나로 대표되는) '유령'이나 (소울소울열매 능력자 빅 맘으로 대표되는) '영혼'과 같은 단어는 루피와는 가장 먼 단어다. 그는 복잡한 생각이나 설명을 아주 싫어해서 상대방의 말이 조금만 길어져도 딴청을 피우거나 잠이 들어버리며, 먹을 것이라면 사족을 못 쓰고, 머릿속의 생각과 입 밖에 낸 말이 다를 수 있다는 사실을 자주 잊어서 거짓말이나 위장술에 젬병이다.

원피스의 주요 인물 가운데 '생각하는 말풍선'이 없는 거의 유일한 인물이 루피다. 단 한 번 닥터 쿠레하의 성을 찾아 설산(雪山)을 오를 때, 저 말풍선이 쓰인 적이 있다. '죽으면 안 돼!' 하지만 이 말도 루피가 업고 가던 동료 상디가 기절한 상태이기 때문에 혼잣말이 된 것이지, 생각을 적은 것이라 하기 어렵다. 극단적인 체험이나 모험을 좋아하는 루피의 성향 역시 몸으로 겪은 것만을 생체험으로 받아들이는 몸 본위의 사고, 아니 차라리 '몸 – 사고'라고 불러야 할 어떤 특징을 보여준다.

모험을 시작할 무렵의 루피는 인간이 오랜 역사를 거쳐서 받아들였던 연장으로서의 공간을 대표하는 인물로 출발했다. 그는 여러 모험을 겪으며 근대의 과학, 합리성, 유물론을 대표하는 인물로 성장해갔다. 그는 몸으로 대표되는, 그리고 그 몸의 여러 변형을 통해서 연장에 대한 사유를 확장하는 인물이다. 다양한 원피스 세계에서 루피야말로 인간 자신의 토대인 몸 자체를 대표하는 특별한 존재라고 할 수 있다.

니카, 조이보이 그리고 루피—자유와 기쁨

그런데 와노쿠니 편에서 충격적인 사실이 새로이 드러났다. 최강의 생물이라 불리는 백수의 왕 카이도와의 일대일 전투에서 루피는 세 번이나 패배하여 정신을 잃는다. 그런데 세 번째 패배 후에 루피의 몸이 고무처럼 녹으면서 각성이 이루어진다. '각성'이란 카이도의 설명에 따르면 "악마의 열매 능력자의 심신이 열매의 능력을 따라잡았을 때" 일어나는 것으로, 능력자마다 그 발현 양태가 다르다. 루피의 경우가 놀라운 것은 고무고무열매의 각성이 그 열매의 숨은 정체와 연관되어 있었다는 점이다.

고무고무열매는 사실은 초인계 열매가 아니라 동물계 사람사람열매 환수종에 속했으며, 그 이름이 태양신 니카였다. 니카의 특징을 살펴보면, ① 사람들을 웃게 만들며(백수해적단 간부 후즈후에 따르면 니카는 노예들을 해방시켰다고 한다), ② 자신이 상상한 모습 그대로 싸우고, ③ 크게 신장된 고무의 능력을 갖고 있다. 과연 루피는 니카로 각성한 후에 아동만화의 캐릭터처럼 코믹하게 싸우고(놀라서 눈이 튀어나오거나 도깨비방망이에 맞아서 방망이 모양대로 짜부라든다) 자신뿐만 아니라 상대방(카이도)의 몸을 관통하거나 땅을 고무처럼 길게 늘이기도 한다. 이 갑작스러운 변신에 당황한 독자가 적지 않았다. 하지만 ① 루피=니카가 해방의 전사라는 점은 〈원피스〉 전체의 일관된 주제다. 그는 힘을 숭배하는 원피스 세계의 독재자들, 권력자들의 지배에 항상 맞서 싸워왔다. ② 루피가 자신의 상상에 따라 싸운다는 것도 특별한 일이 아니다. 고무의 성질이 연장에 있으므로, 그는 지금까지도 길이와 넓이와 높이와 크기의 변화를 통해서(곧 공간의 자유로운 점유를 통해서) 싸워왔기 때문이다. ③ 각성 후에 고무고무열매의 능력이 커진 것도 이상하지 않다. 도플라밍고나 카타쿠리 역시 각성 후에 주변의 땅을 실이나 떡과 같은 성질로 변화시킨 적이 있다. 따라서 고무고무열매가 사실은 사람사람열매 모델 니카였다는 것을 두고 원피스 세계관의 변질(?)이라고 하기는 어렵다. 더 놀라운 사실은 루피가 조이보이라는 사실이다.

조이보이(Joy Boy)는 로빈이 포네그리프를 읽고 "당신은 대체 누구지? 조이보이"라고 혼잣말을 하며 처음 언급된 바 있으나(628화), 코즈키 오뎅의 모험 이야기(967화, 이것은 해적왕 로저의 모험 이야기이기도 하다)에서 본격적으로 정체를 드러낸다. 조이보이는 800년 전의 인물로, 위대한 항로와 신세계의 최종 지점(마지막 섬인 라프텔)에 원피스를 묻어둔 인물이다. 로저가 해적왕이 된 것은 이 마지막 섬에 도착한 유일한 인물이기 때문이다. 그는 이 섬에 도착해서 조이보이가 남긴 원피스의 정체를 알고는 눈물이 날 만큼 크게 웃고는 이 섬을 '라프텔(Laugh Tale, 웃긴 이야기)'라고 이름 짓는다.

다시 카이도와의 전투 장면으로 돌아오자. 루피가 니카열매로 각성할 때에, 거대 코끼리 즈니샤가 와노쿠니를 찾아와서는 조이보이가 돌아왔다고 외친다. 이로써 루피가 새로운 조이보이라는 사실이 밝혀진다. 조이보이는 고유명사가 아니라 ① "해방의 드럼"을 울리는 자, ② 대비보 원피스를 소유한 (소유할) 자, ③ 웃긴 이야기를 남긴 자 혹은 그 이름대로 웃을 수 있는 자를 말한다. ① 해방의 드럼을 울린다는 것은 노예들에게 해방을 가져다준다는 니카와도 일치하는 특징이다. 실제로 루피는 카이도의 화염에 새카맣게 불타거나 패기의 과도한 사용으로 급속히 노화한 다음에도 자신의 심장소리(드럼)로 부활한다. 이 소리는 루피가 자신을 해방시키는 능력을 갖고 있으며 자유(스스로 말미암음)를 획득했음을 보여주는 설정이다. ② 처음 조이보이는 원피스를 묻은 자이며, 나중의 조이보이는 그 원피스를 발견할 자다. 원피스는 단순한 금은보화가 아니다. 그것은 "터무니없는" 것이며, "웃긴 이야기"다. 따라서 원피스는 그것의 가치를 진정으로 알아보는 자에 의해서만 발견될 것이다(로저는 그것을 알아보았으나 그는 너무 '일찍' 도착했으며, 따라서 그의 앎은 봉인된다). 원피스에 관해서는 로빈 편에서 상세히 이야기하겠다. ③ 니카가 해방의 전사이자 공상 그대로 싸우는 자인 것처럼, 조이보이도 해방의 드럼을 울리는 자이자 웃음을 품은 자다.

　　루피와 고무고무열매에 새로이 더해진 이명(조이보이와 니카)의 특징을 요약하는 말은 자유와 기쁨, 혹은 해방과 웃음일 것이다. 그는 노예 상태에서 해방시키는 자, 타력이 아닌 자력으로 일어선 자, 진정한 기쁨을 아는 자다.

　　모험을 시작할 무렵의 루피는 인간이 오랜 역사를 거쳐서 받아들였던 연장으로서의 공간을 대표하는 인물로 출발했다. 그는 여러 모험을 겪으며 근대의 과학, 합리성, 유물론을 대표하는 인물로 성장했다. 그는 몸으로 대표되는, 그리고 그 몸의 여러 변형을 통해서 연장에 대한 사유를 확장하는 인물이다. 그리고 마침내 근대인의 두 가지 덕목—자유와 기쁨—을 구현한 인물로 각성한다. 다양한 원피스 세계에서 루피야말로 인간 자신의 토대인 몸 자체를 대표하는 특별한 존재라고 할수 있다.

내겐 너희들이 모르는 어둠이 있어

고고학자 로빈과 '실재'

밀짚모자 일당 가운데 가장 신비에 싸인 인물은 니코 로빈일 것이다. 루피에게 최초의 패배를 안긴 적이 칠무해 중 하나인 크로커다일인데(루피는 모래인간 크로커다일에게 수분을 뺏겨, 말 그대로 미라가 되어버린다), 당시 로빈은 크로커다일의 파트너였다. 그녀는 크로커다일이 설립한 비밀조직 바로크 워크스의 조직원으로 〈원피스〉에 최초로 모습을 드러낸다. 이 조직은 회사의 형태를 띠고 있으나 실제로는 이상 국가를 세우기 위해 범죄를 저지르는 비밀스러운 결사체였다. 조직원들은 서로를 알지 못하고 코드네임으로 불리며, 그중 최고위 간부들은 '미스터+넘버'(남자 사원들의 경우), '미스+요일'(여자 사원들의 경우)로 불린다. 크로커다일이 사장인 미스터 제로, 로빈이 부사장인 미스 올 선데이였다. 알려지지 않은(무질서해 보이는) 조직이 가장 위계가 잡혀 있다는(질서 지워져 있다는) 이 역설은 로빈의 주변에서 흔히 발견된다.

금지된 지식을 찾아서

나미가 처음에 같은 편이었다가 밀짚모자 일당을 배신한데 반해, 로빈은 적이었다가 (크로커다일에게 버려진 후에) 밀짚모자 일당에 합류한다. 나미가 배신한 이유는 돈에 있었다. 악당 아론에게서 자신의 마을을 구하기 위해서는 돈이 필요했기 때문이다. 그런데 로빈이 악당 크로커다일 일당에 합류했던 이유는 다른 데 있었다.

로빈은 알라바스타 국왕 네펠타리 코브라에게 자신은 진짜 역사를 기록한 돌인 리오 포네그리프를 찾고 있었을 뿐이라고 말한다. 사실, 로빈은 처음부터 크로커다일에 동조하지도 않았고, 그의 요구(포네그리프에 적힌 고대병기의 정보를 알려주는 것)를 들어줄 생각도 없었다. 크로커다일이 알라바스타 왕국을 전복시키려고 했던 이유는 이 나라에 있던 포네그리프를 손에 넣기 위해서, 더 정확히는 거기에 새겨진 고대병기 플루톤에 관한 정보를 얻기 위해서였다. 포네그리프란 해독 불가능한 고대문자가 새겨진 정육면체 형태의 석비(石碑)로, 현존하는 어떤 무기로도 파괴할 수 없다고 알려져 있다. 그러니 포네그리프는 이중으로 신비한 물체다. 알 수 없는 문자가 적혀 있으니 그것은 불가지(不可知)의 대상이라는 얘기이며, 그럼에도 훼손되지 않는다는 것은 그것이 (알 수 없는 채로) 반드시 후대에 전해져야만 하는 대상이라는 뜻이다. 포네그리프는 전 세계에 30여 개가 흩어져 있다고 하는데, 다음과 같이 세 종류로 나뉜다.

① 일반 포네그리프 : 다른 포네그리프의 위치가 적힌 돌. 17개가 있다.
② 리오 포네그리프: 실전(失傳)된 여러 내용이 기록된 돌. 9개가 있다. 이 가운데에는 세계를 멸망시킬 수 있는 고대병기에 대한 정보도 있으며 9개를 이어서 읽으면 공백의 100년 역사에 대해서도 알 수 있다.
③ 로드 포네그리프: 4개가 있다. 각 지점을 지도 위에 표시하고 선을 이으면, 그 교차점에 라프텔이 있다. 라프텔은 전설의 비보 원피스가 위치한 곳이다.

따라서 현재까지 드러난 바에 따르면 포네그리프에는 세 가지 정보가 있는 셈이다. 극강의 무력을 획득할 수 있는 전설의 고대병기에 대한 정보, 공백의 100년 역사에 대한 정보, 대비보 원피스(가 있는 곳)에 대한 정보. 크로커다일이 노린 것은 고대병기 가운데 하나인 플루톤에 대한 정보이며, 로빈이 목표로 하는 것은 공백의 100년 역사에 대한 기록이다. '원피스'는 해적왕을 노리는 모든 이들이 얻기를 열망하는 대비보이다. 코즈키 오뎅의 모험을 다룬 이야기에서 원피스가 있는 곳, 라프텔의 이름이 'laugh + tale'의 합성어라는 사실이 알려졌으며, 어인섬에 있는 포네그리프를 읽은 로빈의 입을 통해서 원피스를 남긴 인물의 이름이 조이보이(Joy Boy)라는 사실이 알려졌다(조이보이에 대해서는 앞에서 밝혀두었다).

크로커다일은 고대병기를 획득하여 세계를 무력으로 제패하기를 꿈꾸고, 루피를 비롯한 해적들은 원피스를 획득하여 해적왕이 되기를 꿈꾼다. 이들은 이른바 현실 권력을 꿈꾼다. 그런데 로빈은 처음부터 실전된 역사의 기록을 찾아다닌다. 그녀는 포네그리프의 기록을 읽을 수 있는, 세계에서 유일한 인물이다(와노쿠니 편에서 코즈키 가문에게 이 지식이 비밀리에 전수되어왔다는 사실이 밝혀진다). 공백의 100년이란 무엇인가? 루피가 모험을 시작한 시점에서 800−900년 전의 시기로, 이 시기의 기록은 모든 역사서에서 삭제되었다. 이 시기에 이름이 알려지지 않은 한 왕국이 존재했다고 하는데, 800년 전 20개국 왕들에 의해 세계정부가 출범했다는 것, 그리고 세계정부가 이 시기의 기록과 연구를 금지했다는 것으로 미루어, 세계정부를 성립시킨 그 20개국에 의해 멸망했을 것이라 짐작될 뿐이다. 포네그리프에 적힌 기록은 알려지지 않은 대상들(원피스, 고대병기, 공백의 100년에 존속했던 고대왕국)에 대한 기록이다. 모든 기록은 삭제되거나 금지되어 있다. 그것들은 ① 기록되어 있으나 읽을 수 없다(포네그리프의 고대문자). ② 기록되어 있으나 읽는 것이 금지되어 있다(세계정부의 명령). ③ 읽는 것이 불가능하거나 금지되어 있으나 기록 자체는 전수되어야 한다(포네그리프의 존재 이유). ④ 게다가 어렵게 해독한 그 기록은 다른 기록에 대한 기록일 뿐 그 기록 자체로 정보의 가치를 지니고 있지 않거나 정보의 일부만을 이룰 뿐이다(고대병기의 위치나 정체에 대한 정보, 공백의 100년에 대한 기록의 퍼즐, 원피스가 있는 곳에 대한 정보의 퍼즐). 실전된 이 기록들은 완강하게 해독을 거부하고, 그러면서도 끈질기게 살아남아서 망실(忘失)되지 않으려 한다. 그것들은 해독되지 않은 채로 전달된다. 이것은 무엇을 뜻하는 것일까?

칸주로의 엉터리 그림―플라톤의 '이데아, 복사, 시뮬라크르'

기록(record)은 '다시, 반복'을 뜻하는 're-'와 '심장, 핵심'을 뜻하는 'core'가 결합된 말이다. 따라서 기록이란 본래 있었던 핵심적인 어떤 것을 다시 표기하는 일, 어떤 것의 실상을 장부에 재기입하는 일이다. '다시(再)'와 '목표물(core)'을 결합하여 최초의 대상을 다시 드러내는 것, 여기에 서구 사유의 모든 것이 걸려 있다.

"세 가지의 침상(寢牀)이 있게 되었네. 그 하나는 그 본질에 있어서 침상인 것으로서, 이는, 내가 생각하기로는 신이 만드는 것이라고 우리가 말할 그런 것일세. 다른 하나는 목수가 만드는 것일세. 또 다른 하나는 화가가 만드는 것이네."

"자네는 우리가 신을 그것의 '본질 창조자'(phytourgos)라든가 또는 그와 같은 이름으로 부르기를 바라는가?"

"옳은 일입니다. 신은 이것(침상)이나 다른 모든 걸 진정 그 본질에 있어서 만들었으니까요."

"목수는 어떤가? 그는 침상의 장인(dēmiourgos)이 아닌가?"

"그렇습니다."

"화가도 그런 것의 장인이며 제작자인가?"

"전혀 아닙니다. ~제가 생각하기엔 이게 그를 부르기에 제일 적절할 것 같습니다. 그를 장인들이 만드는 것의 모방자라고 말씀입니다."

"좋으이. 그 본질(physis)로부터 세 번째인 산물의 제작자를 자네는 모방자라 부르는가?"

"물론입니다."

플라톤, 《국가》, 615 – 617쪽

플라톤은 스스로 완전한 절대적인 형식, 영원히 변하지 않는 절대적인 본질을 이데아라 불렀다. 침대를 예로 들어보자. 침대를 만드는 장인은 머릿속에 침대에 대한 설계도를 갖고 있어야 한다. 이 설계도는 실제로 현존하지 않는 것이면서도 침대가 제작되기 위해서는 반드시 있어야 하는 것이어서, 말하자면 모든 침대의 절대적 본질이다. 이것이 이데아— 정확히는 이데아의 가시적 형상인 에이도스—이다. 장인은 그 설계도에 따라서 침대를 제작한다(이것을 에이콘이라 부른다). 화가는 장인이 제작한 침대를 화폭에 옮긴다. 그는 설계도(=이데아 혹은 에이도스)가 아니라 장인이 만든 침대(=에이콘)를 모방했다. 이를 판타스마 혹은 시뮬라크르라 부른다. 그러니까 원본(original, 신이 만든 본질로서의 침대, 이데아 혹은 에이도스)이 있고, 그것의 복사본(copy, 장인이 만든 침대, 에이콘)이 있으며, 그 복사본의 복사본(copy의 copy, 화가가 그린 침대, 시뮬라크르)이 있는 셈이다. 핵심(core)이 있고, 그것을 다시(再, re-) 표시하는 일이 있으며, 그 기록(record)을 다시 기록하는 일(re-record)이 있다. 기록은 이 재기입(re) 절차에 따라 기록(record)과 기록의 대상(core)을 분리해낸다. 통상적으로 '표상' 혹은 '재현'이라고 번역하는 'representation(영어)'이나 'Vorstellung(독일어)'도 기록과 동일한 논리를 갖고 있다. representation은 re-(다시)+present(현재화)시킨다는 말의 명사형이다. 곧 재현이란 현존하는 것(present, 여기에 있음)을 '다시(re-) 드러내거나 보여준다'는 뜻이다. 독일어 Vorstellung 역시 vor(앞에)+stellen(세운다)는 말의 명사형이므로 같은 뜻이다. 재현 역시 현시(present)된 것을 거듭함으로써 기록과 대상을 분리해낸다.

원피스 세계에서 이런 복사의 복사(시뮬라크르)가 가진 효용과 약점을 대표하는 인물은 와노쿠니의 사무라이 중 하나인 칸주로다. 그는 (이름이 알려지지 않은) 악마의 열매 능력자로 커다란 붓을 들고 다니며 필요한 그림을 그린다. 용을 그리면 그림에서 용이 나오고, 참새를 그리면 참새가 나오는 식이다. 문제는 그림 실력이 신통치 않아서, 본인이 의도했던 것만큼 힘 있고 잘 나는 짐승이 나오지 않는다는 데 있다. 드레스로자에서는 구덩이에 빠진 사람들을 위해 탈출 사다리를 그려주었는데, 그 역시 삐뚤빼뚤해서 사람들이 탈출하는 데 애를 먹었다. 플라톤에 따르면 화가나 작가는 모방자, 곧 시뮬라크르(카피의 카피)를 만드는 사람이다. 칸주로는 그림을 그려서 실제의 동물이나 사물을 소환했으나, 그 모방품은 실제의 동물과 사물보다 형편없이 질이 떨어지는 것이었다(나중에 칸주로의 정체와 작화 실력에 대해서는 반전이 마련되어 있다).

상징—말과 지시대상이 분리되다

어쨌든 이런 분리 작용을 이르는 말이 '상징'이다. 상징
이란 파악되지 않은 '어떤 것(core)'을 특별한 메커니즘(re-)
을 통해서 파악하는 것을 뜻한다. 천지창조의 순간으로 가보
자. 하느님이 "빛이 있으라"고 말씀하자 빛이 나타났다.(〈창세
기〉 1장 3절) 이런 방식으로 신은 우주의 모든 것을 '말씀'으로
창조한다. 여기에서는 말의 의미작용과 대상이 분리되어 있지
않다. 곧 '대상=말'이다. 신의 지각은 사물을 존재하게 만들기
때문이다(이런 신의 지각을 '산출적 지각'이라고 부른다). 신은 초
월적인 존재이므로 자신 안에 이미 지시하는 것("빛이 있으라")
과 지시된 것("그러자 빛이 나타났다")이 통일되어 있다. 이후
의 '말'에 대한 이야기는 성경판 이데아론이라 할 만하다. 인간
을 지은 이후에 하느님은 "온갖 새와 짐승을 만드시고 아담이
어떻게 이름을 짓나 보려고 그것들을 이끌어 그에게로 가셨
다. 아담이 각 생물들을 부르는 것이 바로 그 생물들의 이름이
되었다."(〈창세기〉 2장 19절) 낙원에서 추방된 후에 인간은 하
느님에게 이르자 하여 바벨탑을 짓기 시작했다. 하느님이 인
간들이 쓰는 언어를 다르게 하여 그들을 온 세상에 흩어버렸
다.(〈창세기〉 11장 7절) 하느님이 세상을 지을 때 쓴 언어가 사
물의 본질 그 자체로서의 언어(원본으로서의 이데아)라면, 아담
의 언어는 사물의 형상을 올바로 지시하는 언어(이데아를 복사

한 것, copy)이고, 바벨탑 이후의 언어는 사물의 형상을 그릇되게 지시하는 타락한 언어(퇴락한 모방물, copy의 copy)이다.

그런데 신의 '말씀'과 '지시대상'이 일치한다고는 해도 명명하기와 존재하기가 인과의 관계를 맺는다는 것은 둘이 시간적으로 분리되어 있다는 가정을 수락하는 것 아닌가? 인과란 선행하는 원인에 후행하는 결과가 따라붙는 것이다. '빛이 있으라'는 명명 이후에야 '빛'이라는 사물이 출현할 수 있다면, 둘은 이미 분리되어 나타난다. 유대교의 전승을 모은 〈하가다〉에서는 이 모순을 다음과 같이 예리하게 묘파해놓았다.

> 하느님이 세상을 말로써 창조하려 할 때, 이 알파벳의 22글자가 하느님의 무시무시하고 장엄한 왕관에서 내려왔다.
>
> 글자들이 하느님을 에워싸고는 하나씩 나서서 말하고는 "나를 통해서 세상을 창조하십시오"라고 간청했다.
>
> 모든 글자가 각각 주장을 하고 나자, 베트가 거룩한 분(그분은 축복받으시라) 앞으로 나와서 "오, 온 세상의 주님! 주님은 영원히 '축복' 받으십시오, 라고 한 것처럼 세상의 모든 거주자가 매일 저를 통해서 당신을 찬미하도록 하기 위해서, 이 세상은 저를 통해서 창조해주십시오."라고 말했다.
>
> 거룩한 분(그분은 축복받으시라)이 즉시 베트의 요청을 들어주었다.
>
> 윌리스 반스토운 편, 《숨겨진 성서 1》, 65 – 66쪽

이 이야기는 히브리어로 된 〈창세기〉가 알파벳 베트(ㄱ)로 시작하게 된 연원을 말놀이('축복'이란 히브리어 단어 역시 베트로 시작한다)로 풀고 있다. '말씀'으로 천지를 창조하기 위해서는 먼저 '말씀'이, 곧 언어를 구성하는 알파벳이 먼저 존재해야 한다. 그래서 창조의 과업을 수행하기 위해서 히브리어 알파벳 22글자가 내려와 자신을 통해 창조해달라고 간청한다. 그런데 언어는 사물처럼 하나의 덩어리로 존재하는 게 아니다. 언어는 다음과 같은 순서로 출현한다. 첫째, 세상의 모든 소리를 구별 가능한 (알파벳이나 한글 자모처럼) 유한한 요소들로 구획한다. 이 과정에서 구별되지 않거나 의미화할 필요가 없는 소리들은 버려진다. 둘째, 이 소리들이 다시 유한하게 결합하여 의미를 가진 최소한의 단위(형태소)를 만든다. 이 과정에서 의미를 가진 부분과 그렇지 못한 부분이 나누어진다. 셋째, 형태소들이 개별 언어가 미리 수립해둔 특별한 결합의 규칙에 따라 결합함으로써 문장이 된다. 이 과정에서 온전한 문장이 되지 못한 조각들(의성어, 의태어, 감탄사 등)이 온전한 문장 사이에 흩뿌려진다. 넷째, 문장들이 연쇄를 이루어 특별한 형식을 갖춘 구성체(담론)를 이룬다. 이 과정에서 (상황, 화자와 청자의 관계 등의) 비언어적 요소들이 개입하여 반어와 역설, 알레고리라고 불리는 현상을 만든다.

말과 사물보다 먼저 있었던 것—데리다의 '차연'

언어야말로 대표적인 상징 가운데 하나다. 언어는 말과 사물의 '분리'에서 출현한다. 아니, 더 정확히 말하자면 언어는 이미 사물과의 분리작용이다. 분리를 통해서 언어는 독자적인 질서(음운론, 의미론, 구문론)를 세우며, 이로써 (이미 사물과는 무관한 것이 되었음에도) 사물을 반영(이 말 역시 보이는 것〔영상〕을 되비춘다〔반사〕는 점에서 재현이나 기록과 같은 뜻이다)한다고, 곧 사물의 질서를 언어의 질서로 되비출 수 있다고 주장한다. 그런데 이렇게 본다면 언어의 질서는 사물의 질서 이후에 출현한 것이 된다. 사물이 존재함→언어가 분리됨→사물의 질서를 흉내 내어 말의 질서를 확립함, 이런 순서다. 그런데 정말 그럴까? 우리는 태어나면서부터 언어에 접수된다. 우리는 자신이 태어난 곳의 언어를 선택해서 쓰는 게 아니라, 그곳의 언어에 의해 선택된다. 모국어는 우리에게 옵션이 아니고 강제된 것이다. 천지창조의 교훈은 이것이다. 하느님이 말씀으로 천지를 지었다는 것은, 사물이 선행하고 언어가 후행한 게 아니라 선재(先在)하는 언어의 질서에 따라 사물의 질서가 자리 잡았다는 것이다. 태초에 있는 것은 창조가 아니라 분리, 곧 언어의 분절 내지 절합(articulation, 분리+결합) 작용이었다. 데리다는 이것을 차연(différance)이라 불렀다.

관건은 구성된 차이가 아니라 일체의 내용 규정에 앞서 차이를 생산하는 순수한 운동이 문제인 것이다. (순수한) 흔적은 차연이다. 흔적은 어떠한 청각적, 시각적, 음성적, 문자 표기적인 감각적 충만함에도 종속되지 않는다. 그것은 반대로 그것들의 조건 자체이다.

자크 데리다, 《그라마톨로지》, 168쪽

차연이란 (공간에서의) '차이'와 (시간에서의) '지연'을 결합한 말로, 분절을 일으키는 시간적, 공간적 운동을 말한다. 언어가 분절되어 있다면, 곧 음소와 형태소와 어절의 분리와 결합을 통해서 차이들을 실어 나른다면, 언어활동의 맨 처음에는 실체(구체적인 소리와 의미)가 아니라 그것들(core)을 구별하고 분리하고 다시(re-) 결합하는 운동이 먼저 있었어야 한다. 창조 곧 의미의 생성은 이 차이 내는 운동의 결과일 뿐이다. 상징이 무엇인가를 분리해내기 전에, 먼저 분리하는 작용이 있었다는 뜻이다.

상징, 상상, 실재—세계가 셋으로 나뉘다

분리작용으로서의 상징은 세계 전체를 분리시킨다. 우리는 상징에 접수되므로 상징 바깥의 세계에 대해서는 아는 것이 없다. 상징은 분리작용이면서 포획(=파악)하는 작용이기도 하다. 우리가 상징을 통해서 어떤 의미를 포획하는 순간, 그 의미가 지시하는 실제의 대상은 상징에서 분리된다. 상징이 도래하면 두 개의 세계가 추가되어 도합 세 개의 세계가 출현한다. ① 우선 상징 이전의 세계, 곧 분리가 일어나기 이전의 세계다. 하지만 이 세계는 과거에 존재했던 세계가 아니다. 상징이 출현하면서 잃어버린 세계, 곧 분리가 일어남에 따라 '잃어버렸다'고 가정되는 세계다. 이것을 상상의 세계라고 부른다. 우리는 상징적인 질서에 접수되면서 우리가 분리되기 이전의 상태를 잃어버린다. 그것이 무엇인지도 알지 못하면서 말이다. ② 상징의 세계다. 우리가 상징적인 기호들로 엮어낸 언어의 세계, 이데올로기의 세계, 이미지의 세계, 문화와 제도와 역사의 세계. ③ 상징이 분리해내는 데 실패한 것, 분리해낸 후에도 잉여로 남아 있는 것, 분리 작용 자체가 깔끔하게 이루어지지 않았음을 보여주는 것들로 이루어진 세계다. ① 이 미분리의 세계, ② 가 분리의 세계라면 ③ 은 분리 불가능한 것, 분리해내지 못한 것, 분리에 내재해 있는 균열(분리의 질서가 교란된 것)의 세계다. 정신분석에서는 ① 을 상상계(상상적인 것), ② 를 상징계(상징적인 것), ③ 을 실재계(실재적인 것)라고 부른다.

실재, 부재하는 것으로 존재하기―칸트의 '물자체'와 붓다의 '업(業)'

상상계에 관해서는 샬롯 브뢸레의 거울거울열매를 다룰 때 살피기로 하고, 여기서는 로빈이 대표하는 ③의 세계, 실재계에 대해서 알아보기로 하자. ①과 ③을 탐색하기 위해서는 ②를 경유해야 한다. 상징계가 출현한 이후에야 다른 두 세계가 모습을 드러내기 때문이다.

> 언어의 표출(분절, articulation)이 갖는 고유한 속성은, 체험된 실재와 그것(체험된 실재)을 의미하는 것 사이의 분열을 필연적으로 만들어 내는 상징적 대체를 통해서 실재를 환기시킨다는 것이다. 달리 말하면 실재를 의미하는 상징적 대체는 실재 자체가 아니라 실재를 표상(대리, représenter)하는 것이다. "사물이 표상되기 위해서는 상실되어야 한다"라는 라캉의 격언이 말하고 있듯이 말이다. 그러므로 언어는 실재의 부재를 위하여 실재의 현존을 표상해야하는 독특한 특성을 갖는다.
>
> 조엘 도르, 《라캉 세미나 에크리 독해 I 》, 173쪽

앞서 말한 대로 상징계를 구성하는 언어는 분절(분리 결합) 혹은 재현(대리 표상)을 특성으로 하며, 이것은 체험된 실재(core)와 의미화(re-) 사이의 분리(분열)를 대가로 지불한다.

다시 말해 상징(분리)이 성립하기 위해서는 실재(core)의 세계를 언어의 세계가 덮어써야 하며, 이것은 실재가 상실되어야 한다는 것, 그것이 언어의 세계로 대체되어야 한다는 것을 뜻한다. 실재의 현존(그것을 언어로 재현함)은 그것의 부재(그것을 상실함)와 같다. 그렇다면 실재는 존재하지도 않았던 것이 될 것이다. 그것의 재현물(상징)의 출현이 그것의 부재를 증명하기 때문이다. 실재하는 사물(core)의 세계는 칸트가 말한 이른바 물자체의 세계다. 칸트에 따르면, "우리에게 대상들 그 자체는 전혀 알려지지 않으며, 우리가 외적 대상들이라고 부르는 것은 ~우리 감성의 순전한 현상들뿐이라는 것, 그것의 진짜 대응자 다시 말해 사물 그 자체(물자체)는 전혀 인식되지도 않고 인식될 수도 없"다.(칸트, 《순수이성비판 1》, 250쪽) 그래서 칸트는 물자체가 우리 인식의 한계 개념이라고 말한다. 그것이 존재하는지, 존재하지 않는지에 관해 알 수 없는 것은 존재를 논하는 것 자체가 불가능하거나 무의미하다. 그것은 우리 인식이 미치지 못하는 범위에서 우리 인식의 한계를 긋는다. 그런데 정말 아무것도 인식되지 않을까? 어쩌면 사물은 인식의 실패를 통해서 역설적으로 인식되는 것이 아닐까?

앞에서 우리는 언어가 구성되는 순서를 짚어보면서, 언어가 구성될 때에도 무수한 잉여들이 생긴다는 것을 살펴보았다. 음운으로 포획되지 않는 소리들, 의미를 담지하지 못하는 형태소들, 문장이 되지 못한 조각들, 상황이 주어져야 비로소 해독되는 문장들이 그렇다. 이것들은 상징계가 깔끔하게 마름질되어 있지 못하다는 것을 보여주는 일종의 얼룩이다. 의성어를 생각해보자. 의성어는 사물이나 사람이 내는 소리를 직접 흉내 낸 말이다. 언어학에서는 의성어 역시 나라마다 서로 다르게 표기된다는 점을 들어서 상징계의 규칙이 사물과 무관하다고 주장하지만, 거기에는 실제로 사물과의 희미한 연관성이 있다.

마마(독일어, 러시아어, 네덜란드어 등등)

머마(그리스어)

모므(라틴어)

모음(스웨덴어)

모뮈(아랍어)

맘마(타밀어)

마(힌디어)

마마(일본어)

마마(중국어)

엄마(한국어)

...

'엄마'를 뜻하는 각 나라 말을 한국어로 소리 나는 대로 적은 것이다. 세계 어디서나 엄마를 뜻하는 단어는 비슷한 소리를 낸다. 이것은 아기가 입을 떼어 최초로 발음하는 소리를 받아 적은 말이기에, 그리고 바로 그 순간 아기의 앞에 엄마가 있었기에 생겨난 현상이다. 상징은 실재와 무관하지만 실재의 틈입에서 온전히 자유로울 수 없다. 저 소리들을 모아서 들으면, 우리는 인간 아기가 최초로 내는 소리가 비음과 순음으로 이루어져 있음을, 아기를 돌보는 최초의 인물이 인간 사회 어디서나 엄마임을 알게 된다. 이것은 상징과 무관한 정보다.

실재계(the Real)란 바로 이런 상징계의 얼룩을 낳았다고 가정되는 가상의 세계다. 그것이 가상인 것은 우리가 그것을 직접 짐작할 수 있는 방법이 없기 때문이다. 우리는 상징(분리)의 세계만을 알 수 있을 뿐이지만, 그렇게 해서 출현한 세계에는 상징화를 교란하는 무수한 실재의 얼룩이 있다. 이 얼룩은 정상적인 질서를 교란하는 것이기에, 흔히 기괴한 것, 그로테스크한 것으로 지각된다.

100개의 머리를 가진 동물은 일종의 물고기로서 언어의 업(業)에 의해서, 그리고 윤회에 의해서 만들어진 것이다. 중국에서 기록한 부처의 전기 중에 이런 이야기가 있다. 어느 날 부처는 그물을 당기고 있는 어부들을 보았다. 어부들은 힘들여서 거대한 물고기를 해변으로 끌어올렸다. 그런데 그 물고기는 원숭이, 개, 말, 여우, 돼지, 호랑이 등의 머리를 100개나 가지고 있었다. 부처는 그 물고기에게 물었다.

"너는 카필라가 아니냐?"

"그렇습니다."

100개의 머리가 숨을 거두기 직전에 일제히 대답하였다.

부처는 제자들에게 카필라를 이렇게 설명하였다. 전생에 카필라는 브라만 계급 출신으로 승려였다. 그는 신성한 문헌에 나오는 지혜에 대해서 다른 어떤 사람보다도 잘 알고 있었다. 그는 동료들이 때로 이해를 하지 못하면, 동료들을 "원숭이 대가리", "개 대가리"라고 놀려댔다. 그렇게 다른 사람을 놀려대던 그가 죽게 되자, 이러한 욕설로 인한 업이 쌓여서, 동료들에게 붙여주었던 모든 대가리를 다 가진 흉측한 수중 괴물로 태어나게 되었다.

호르헤 루이스 보르헤스, 《상상동물 이야기》, 72쪽

업(業, karma)이란 본래 행위(~함)를 말하는 것이었으나 후대에 여기에 인과성이 부가되면서 선악의 행위에 따른 결과(結果, 果報)라는 뜻을 갖게 되었다. 다시 여기에 윤회사상이 결합되면서, 전생에서의 행위로 인한 결과가 현생에, 현생에서의 행위의 결과가 내생으로 이어진다고 생각하게 되었다. 문제는 전생의 일이란 기록(record)하거나 재현(representation)

96

할 수 없는 것, 곧 상징계에 등록할 수 없는 것이라는 데 있다. 우리가 아는 것은 전생의 업으로 인해 나타난 현생의 결과뿐이다. 업에는 몸으로 지은 업(身業: 살생, 도둑질, 음행), 입으로 지은 업(口業: 거짓말, 이간질하거나 위선적인 말, 욕설, 꾸며대는 말), 마음으로 지은 업(意業: 탐욕, 시기와 미움, 잘못된 견해)이 있다. 백 개의 머리가 붙은 저 괴물은 전생에 말로 지은 업으로 인해 흉측한 머리들을 갖게 되었다. 현생(상징계)에 등록되지 않았으나 그 상징들에 영향을 미치는 전생을 실재계라고, 원인으로 간주되는 업을 실재의 작용이라고 부를 수 있을 것이다. 따라서 저 괴물은 실재의 작용이 상징계에 끼친 교란, 얼룩, 왜곡된 상의 표현인 셈이다.

로빈 또한 그렇다. 그녀는 꽃꽃열매 능력자로, 사물이나 (자신이든 타인이든 가리지 않고) 사람의 몸에서 꽃을 피우듯 자신의 신체를 돋아나게 할 수 있다. 우노 플뢰르(Uno Fleur: 한 송이의 꽃, 손 1개를 피워내는 기술)에서 밀 플뢰르(Mill Fleur: 천 송이의 꽃, 1000개의 손이나 발을 피워내는 기술)까지 여러 개의 손이나 발을 내어 적을 꺾을 수 있고, 손으로 커다란 날개나 우산, 계단을 만들 수도 있으며, 다른 사람의 몸에 눈이나 귀를 돋게 해서 남의 모습을 엿보거나 남의 말을 엿들을 수도 있다. 악마의 열매 능력으로 구사된 이 기술들은 그 이름(여러 송이의 꽃을 스페인어+프랑스어를 결합하여 지었다)과 다르게 꽤나 징그럽다. 커다란 손과 발, 어디서든 돋아나는 무수한 사지(四肢)와 눈 코 입이라니. 심지어는 자신의 몸을 분할하여 둘로 출현시킬 수도 있다! 신체의 이 이상증식이야말로 알 수 없는 어떤 세계, 곧 실재의 영향(＝업)으로 인한 상징적 질서의 교란이다.

로빈, 실재의 탐험가

상징화를 벗어나는, 상징이 포획하지 못한, 분리작용이 불가능한 그 무엇이 실재다. 문제는 실재를 따로 지시할 방법이 없다는 데 있다. 지시는 분리이자 기록이라는 점에서 상징의 영역에 속해 있기 때문이다. 그것을 지시하려 하는 순간, 실재는 물자체처럼 무로 출현한다.

르네 마그리트의 그림을 보자. 창문 밖에 푸른 하늘과 흰 구름, 푸른 바다가 펼쳐져 있다. 그런데 창문을 열자, 그 너머에 있는 것은 텅 빈 어둠뿐이다. 저 어둠, 무명(無明)은 곧 무명(無名)이다. 우리가 상징의 세계에서 보는 것은 저 창문에 표시된 하늘과 바다이다. 우리는 상징이 투명한 기호라고, 실재의 하늘과 바다를 있는 그대로 비쳐준다고(반영 내지 재현한다고) 생각한다. 그러나 상징은 그것이 재현한다고 간주하는 그 무엇, 곧 실재의 세계와 결정적으로 단절되어 있다. 실재에 합당한 이름은 마련되어 있지 않다.

르네 마그리트, 망원경, 1963, 캔버스에 유채

밀짚모자 일당이 물의 도시 워터세븐에 이르렀을 때, 로
빈이 모습을 감춘다. 백방으로 찾아다니다가 마침내 만난 일
행(상디와 쵸파)에게 로빈은 자신에게 아무도 모르는 어둠이
있다고 털어놓는다. 로빈이 말하는 이 '어둠'은 그녀에게 평생
지울 수 없는 상처를 남긴 오하라 학살극과 관련이 있다. 오하
라는 로빈의 고향 섬으로, 섬 중앙에 '전지(全知)의 나무'라는
거대한 수목이 자라고 있으며, 이 나무 내부에 세계 최대의 도

서관이 있었다. 이 나무의 원형은 아마도 에덴동산에 있던 (흔히 선악과라고 번역되는) '지식의 나무'다. 신은 이 나무의 과실을 먹는 것을 금지했고, 인간은 당연하다는 듯이 금기를 어겨서 벌을 받는다. 벌 가운데 하나로 인간에게 마련된 것이 필멸, 곧 죽을 수밖에 없는 운명이었다. 오하라의 학자들이 추구한 것도 금지된 지식이었고, 그 벌로 그들은 죽음을 맞는다.

오하라의 학자들은 세계정부에서 금지한 공백의 100년에 대한 역사 연구를 몰래 진행하고 있었다. 이 연구가 발각되어 '버스터 콜'(해군이 막대한 전력을 쏟아 부어 특정 지역을 초토화시키는 작전 명령)이 발동되고, 이로 인해 오하라는 멸망하고 만다. 로빈은 이 섬의 유일한 생존자이며, 금지된 지식을 추구했다 하여 악마의 자식이라 불리게 된다.

공백의 100년 역사에 대한 연구 결과를 말하던 오하라의 학자 클로버는 결정적 순간에, 곧 모든 것의 열쇠를 쥔 고대왕국의 '이름'을 말하려는 바로 그 순간에 총을 맞는다. 그 이름은 끝내 발설되지 못했다. 그것이 현재의 원피스 세계(상징계)에 영향을 미치는 공백의 세계(실재계)를 이르는 이름이라면 '말할 수 없음'(=말하는 것이 저지됨)의 형식을 취할 수밖에 없었을 것이다. 저 무명(無名)이 로빈이 품은 무명(無明, 어둠)의 정체다.

로빈은 장관 스팬담에게 버스터 콜에 대해 항의하며 지도에는 인간의 자리가 없다고 꼬집는다. 지도는 실제 세계를 특정한 축도로 재현한 상징이다. 이 상징적 기호에는 실재로서의 "세계"가 기입되어 있지 않다. 스팬담에게 오하라는 지도 위의 한 점일 뿐이다. 그 점 위에 무수한 인간과 책들이 있다는 것은 표기되지 않았기 때문이다.

로빈이 추구하는 지식은 그 어느 것도 아직 명확히 밝혀진 것이 없다. 2022년 7월까지도, 정작 이 만화의 제목이자 모든 등장인물들이 추구하는 목표인 '원피스'가 무엇을 뜻하는지는 알려지지 않았으며, 공백의 100년 역사도 해명되지 않았다. 다만 고고학자로서 공백의 역사, 실전된 지식, 금지된 앎—한마디로 말해서 '실재'(the Real)을 추구하는 유일한 인물인 로빈의 역할로 미루어 보건대, '원피스'(ONE PIECE)는 불가능한 것의 출현을 알리는 실재의 한 조각(one piece)일 것이다. 여전히 알려지지 않은 채로 말이다.

이 지식을 추구한 부수적인 결과로서 고대병기의 정체가 조금씩 알려지는 중이다. 플루토는 설계도가 있는 것으로 보아 전함의 일종인 듯하며, 포세이돈은 해왕류(초거대 바다짐승)를 부를 수 있는 능력을 가진 인어공주(시라호시)다. 우라노스는 아직 알려지지 않았다. 포네그리프에 새겨진 고대문자 역시 해독되지 않은 채 우리에게 전해지는 이상한 기호(이를테면 상징적인 것이 아니어서 독해되지 않지만, 거기에 실재가 있다는 것을 증명하는 '증상'으로서의 기호)이다. 알면 알수록 모른다는 것이 알려지는 역설, 모든 앎이 현재의 앎 너머로 이전되고 지연된다는 역설, 바로 이것이 로빈을 수수께끼의 인물로 만들고 있는 것이다.

설마 이것이… 프러포즈?

호킨스, 도플라밍고, 슈거, 핸콕과 '능동성/수동성'

〈원피스〉에는 '인형'과 관련된 능력자가 세 명 나온다. 먼저 초신성 가운데 하나인 마술사 바질 호킨스가 있다. 그는 짚짚열매 능력자로, 전투 시에는 자신의 몸에서 짚 인형을 내거나 스스로 거대한 짚 인형으로 변신해서 싸운다. 다음으로 칠무해의 일원인 돈키호테 도플라밍고가 있다. 그는 실실열매 능력자로, 실을 걸어서 다른 이를 마리오네트처럼 조종할 수 있으며, 실뭉치로 자신의 분신을 만들 수도 있다. 마지막으로 돈키호테 패밀리의 간부 슈거다. 그녀는 하비하비(hobby-hobby)열매 능력자로, 손에 닿는 모든 이들을 인형으로 바꾸어버린다. 셋은 인형(호킨스), 인형술사(도플라밍고), 인형 제작자(슈거)에 해당한다.

바질 호킨스와 '인형'—하이데거의 '존재/존재자'

바질 호킨스는 늘 카드 점을 쳐서 미래를 예측하는 인물이다. 샤봉디 제도에서 처음 등장했을 때, 부하가 옷에 스파게티를 쏟은 종업원을 죽이려 하자 그는 부하를 말리며 이렇게 말했다. "그 옷의 운명이다. 겁을 주어 미안하군. 오늘은 살생을 하면 운기가 떨어지는 날이지."(51권 498화) 해군본부 최강의 전력인 대장 보르살리노와 맞닥뜨렸을 때에도 부하들이 피하라고 요청하자 그는 이렇게 말한다. "허둥대지 마라. 오늘, 난 죽지 않으니."(52권 507화) 그러고 나서 그는 자신이 보르살리노와의 전투에서 질 확률(100퍼센트가 나왔다), 도주했을 때의 성공률(고작 12퍼센트였다) 같은 것을 카드 점으로 산출한다. 사망률이 0퍼센트였으니, 그는 보르살리노와 싸우면 반드시 진다는 것, 달아나는 것은 성공하기 어렵다는 것, 하지만 이 싸움에서 자신이 죽지는 않으리라는 것을 이미 알고 있었다.

예언이나 징조는 미래에 일어날 일을 '미리 말하기/보여주기'에 해당한다. 그런데 그 일이 반드시 일어난다면, 곧 예언이나 징조가 미래의 일을 필연적으로 앞당겨 보여준다면, 그것은 일종의 상기(想起), 곧 '이미 (일어난 일을) 말하기/보여주기'와 같은 것이 된다. 시간적인 선후인 '아직(not yet)'과 '이미(already)'를 교환할 수 있다는 것, 바로 이것이 예언이나 징조의 역할이다. 호킨스의 바꾸기 능력은 하나 더 있다. 전투가 시작되자, 그는 막강한 키자루의 공격(광속의 발차기, 레이저)에 직격당하는데, 특이하게도 피를 쏟거나 숯검정이 되어 쓰러지는 건 호킨스가 아니라 주변의 부하들이다. 그는 자기 몸에서 부서지거나 타버린 짚 인형을 꺼내어 버리면서 대장을 상대로 고작 10구로는 미덥지가 않다고 말한다(52권 508화). 그러고는 그 자신이 '항마(降魔)의 상'이라는 이름의 거대한 짚 인형이 되어서 전투에 임한다. 그러니까 그는 자신이 만든 인형과 부하들을(곧 나와 타인을) 바꾸고, 자신과 인형을(곧 제작자와 제작물을) 바꾸는 능력이 있었던 셈이다.

본래 '인형'이란 물성(物性)을 가진 채 제가 놓인 곳에 있으나, 그 이름을 가진 주체로서는 존재하지 않는 것이다. 우리 집에는 헝겊으로 된 엘사(애니메이션 〈겨울왕국〉의 주인공) 인형이 하나 있다. 이 인형은 거실 소파 위에 실제로 놓여 있으나(이렇게 '있는 것'을 존재자라고 부른다), 그것은 공주도 여자도 나아가 인간도 아니며, 아이(인형의 주인)가 쓰다듬으며 말을 건넬 때 아이의 머릿속에 있는 특정한 인격도 아니다. 단적으로 그것을 거기에 있게 한 무엇—인형을 '엘사'라고 부르게 만든 것, 인형에게 '엘사'라는 이름을 부여하게 해준 것, 다시 말해서 인형을 거기에 있게 해준 바로 그것—은 존재하지 않는다(이렇게 '있는 것'을 가능하게 해주는 것을 존재라고 부른다). 존재자가 존재하는 것이라면, 존재는 존재자를 존재하게 하는 것이다. 저 인형에서처럼 존재는 없는 것, 무(無)이지만, 있는 것을 낳는 무라는 점에서는 '있는 무'다.

> 비록 모든 탐구가 아무리 끊임없이 그리고 아주 멀리 존재자를 끝까지 찾아 나선다고 해도, 그 탐구는 어디에서도 존재를 발견하지 못한다. 그 탐구는 언제나 단지 존재자만을 만날 뿐이다. 왜냐하면 그 탐구는 미리부터 자기가 설명하려는 의도에 있어서 이미 존재자에 집착하고 있기 때문이다. 그렇지만 존재는 존재자에 속한 어떤 성질이 아니다. 존재는 존재자와 같이 대상적으로 표상되거나 제작될 수 있는 것이 아니다. 모든 존재자와 단적으로 다른 이것은 비존재자(존재자가 아닌 것)이다. 그렇지만 이러한 무는 존재로서 본원적으로 있다.
>
> 마르틴 하이데거, 《이정표 1》, 178쪽

인형은 거기에 있으나(=존재자로서 만날 수 있으나), 그것이 표상하거나 상징하는 것 혹은 그것을 낳았다고 간주되는 것(=곧 존재)으로서는 결코 만날 수 없다. 호킨스는 자신이 만든 인형과 타인을 맞바꾸거나 인형을 만든 자신과 인형을 맞바꾼다. 그는 존재자들을(자신의 인형과 부하를, 혹은 자신의 인형들과 자신=인형을) 교환함으로써 존재자들 속으로 숨는다.

호킨스는 제작물(인형, 수동적으로 제작된 산물)이 된 제작자(인간, 능동적으로 제작한 주체)이고, 수동이 된 능동이다.

도플라밍고와 '인형술사'—이성복의 '사랑의 감옥'

반면 도플라밍고는 처음부터 인형술사였다. 실실열매 능력자인 그는 실을 뿜어내거나 조종하여 엄청난 일들을 해낸다. 구름에 실을 걸어 공중을 날아가기도 하고('하늘의 길'), 실을 총알처럼 쏘거나('탄사[彈絲, Termite]') 채찍처럼 휘두르거나('채찍실') 거미줄처럼 펴거나('거미줄') 손톱처럼 베는 데 쓰기도 한다('오색실'). 그의 여러 능력 가운데 나의 관심을 끄는 기술은 다음의 특히 다음의 세 가지다.

첫째, 기생사(奇生絲, Parasite)라 불리는 기술. 보이지 않는 실로 상대를 묶어서 마리오네트처럼 조종하는 기술이다. 이 기술로 그는 정상결전에서 적이었던 흰수염 해적단의 대장 다이아몬드 조즈를 움직이지 못하게 만들기도 하고 대장 물소 아트모스를 움직여 동료를 베게 만들기도 했다. 왕국 드레스로자를 빼앗을 때에는 국왕 리쿠 돌드 3세뿐만 아니라 왕국의 군대 전체를 움직여 국민을 학살하는 데 쓰기도 했다.

이 일로 인해 리쿠왕은 백성들의 원망과 비난을 한 몸에 받고 왕좌에서 쫓겨나게 된다. 리쿠왕은 자신의 자유의지로 움직이지 못했으나(수동성), 자신의 행동에 책임을 져야만 했다(능동성). 이 이중성을 기억해두도록 하자.

둘째, '새장'이라 불리는 기술. 슈거가 정신을 잃자 하비하비열매의 능력이 풀려, 그동안 인형으로 변했던 드레스로자의 백성들, 전사들, 군인들이 제 모습으로 돌아온다. 10년 동안의 작업이 수포로 돌아가자 분노한 도플라밍고는 '새장'을 써서 경내의 모든 인물을 죽이려고 들었다. 새장이란 강력한 실을 상공에서 뿌려 드레스로자를 돔처럼 덮은 후에 크기를 점점 오므려 영역 내의 모든 생명체를 절멸시키는 기술이다. 대장 잇쇼나 검객 조로와 같이 나라 안에 있던 실력자들도 이 기술을 깨지 못하고 새장이 좁혀 들어오는 속도를 줄이는 게 고작이었다.

셋째, '블랙 나이트'(影騎絲)라 불리는 분신술. 대량의 실을 뭉쳐서 도플라밍고 자신과 똑같은 인형을 만들어내는 기술이다. 이 기술은 저주에서 풀려 제 몸을 찾은 검투사 퀴로스가 그의 목을 잘랐으나, 알고 보니 그가 아니라 그의 분신이었다는 설정에서 처음 선을 보였다. 호킨스처럼 도플라밍고도 인형을 제작한 셈인데, 둘의 역할은 조금 다르다. 호킨스의 분신이 제작자 자신이었다면(분신이 보르살리노의 공격을 받자 호킨스 본인이 상처를 입는다), 도플라밍고의 분신은 제작자의 도구에 지나지 않았다(분신의 목이 잘렸으나 도플라밍고 본인은 아무

영향을 받지 않았다). 전자의 경우 제작자는 그 자신의 인형이 되었으나, 후자의 경우 제작자는 자신의 인형마저 조종했다.

도플라밍고는 리쿠왕에게서 나라를 빼앗아서 드레스로자의 국왕이 되었다. 드레스로자는 '사랑과 정열과 장난감의 나라'라 불린다.

이 나라가 '사랑'과 '정열'의 나라라는 사실과 이 나라의 국왕이 도플라밍고라는 사실 사이에는 모종의 관계가 있다. 앞에서 살펴본 실실열매의 효력이 바로 사랑의 효력이기 때문이다. 사랑이야말로 사랑에 빠진 자를 마리오네트로, 바로 살아 있는 인형(장난감)으로 만드는 것이다. 내가 원치 않았으나 그렇게 할 수밖에 없는 힘, 나를 끌어당겨서 조종하는 이 힘을 사랑의 힘이라고 불러 마땅할 것이다. 매력이란 본래 끌어당기는 힘(引力, attractive force)이다. 사랑에 빠진 사람은 자신을 매혹하는 이에게 '끌려'간다. 사랑은 능동성의 외양을 띠고 있으나 실제로는 수동성의 산물이다. "나는 당신을 사랑해요" (I love you)라는 고백은 "당신이 나를 사랑하게 만들었어요" (You made me love you)라는 고백의 줄임말에 지나지 않는다. 그는 수동적이면서도 자신의 행동을 능동적인 것으로 감당할 수밖에 없다. 리쿠 국왕이 기생사에 휘둘려 다른 이의 의지대로 움직였으면서도 그 행동의 책임을 떠맡은 것처럼 말이다. 자유의지로 누군가를 사랑할 수는 없다. 사랑이란 자신이 인형에 지나지 않는다는 것, 내가 사랑하는 대상이 인형술사라는 것을 자인하는 심의작용이다. 물론 이 수동성을 적극적인 능동성으로 변환하는 데에 사랑의 비밀이 있다.

'새장'은 이런 사랑의 부정성을 극단적으로 보여주는 상징이다. 사랑에 빠진 사람은 자발적으로 그의 영향 아래 들어간다. 그는 다시는 날 수 없을 것이며, 그 좁은 새장 안에서 점점 숨이 막히게 될 것이다. 새장은 '사랑의 감옥'이다.

처음 당신을 알게 된 게 언제부터였던가요. 이젠 기억조차 까마득하군요. 당신을 처음 알았을 때, 당신이라는 분이 이 세상에 계시는 것만 해도 얼마나 즐거웠는지요. 여러 날 밤잠을 설치며 당신에게 드리는 긴 편지를 썼지요.

처음 당신이 나를 만나고 싶어한다는 전갈이 왔을 때, 그때를 생각하면 아직도 아득히 밀려오는 기쁨에 온몸이 떨립니다. 당신은 나의 눈이었고, 나의 눈 속에서 당신은 푸른빛 도는 날개를 곧추세우며 막 솟아올랐습니다.

그래요. 그때만큼 지금 내 가슴은 뜨겁지 않아요. 오랜 세월, 당신을 사랑하기에는 내가 얼마나 허술한 사내인가를 뼈저리게 알았고, 당신의 사랑에 값할 만큼 미더운 사내가 되고 싶어 몸부림했지요. 그리하여 어느덧 당신은 내게 '사랑하는 분'이 아니라, '사랑해야 할 분'으로 바뀌었습니다.

이젠 아시겠지요. 왜 내가 자꾸만 당신을 떠나려 하는지를. 사랑의 의무는 사랑의 소실에 다름 아니며, 사랑의 습관은 사랑의 모독일 테지요. 오, 아름다운 당신, 나날이 나는 잔인한 사랑의 습관 속에서 당신의 푸른 깃털을 도려내고 있었어요.

다시 한번 당신이 한껏 날개를 치며 솟아오르는 모습이 보고 싶습니다. 내가 당신을 떠남으로써만… 당신을 사랑합니다.

이성복, 《남해 금산》, 문학과지성사, 1986, 뒷표지글

당신이 내 마음에 처음 들어온 순간, 당신은 "푸른빛 도는 날개를 곧추세우며 막 솟아"오르는 자유로운 새였다. 내 마음이 식고 사랑이 의무로 변한 순간, 내 사랑은 당신의 날개를 꺾는 감옥이 되고 말았다. 이 편지의 주인공을 착한 도플라밍고라 불러도 좋을 것이다. 새장을 풀고 나라를 떠남으로써 국민을 자유롭게 해줄 테니 말이다. 하지만 그렇게 된다면 그는 더 이상 사랑과 정열의 나라를 주재하는 이는 되지 못할 것이다.

슈거와 '인형 제작자'—후설의 '세계'

한편 슈거는 하비하비열매 능력자다. 하비(ホビー)는 일본에서 어른들이 취미로 모으는 피규어나 프라모델과 같은 장난

감을 이르는 말로 흔히 쓰인다. 슈거는 자신이 손으로 만진 사람을 장난감으로 바꾸며, 이때 그 장난감 사람과 계약을 맺어 자신의 말에 절대 복종하게 만든다. 장난감으로 변한 인물들은 가족이나 친지, 이웃들의 기억에서 말소된다. 그것도 기억 상실과 같이 특정한 장면이 삭제되는 것이 아니라, 그가 처음부터 존재하지 않았던 것으로 기억이 수정된다. 아버지 퀴로스가 슈거에 의해 외다리병정이 되자 딸인 레베카는 본래 아버지가 없었다고 말하며, 손자인 팔보수군 수령 돈 사이가 사라지자 전대 수령이었던 할아버지 돈 칭자오는 후계자가 없어서 자신이 팔보수군을 지금도 이끌고 있다고 말한다.

무서운 능력이 아닐 수 없다. 한 사람의 현존을 지워버릴 뿐만 아니라, 그와 관련된 모든 연관마저 지워버리기 때문이다. 따라서 이것은 죽음보다도 무서운 소멸이다. 한 사람의 죽음은 다른 사람에게 기억을 남긴다. 그 기억들의 연관이 바로 세계다. 기억의 소멸 및 수정은 그를 둘러싼 세계 전체의 소멸을 뜻한다.

세계는 일깨워진 주체, 항상 어떤 방식으로 실천적 관심을 가진 주체인 우리에게 때에 따라서는 한 번만이 아니라 오히려 현실적이거나 가능한 모든 실천의 보편적 장(場), 지평으로서 항상 그리고 필연적으로 미리 주어져 있다. ~사물들, 객체들(언제나 순수하게 생활세계에서 이해된 객체들)은 우리에게 그때그때 (존재의 확실성에 어떤 양상들로) 타당한 것으로 주어져 있지만, 원리적으로는 단지 세계의 지평 속에 있는 사물들, 객체들로 의식된 것으로 주어져 있다. 각각의 사물은 어떤 것, 즉 우리에게 끊임없이 지평으로 의식된 세계에서의 어떤 것이다.

에드문트 후설, 《유럽학문의 위기와 선험적 현상학》, 273~274쪽

세계는 객관적인 사물들(존재자들)이 들어서 있는 중립적인 공간이 아니다. 세계는 실천적인 주체인 우리의 앞에 선재하는 지평이며, 이 지평 위에서 사물들과 객체들이 의식된 것으로 경험된다. 한 사람에 대한 기억이 삭제된다는 것, 나아가 그 기억이 있었다는 기억마저도 소거된다는 것은 이 세계 자체가 사라진다는 것이다.

비극은 여기서 그치지 않는다. 장난감이 된 사람이 이 세계에서 삭제되었다면, 당사자 역시 이전의 존재방식을 망각해야 한다. 그는 정말로 장난감이 되어 사물에 불과한 존재자가 되었어야 마땅하다. 그런데 그의 기억과 의지는 지워지지 않는다. 따라서 그는 자신의 정체성을 혼자서 주장해야만 한다. 세계에서 삭제되었으므로, 곧 세계와의 모든 관계가 끊어졌으므로 이것은 불가능하다. 그는 있지 않아야 할 곳에 있으며 존재하지 말아야 할 존재가 되었다. 그는 영원히, 존재하

지 않는 곳에서 인형 내지 장난감이라는 사물 존재자로만 남아 있어야 한다. 슈거의 이 능력이야말로 가장 극단적인 능동성/수동성의 역설을 보여준다. 슈거의 손에 닿은 모든 이들은 세계와 자신과의 모든 연관을 잃어버리고, 존재하지 않는 존재자(인형)로서의 삶을 영원히 선고받는다. 그것도 자신의 의지를 잃고 슈거의 명령(돈키호테 패밀리의 말에 절대 복종할 것, 영원히 노역할 것)에 따라 행동하면서도 그 의지가 자신의 의지가 아니라는 것을 알고 있어야 한다. 그는 지옥에 처한 것이다.

프로이트와 라캉의 '사디즘'/'마조히즘'

수동성과 능동성은 이처럼 두부를 자르듯 둘로 나뉘는 속성이 아니다. 자유의지로 움직이는 이들(능동적인 이들)이 실제로는 타율적인 운명에 휘둘리는 이들(수동적인 이들)이라는 것을 마리오네트 인형들이, 완구가 된 장난감들이 보여주고 있다. 바질 호킨스가 말하는 '확률'이나 '운명' 역시 예언이나 징조의 형식으로 제공되는 결정론적 삶의 양태다. 결정론을 수락하는 삶이란 자유의지가 거세된 삶, 운명의 이름으로 타율적인 힘의 행사를 수락하는 삶이기 때문이다.

가학증(사디즘)과 피학증(마조히즘)에 대한 프로이트의 설명을 통해 능동성과 수동성의 자리바꿈을 생각해보자.

"능동성에서 수동성으로의 변화"의 예는 서로 상반된 대립 개념으로 이루어진 두 개의 대립쌍에서 찾을 수 있다. 바로 사디즘과 마조히즘, 관음증과 노출증이 그것이다. 이 경우의 방향 전환은 충동의 목적에만 영향을 미칠 뿐이다. 말하자면 능동적인 목적(괴롭히거나 들여다보려는 목적)에서 수동적인 목적(괴롭힘을 당하거나 관찰당하는 목적)으로 대체되는 것이다.

사디즘과 마조히즘이라는 대립쌍의 경우 그 변화 과정을 다음과 같이 표현할 수 있다.

① 사디즘은 어떤 다른 사람을 대상으로 하여 그 사람에게 폭력이나 힘을 행사하는 경우를 말한다.

② 이 대상이 주체 자신으로 대체된다. 자기 자신으로의 방향 전환과 더불어 충동의 능동적인 목적 또한 수동적인 목적으로 바뀌게 된다.

③ 다시 다른 사람을 대상으로 구하게 된다. 충동의 목적이 바뀌게 된 상황에서 이 사람은 주체의 역할을 떠맡을 수밖에 없게 된다.

여기서 ③의 경우가 바로 일반적으로 말하는 마조히즘이다. 이 경우 수동적인 자아가 실제로는 외부의 다른 주체가 떠맡은 자신의 최초의 역할을 스스로가 다시 수행한다는 환상 속에 빠짐으로써 충동의 만족 또한 원래의 사디즘의 과정을 통해 이루어진다. ②의 경우는 강박증의 사디즘적 충동을 고려해보면 충분히 납득할 수 있다.

지그문트 프로이트, 《정신분석학의 근본 개념》, 113-115쪽.

'본능'이란 번역어를 '충동'으로 수정함

프로이트는 충동의 역전(전환)과 반전을 통해 사디즘과 마조히즘의 관계를 설명한다. 그에 의하면 가학증과 피학증의 대립쌍에는 다음과 같은 세 가지 과정이 있다. ① 가학증은 다른 사람을 대상으로 폭력을 행사한다. ② 이 대상이 주체 자신으로 대체된다. 자기 자신으로의 방향 전환(회귀)에 더하여 충동의 능동성이 수동성으로 바뀐다(강박신경증은 이 단계에서 멈춘 상태를 말한다). ③ 다른 사람을 대상으로 구하여 그로 하여금 주체의 역할을 떠맡게 한다. 이 단계가 피학증이다.

그런데 라캉은 이 도식을 뒤집는다. 그에 따르면 고통은 가학증의 근본 목적이 아니라 피학증의 목적이다. 고통이 성적 흥분을 일으키면서 쾌락의 조건을 마련하고, 당사자는 쾌락을 위해 불쾌감을 기꺼이 경험으로 받아들이기 때문이다. 가학증에서의 고통은 주체가 고통 받는 다른 대상과 동일시하는 과정을 통해 자학적으로 즐기는 것(고통과 함께 성적 흥분을 즐기는 것)이다. 프로이트가 능동성과 수동성으로 정의한 것을 라캉은 정반대로, 말하자면 수동성과 능동성으로 바꾸어 읽은 것이다. 이것은 관음증과 노출증에도, 사랑과 미움의 변증법에도 똑같이 적용되는 도식이다. 이처럼 능동성과 수동성은 서로 짝을 지어, 자리를 맞바꾸며 나타나는 한 작용의 두 모습이다.

돈키호테 패밀리들의 능동성/수동성

실제로 돈키호테 패밀리의 간부들(도플라밍고의 부하들)은 이런 능동성/수동성의 역설을 체현하고 있다. 돈키호테는 천룡인이면서도 스스로 세계 귀족의 자리에서 내려온 아버지 때문에 천민 취급을 받았다. 그는 아버지를 죽이면서까지 귀족의 지위를 회복하고자 했으나 세계정부는 이를 거절했다. 베르고는 해적 패밀리의 간부로 잔혹한 성격을 갖고 있으면서도 자애로운 해군 중장으로 위장했다. 바위바위열매 능력자인 최고간부 피카는 대지를 마음대로 움직일 수 있는 암석인간으로 나라만 한 크기로 몸을 부풀릴 수 있는 거한이지만 가냘픈 하이소프라노 톤의 목소리를 갖고 있어서 말할 때마다 부하와 적들에게 비웃음을 산다. 베이비5는 온몸을 무기로 바꿀 수 있는 무기무기열매 능력자이지만, "네가 필요해"라는 말 한 마디에 자신이 가진 모든 것을 주고 빚더미 위에 올라앉은 순정파다. 디아만테는 펄럭펄럭열매를 먹은 깃발인간으로 강철과 같은 강도를 가진 무기를 깃발처럼 유연한 것으로 바꿔서 싸운다. 헤엄헤엄열매 능력자인 세뇨르 핑크는 정장차림의 마초였으나 병상의 아내가 웃어주었다는 이유로 기저귀를 찬 갓난아이 복장을 고집한다. 조라는 아트아트열매를 먹은 예술인간으로 적들을 예술작품으로 바꾸는 능력을 가졌지만, 정작 본인이나 그렇게 바꾼 작품은 추한 모습을 하고 있다. 지옥의 구현자 슈거는 무시간성을 대표하는 인물답게 열 살 전후의 여아에서 멈춰 있다. 델린저는 투어(鬪魚)의 후손으로 잔인하고 강력하지만 겉모습은 하이힐을 신은 미소년이다. 라오G는 권법의 대가인 무투파지만, 싸우다가 자연사할 만큼 힘이 없는 노인이다. 마하바이스는 톤톤열매를 먹은 체중인간으로 자신의 몸무게를 1만 톤까지 늘려서 싸우지만, 상대를 깔아뭉갠 후에는 늘 허리가 아프다고 투덜댄다. 모두가 자신의 능동성과 수동성 사이에서 불화를 겪고 있는 형국이다.

보아 핸콕의 포즈/프러포즈 ─ 들뢰즈의 '개념/잉태'

지금까지 살펴본 인물들은 모두 적이었으므로 부정성(negativity)을 체현하고 있었다. 마지막으로 긍정적인 인물을 살펴보자. 칠무해의 일원인 해적 여제 보아 핸콕은 여인섬 아마존 릴리를 다스리는 황제이자 구사(九蛇) 해적단의 선장으로 원피스 세계에서 최고의 미녀다. 매료매료열매 능력자인 그녀는 메두사처럼(메두사는 그녀가 데리고 다니는 뱀 이름이기도 하다) 자신을 바라보는 남자들을 석화(石化)시키는 무서운 능력을 갖고 있다. 그런 그녀에게도 긍정성/부정성의 역설은 여러 가지 방식으로 체현되어 있다. ① 그녀는 강력한 카리스마를 보유한 여제이지만, 어렸을 때 천룡인들의 노예로 팔려가 학대를 받았던 트라우마가 있다. 등에는 아직도 그때의 낙인이 있다(다른 형상으로 위장했지만). ② 자신에게 반한 모든 남자를 불신하거나 깔보지만, 정작 자신의 미모에 관심을 두지 않는 루피를 보고는 첫눈에 반해버린다. 매료의 주인공이 단박에 다른 이에게 매료되어버린 것이다. ③ 늘 상대를 깔보는 나머지 고개를 한껏 뒤로 젖히고 말하는데, 그게 심해서 오히려 올려다보는 것처럼 말한다. 이 자세는 '무한멸시포즈'라고 불린다.

사랑이 무력(武力)이자 무력(無力)이라는 것을 보여주는 에피소드를 보자. 정상결전의 와중에서 루피를 마주친 핸콕이 형 에이스의 수갑 열쇠를 건네자 루피는 고맙다며 핸콕을 꽉 껴안는다. 루피에게는 그저 반가움 내지 고마운 마음의 표현일 뿐인 이 행동이 바라보는 해군에게는 공격기(허리꺾기)로, 당사자인 핸콕에게는 결혼 제의로 받아들여졌다. 한 사람의 호의가 누군가에겐 부정성으로, 다른 누군가에겐 적극적인 긍정성으로 독해되었던 것이다. 핸콕은 루피가 말할 때마다 이

'의미'를 읽는다. 또 보고 싶다는 루피의 말에 '설마 이것이…
프러포즈?' 하고 생각하기까지 한다.

　루피가 건넨 말은 하나의 자세나 태도, 곧 '포즈(pose)'이
다. 그것은 루피가 동료를 대하는 일관된 자세다. 그런데 핸콕
은 미리(pro-) 앞질러 가서 그것이 '청혼(propose)'이라고 생
각해버린다. "몸짓(pose)은 불가능한 결말을 예견한 몸짓, 파
국이 아닌 귀환을 미리 당기는 몸짓, 그러니까 구애(propose)
로 변한다."(양윤의,《포즈와 프러포즈》, 115쪽)

　중립적인 하나의 말에 능동성을 부여하기, 그로써 행복한
수동성의 자리(청혼을 받은 연인)에 처하기. 이것은 '개념'을 창
출함으로써 어떤 사건을 선취(계획이란 뜻의 'project'는 앞으로
(미리) 던진다는 뜻이다)하는 행동이다.

　들뢰즈는 철학이란 개념(concept)의 창조라고 말했습니다.
　그렇다면 개념이란 무엇일까요? 그것은 애초에 '잉태된 것
　(conceptus)'이라는 뜻입니다. '개념으로 한다, 개념화한다
　(conception)'라는 말도 '임신(conceptio)'이라는 말에서 유래합니
　다. '마리아의 수태'는 'Conceptio Mariae'라고 합니다. 그러므로
　그리스도는 마리아의 개념화(conceptio)에 의해 산출된 개념인 것
　입니다.

　　　　　　　　　　　사사키 아타루,《잘라라, 기도하는 그 손을》, 31쪽

핸콕은 프러포즈라는 개념을 품어서 프러포즈라는 사건을 산출했다(=낳았다). 루피가 결혼은 하지 않겠다고 거절했지만, 저 '먼저 취하기'(propose) 내지 '미리 던짐'(project)에서 벗어날 수는 없을 것이다. 그것은 수동성과 능동성의 교환이 가진 비밀, 호킨스가 예언이나 징조의 형식으로 구현해낸 '아직'과 '이미'의 교환이 가진 비밀, 매혹당함과 매혹함 사이에 놓인 심연의 비밀(그는 나를 유혹하지 않았으나 나는 그에게 유혹당했다는 사실), 바로 그것이기 때문이다.

저는 죽어서 뼈만 남았습니다

해골 브룩과 '엑스터시'

브룩, 뼈만 남은 채 부활하다

브룩이 밀짚모자 일당에 합류하는 장면에서 경악한 독자들이 많았을 것 같다. 밀짚모자 일당을 실은 배가 마의 삼각지대에서 처음으로 맞닥뜨린 것은 유령선이었으며, 브룩은 해골만 남은 몸으로 혼자서 그 죽음의 배를 지키고 있었다. 루피의 동료들이 그를 경계하며 질문을 건넸는데, 선장 루피는 전혀 다른 반응을 보인다. 자신의 동료가 되라고 제안한 것이다.

루피의 반응은 예측하기 어렵지 않다. 첫 회에서 말했듯 루피는 특이한 캐릭터에게는 늘 동료가 되기를 권했기 때문이다. 이어지는 스릴러바크의 모험 편에서도 루피는 묘지에서 맞닥뜨린 징그러운 실험 동식물들에게 동료로 가입하길 권유한다. 그리고 그런 권유가 다른 해적단이 위계적인 무력집단인 것과는 다르게 밀짚모자 일당을 평등하고 수평적인 동료들의 모임으로 만든 계기 가운데 하나였다. 루피가 브룩에게 맨처음 던진 질문은 이것이다. "너 똥 싸?" 이 호기심이 단순왕 루피를 해적왕으로 추동해가는 동력이다.

브룩은 처음에는 공포와 혐오를 유발했고, 잠시 후에는 아무도 웃지 않는 썰렁한 농담을 던지는 비호감 개그 캐릭터임이 드러났으며, 뼈만 남은 몸에 아프로 헤어스타일을 한 '엑스트라 악당급' 외모의 소유자였다. 추한 외모, 시체, 웃기기는커녕 불쾌감만 유발하는 유머 감각, 과장된 행동, 호러문법에서만 설명되는 설정… 어느 것 하나 주인공 그룹에 들기에는 적절하지 않아 보이는 자질들이다. 무엇보다도 먼저, 브룩은 죽었다. 그는 '목숨을 걸고' 모험을 수행하기에는 적절하지 않은 캐릭터다.

몇 십 년 전 해적으로 살던 브룩은 전투에서 목숨을 잃었다. 이때 그의 부활부활열매가 능력을 발휘해 그를 되살린다. 곧바로 자신의 시체로 돌아갔다면 좋았겠지만 안개가 짙어 1년을 헤맨 끝에 마침내 해골이 된 몸을 발견한다. 그리고 그는 부활했다. 뼈만 남은 상태 그대로. 그렇게 브룩의 몸은 종종 브룩이 던지는 농담의 소재가 되었다.

몸, 모든 언어의 시작

'몸'과 관련된 언어는 모든 언어의 출발점이다. 언어가 없다면 인간은 추상화의 능력을 얻지 못했을 것인데, 실은 이 추상화를 가능하게 하는 출발지가 구상(具象)으로서의 몸인 것이다. 몸을 지칭하는 명칭들은 모든 명사의 원형이고, 몸의 동작은 모든 동사의 기원이며, 몸의 상태는 모든 형용사의 출발지다. 브룩이 이 몸을 농담의 대상으로 삼는 것은, 자신이 이 몸의 대부분을—살과 눈과 가슴과 귀와… 여타의 것들을—잃었다는 것을 역설적으로 환기시킨다. 그는 자신을 걸고 말할 수 있는 것을 거의 대부분 잃었던 것이다. 단 하나, 그가 제 몸을 걸고 말할 수 있는 것은 이것이다. 우여곡절 끝에 브룩이 정식으로 밀짚모자 해적단에 가입하는 장면이다. 그는 죽어서 백골뿐인 자신의 목숨을 루피 선장에게 맡기겠다고 선서한다.

여기에도 모순이 하나 있다. 자신이 걸 수 있는 최후의 패인 생명을 잃어버린 마당에 그는 무엇을 맡길 수 있다는 말일까? 이 무력감은 실제의 전투 현장에서 재현된다. 샤봉디 제도에서 폭군 바솔로뮤 쿠마에 의해 밀짚모자 일당이 하나씩 '제거'(실제로는 쿠마에 의해 해군들의 공격에서 '구제')될 때의 일이다.

브룩은 말을 맺지 못하고("아, 난 이미 죽었…") 제거된다. 브룩이 대표하는 모순된 두 개의 진술, '나는 죽었다'(그렇다면 죽었다고 말하는 '나'는 누군가?)와 '나는 뼈다'(그렇다면 '나'는 어떻게 보고 듣고 느끼는가?)는 우리에게 사유의 모험을 요청한다. 우리의 실존과 사유 사이에 놓인 거대한 심연을 건너가야 하는 모험, '엑스터시'와 관련된 모험 말이다.

정신 vs 육체—데카르트와 흄

육체와 정신의 관계는 서양 근대철학의 가장 큰 탐구대상이었다. 육체는 물성(物性)을 가진 실체다. 그것은 움직이는 사물에 불과하다. 동물과 구분되지 않는다는 뜻이다. 거기서 움직임마저 제거되면 그것은 시체가 된다. 육체를 움직이는 것은 무엇인가? 육체 바깥의 타율적인 힘, 예컨대 신의 뜻이 원인이라면 그런 육체는 마리오네트와 같은 타율적인 인형이 된다. 육체를 움직이는 힘이 육체에 내재했을 때, 이를 정신이라고 부른다. 이렇게 '정신(능동성)/육체(수동성)'라는 일방통행식의 이분법이 성립한다. 아이가 장난감을 이리저리 옮기듯, 자유의지를 가진 정신이 사물로서의 육체를 조종하는 셈이다. 이런 육체는 동력기관을 내장한 자율적인 인형에 비유될 수 있을 것이다. 사물로서의 육체를 움직이는 정신의 인형조종술, 이것이 관념론의 기획이다. 데카르트의 '코기토'는 이 인형=로봇의 조종석에 정신이 앉아 있다는 선언이다. 모든 것을 의심해도 의심하고 있다는 사실 자체를 의심할 수는 없다. 이 의심이 곧 사유이며, 의심의 주체가 사유의 주체이다.

그런데 정말 그럴까? 저 사유란 것은 육체가 보고 듣고 냄새 맡고 만지고 맛보는 것들, 곧 지각하는 것들의 반영에 불과한 것이 아닐까? 지각이 판단을 낳고(예컨대 '이것은 맛있다'에서 '이것은 멋있다'까지의 거리는 아주 가깝다. 둘 다 '몸'의 언어에서 파생되었다), 판단이 추론을 낳는다. 추론하는 능력이 곧 사유능력이다. 정신은 지각의 고차원적인 작용에 지나지 않는다.

> 인간 정신의 모든 지각은 서로 다른 두 종류로 환원될 수 있는데, 나는 그것을 인상과 관념이라고 부를 것이다. 이 둘의 차이는 지각들이 정신을 자극하며 사유 또는 의식에 들어오는 힘과 생동성의 정도에 있다. 최고의 힘과 생동성을 가지고 들어오는 지각에 우리는 인상이라는 이름을 붙일 수 있으며, 감각(sensation), 정념(passion) 그리고 정서(emotion) 등이 우리의 영혼에 최초로 나타나므로, 나는 이것들을 모두 인상이라는 이름에 포함시킨다. 나는 관념을 사유와 추론에 있어서 인상의 희미한 심상(a faint images)이라는 뜻으로 쓴다.
>
> 데이비드 흄, 《오성에 관하여》, 25쪽

인상(impression)이란 육체(지각은 육체의 작용이다)가 정신에 찍은 도장(imprint)이다. 감각, 정념, 정서가 모두 육체가 지각을 통해서 찍은 도장이다. 이 중에서도 관념은 "인상의 희미한 심상" 곧 인상의 인상이다. 단순한 인상에서 단순한 관념이, 복잡한 인상에서 복잡한 관념이 나온다. 따라서 정신은 육체와 무관하게 존재하는 독자적인 능력이 아니라 육체의 작용이 만들어낸 관념에 지나지 않는다. 능동적인 육체가 자신의 활동의 결과로 산출해내는 관념으로서의 정신—이것이 경험론(유물론)의 주장이다.

유령으로 살아가기—칸트의 '통각'

전자(관념론)는 정신의 우선성을 주장하고, 후자(경험론)는 육체의 유일성을 주장한다. 둘은 화해할 수 없는 것처럼 보인다. '나'는 육체에 앞선 정신인가, 아니면 육체가 투영한 스크린 위의 영상(관념)인가?

'나는 사고한다'는 것(=통각)은 나의 모든 표상에 수반할 수밖에 없다. 왜냐하면 그렇지 않을 경우, 전혀 생각될 수 없는 것—그것은 표상으로서 불가능하거나, 적어도 나에게는 아무것도 아님을 말하겠는데—이 나에게서 표상되는 셈이 될 터이니 말이다. 모든 사고에 앞서 주어질 수 있는 표상은 직관이라 일컫는다. 그러므로 직관의 모든 '잡다(雜多)'는 이 잡다가 마주치는 그 주관 안에서 '나는 사고한다'는 것과 필연적인 관계를 맺는다.

임마누엘 칸트, 《순수이성비판》 1권, 346쪽

칸트는 이 둘을 다음과 같은 방식으로 종합했다. ① 우리는 감각기관을 통해 외부의 다양한 정보들을 받아들인다. 이때 대상들은 시간, 공간 안에 주어진 것으로 표상되는데, 이 시간과 공간에 대한 감각(이를 '직관'이라 부른다)은 우리에게 선험적으로(경험하기 전에 미리) 주어져 있다. ② 우리는 지각에 의해 받아들여진 다양한 대상들을 일정한 방식으로 분류하고 결합하고 정돈한다. 이런 종합을 가능하게 하는 것이 '상상력'이다. ③ 이 종합이 표상이 되려면 '통각'에 의해 통일되어야 한다. 통각이란 "~라고 생각하다"의 주체다. 지각에 들어온 다양한 대상을 종합하는 것으로는 충분치 않다. 그것들에게 정확한 자리를 부여하려면, 곧 그것들을 개념으로 인증하려면 "내가 ~라고 생각해."라는 형식을 덧붙여야 한다. 통각 (apperception)이란 지각(perception)에 덧붙여진 것(ap-)이다. "비가 온다"는 문장은 "나는 비가 온다고 생각한다"의 준말이며, "참외는 노랗다"는 문장은 "나는 참외가 노랗다고 생각한다"의 준말이다. 통각을 자기의식이라고 부르는 것은 이 때문인데, 그렇다면 자기의식('나'라는 정신작용)은 개념의 통일에 덧붙은 무의미한 강조사에 지나지 않는다. 자기의식은 모든 진술에 따라붙는 필수적인, 그럼에도 아무 의미도 덧붙이지 않는 유령인 셈이다. 바로 여기에 해골 검사이자 음악가인 브룩의 진술(전 죽어서 백골뿐인 브룩이라고 합니다)이 놓인다.

비가 옵니다=나는 비가 온다고 생각합니다. 참외가 노랗습니다=나는 참외가 노랗다고 생각합니다. 나는 죽었습니다=나는 죽었다고 생각합니다. 아, 나는 이미 죽었… 그러므로 나는 유령이거나 악령입니다. 나는 죽었으나 그럼에도 생각하는 것을 멈추지 않기 때문입니다. 모든 문장에 덧붙은, 결코 뗄 수 없는 이 가주어가 나인 거죠… 칸트의 통각은 유령의 존재론이며, 그 점에 관해서라면 브룩에게 물어야 할 것이다.

칸트는 관념론과 경험론(유물론)을 절묘하게 종합했지만, 사실 그 종합은 관념론과 유물론의 심연을 더 벌려놓는 결과를 낳았다. 유물론은 생각하는 '나'를 실정적인 것으로 만들지 못했고(통각에서의 '나'는 유령이자 시체로서의 '나'다), 관념론은 사물의 세계를 파악하는 데 실패했다(이른바 '물자체'란 인간에게 결코 파악될 수 없는 세계이다). 후자에 관해서도 브룩에게 물어야 할 것이다. 브룩은 죽어서 혼만 남은 상태로 저승을 떠돌다 왔다. 그의 영혼이 뼈만 남은 몸으로 돌아온 이후 50년 동안 떠돌아다닌 세계도 실제로는 저승이다. '마의 삼각지대'란 죽은 것들만이 떠도는 유계(幽界)이며, 그는 유령선 위에서 시체들과 더불어(=혼자) 지냈기 때문이다. 아무도 그가 살아 있다는 것을 증명할 수 없었다. 거울 에피소드는 그가 처한 세계가 이승이 아니라 저승임을, 아무도 파악할 수 없는 물자체의 세계임을 보여준다. 유령선을 혼자서 배회하던 그는 거울에 비친 해골을 보고 화들짝 놀란다.

거울은 자신을 타자로 인식하게 하는 사물, 자기의식의 필수품이다. 그는 자신을 보고 놀라고, 그 놀람의 대상이 끝내 그 자신임을 인정한다. 자신이 유령임을 보고 놀라고, 자신이 죽었다는 사실을 인정하는 것이다. 브룩이 루피 일행을 만나서 타인의 시선에 의해 인증을 받는 순간, 이번에는 거울 속의 그가 사라진다.

물론 그림자와 거울상을 잃은 것은 루피 일행이 스릴러바크에서 만나게 될 새로운 강적 겟코 모리아의 그림자그림자열매 능력 때문에 생긴 일이다(루피 일행도 잠시 후 같은 처지에 놓이게 된다. 이들 모두가 유계에 발을 들여놓았으므로 브룩과 같은 운명을 피할 수 없게 되었다). 하지만 브룩에게는 50년 동안의 고독에서 벗어나 타인의 시선에 의해 인증받는 순간, 이번에는 거울상과 그림자가 사라진 셈이다. 타인이 없었을 때 그는 거울을 통해 자신이 죽었다는 사실을 본다. 반면 타인이 자신을 볼 수 있을 때에 그는 자신을 볼 수 있는 능력을 상실한다. 브룩은 타인의 인증 없이 자기의식만으로 존재하므로 유령이다. 혹은 타인의 시선 아래서 자기의식을 유지할 수 없으므로 시체다.

정신과 육체는 어떻게 상호작용할까?—데카르트, 스피노자, 라이프니츠

서양의 근대 철학자들은 육체와 정신의 분열을 화해시키기 위해서 여러 시도를 했다. 몇 가지 아이디어를 보자.

① 데카르트의 송과선(松科腺): 송과선[솔방울샘]이란 간뇌의 천장에 위치한 내분비기관으로 솔방울 모양으로 생겼다. 멜라토닌을 만들어 계절과 하루의 변화에 몸의 리듬을 맞추어 주는 역할을 한다. 데카르트는 송과선이 영혼이 있는 자리라고 생각했다. "뇌 가운데 있는 작은 샘이 영혼에 의해 한쪽으로 밀리고 물체(물질)일 뿐인 동물 정기에 의해 다른 쪽으로 밀리면서, 두 충동은 강한 것이 다른 것의 효과를 방해하는 일이 흔히 일어난다."(르네 데카르트, 《정념론》, 58쪽) 데카르트가 보기에, 송과선은 영혼과 육체를 잇는 다리이다. 하지만 정신이 신체와는 별개로 존재하는 '사유'로서의 실체로 '연장'으로서의 육체를 지배하므로, 송과선은 정신이 육체에 영향을 미치기 위한 접속지점, 요컨대 정신의 리모컨과 같은 것이다.

② 스피노자의 뇌수(腦髓): 스피노자는 데카르트의 이원론과 다르게, 정신과 신체가 하나로 결합되어 있다고 생각했다. "신체는 정신의 연장이고, 정신은 사유의 양태이다. ～정신은 상응하는 신체에 대한 관념이다. ～모든 사물은 동시에 신체이고 정신이며, 사물이고 관념이다."(질 들뢰즈, 《스피노자의 철학》, 101 - 102쪽) 이를 (정신과 신체의) '평행론'이라고 부른다. 따라서 스피노자에게 신체는 사물의 자극과 영향을 정확하게 정신에 기록한다. "인간 신체의 유동적 부분이 다른 연한 부분에 자주 부딪히게끔 외부의 물체에 의해 결정된다면, 유동적 부분은 연한 부분의 표면을 변화시키고 동시에 외부의 물체에 의해서 생긴 흔적을 연한 부분에 각인시킨다."(베네딕트 데 스피노자, 《에티카》, 104쪽) 이를 기록하는 부분이 뇌수이다. 인용한 글에서 유동적 부분은 정기(精氣)를, 연한 부분이란 외부의 자극을 기록하는 뇌의 수용적 성질—이를테면 뇌수—을 말한다. 데카르트의 송과선이 영혼과 육체를 잇는 유물론의 교량이라면, 스피노자의 '연한 부분'은 육체가 정신에 기록하는 유물론의 칠판이다.

③ 라이프니츠의 두 개의 시계: 라이프니츠의 영혼은 외부와 교통하지 않으며 육체의 법칙과도 무관하다. 서로 다른 둘이 어떻게 교통할 수 있을까? 그의 답은 이렇다. "영혼은 그의 고유한 법칙을 따르고 육체도 마찬가지로 자기 자신의 법

칙을 따른다. 그러나 양자는, 실체들이 모두 하나의 동일한 우주를 표현하기 때문에 모든 실체들 사이에 예정된 조화를 통하여, 서로 합치되는 것이다."(고트프리트 라이프니츠, 《형이상학 논고》, 292쪽) 시간을 맞춘 두 개의 시계처럼, 지각과 우주가, 영혼과 육체가 신의 섭리에 의해 서로 조화를 이루도록 처음부터 조율되어 있었다는 것이다.

그러나 어떤 것도 둘의 일치나 화해를 온전히 설명하지는 못한다. 이것은 역설적으로 이 둘이 불일치나 불화하는 형국을 포괄해야만 풀릴 수 있는 문제다. 예를 들어서 몸이 망가지면 인간은 죽는다. 이것은 정신이 깃들 처소를 잃었기 때문인가, 아니면 정신을 산출하는 터전으로서의 육체가 제 기능을 하지 못하기 때문인가? 광인은 어떤가? 그는 몸이 성한데도 정신이 거류하지 못했다. 이것은 둘의 부조화 때문인가? 아니면 정신을 산출하는 특수한 기능이 망가진 탓인가?

엑스터시, 바깥에 거하기—하이데거의 '탈자태'

정신과 육체의 이런 불일치 내지 불화를 이르는 말이 엑스터시다. 엑스터시(ecstasy)는 엑스타시스(ekstasis)에서 온 말이며, 이 말은 바깥을 의미하는 'eks'(=ex)와 안정된 상태를 의미하는 'stasis'(=status)가 결합된 말이다. 내가 내 바깥으로 나간 상태, 평정한 자신의 내면에 머물지 않고 자기 자신을 부정하는 상태가 엑스터시다. 브룩의 영혼이 일 년 동안 자신의 육체를 찾아 헤매다가 마침내 백골이 된 자신의 육체를 발견했을 때, 그리고 이미 깃들 수 없는 육체에 깃들 수밖에 없었을 때, 그는 어떤 의미에서는 자신의 바깥에 처한 것이다.

엑스터시는 성적인 흥분 상태에서 종교적인 법열(法悅)까지를 이르는 폭넓은 이름인데, 여기에 이르기 위해 사용되는 방법으로 약물, 진정제, 흥분제, 음악, 춤 등이 있었다. 이것들은 나(자기의식)라는 의식을 놓아버리는 데 도움을 주는 보조 도구다. 정신이란 내가 나를 나라고 지칭할 때 부여잡는 어떤 끈이다. 흔히 "정신줄 놓는다"고 말할 때의 줄이 바로 정신이다. 그런데 누가 줄을 놓는가? 관념론에 따르면 그것도 정신이어야 한다. 정신이 정신을 놓는다…. 이미 죽은 내가 목숨을 거는 것과 같은 형국 아닌가? 유물론에 따르면 줄을 놓는 주체는 없다. 주체는 그 줄의 얽힘 외에 다른 것이 아니기 때문이다. 인지과학자들은 뇌가 신경회로의 얽힘이며, 이 특정한 전기자극의 효과로 '의식'이 생겨난다고 말한다. 이 말에 따르면 정신이란 끈이 이쪽의 육체와 잇는 저쪽은 끈의 뭉치, 곧 신경의 얽힌 타래에 지나지 않는다. 정신줄을 놓는 주체는 정신이 아니라 그 줄 자신인 것이다.

브룩은 음악가이기도 하다. 음악과 춤은 리듬이나 반복된 동작을 통해서 그 동작 속으로 몰입하는 혹은 그 동작 바깥으로 나가는 일에 몰두하는 일이다. '몰두'란 표현을 썼지만, 실제로 몰두하는 주체는 육체 이외에 다른 것이 아니다. 정신은 그 몰두하는 육체가 자신을 지칭할 때 하는 말이다. 엑스터시에서의 정신은 육체 안에 거하지 않기 때문이다. 육체는 춤 속에서 제 몸의 윤곽이 풀어지는 것을 느낀다. 육체는 육체를 초월하면서 육체 속에 든다. 춤에는 정지동작이 없다. 거기에 하나의 관조나 정관(靜觀)이, 곧 스타시스가 없다는 뜻이다. 보기 위해서는 저 몸 바깥에 또 다른 시선을 설정해두어야 하는데 엑스터시의 바깥이란 그런 의미에서의 바깥이 아니다. 엑스터시에서의 '봄'(seeing)이란 보이는(be seen) 봄, 곧 제 육체의 내보임이 그 자체로 보는 일이 되는 봄, 온 몸이 하나의 눈이 되어서 보는(보는 눈을 보는 눈을 보는…) 그런 봄이다. 섹스에서의 엑스터시도 마찬가지다. 사랑하는 두 사람이 한 몸이 될 때, 그것은 하나이면서 둘인 몸, 절대적으로 둘이면서 상대적으로 하나인 몸이 되는 것이다. 나는 내 바깥에 있으면서(=상대방이 되면서) 상대방의 몸으로 나를 느낀다(=내가 된다).

세계의 실존론적 – 시간적 가능조건은 시간성이 탈자적 통일성으로서 지평과 같은 것을 가지고 있다는 거기에 놓여 있다. 탈자태는 단순히 "~에로 빠져나감"이 아니다. 오히려 탈자태에는 빠져

나감의 "거기에로"가 속한다. 탈자태의 이러한 '거기에로'를 우리
는 지평적 도식이라고 이름한다.

마르틴 하이데거, 《존재와 시간》, 479쪽

하이데거가 '탈자태'(脫自態, Extase)라고 부른 말이 바로
엑스터시다. 그는 엑스터시를 시간의 축 위에서 찾는다. 하이
데거에게 시간이란 단순한 과거, 현재, 미래가 아니다. 인간(시
간과 공간에서 자신의 자리를 가진 존재자는 인간뿐이며, 이를 현존
재(거기에–있음)라고 부른다)에게 미래는 물리적으로 측정되는
지금 '이후'가 아니라, 자신이 미리 가닿을 곳(죽음)에 앞서 달
려감으로써 자기 자신에게 다가갈 수 있게 해주는 것이다. 자
신을 자신에게 다가가게 해준다(=본래적인 자신의 존재를 가능
하게 한다)는 의미에서 이를 '도래'(Zukunft, 하이데거적인 미래)
라고 부른다. 과거 역시 단순히 지나간 시간이 아니라 인간 자
신의 '있어왔음' 곧 지금–여기에 있음을 가능하게 한 시간성
으로서만 의미를 갖는다. 이를 '기재'(Gewesenheit, 하이데거적
인 과거)라고 부른다. 한편 현재는 현존재가 자신의 상황 속에
서 주위세계와 만나는 시간이며, 따라서 '마주함'(Gegenwart,
하이데거적인 현재)이라고 불린다.

도래, 기재, 마주함이라는 세 시간이 왜 탈자태(엑스터시)
인가? 세 시간은 인간이 본래적인 자신의 존재 가능을 위해 엮

어낸 완료형 시간이다. 인간 자신이 거기에 포함된 시간("그때 엔 내가 선생이 되어 있을 거야, 당시 나는 방황하고 있어서 너를 붙 잡지 못했어, 지금 나는 석양을 보고 있어"처럼 그 자신의 거기에— 존재함과 연동된 시간)이기 때문이다. 그런데 인간은 자신을 찾 기 위해 자신을 벗어나(탈자) 도래의 시간(=죽음)에 미리 다가 가고, 자신으로 돌아오기 위해 자신을 벗어나(탈자) 자신의 있 어왔음(=탄생)을 반복하며, 자신이 처한 순간과 직면하기 위 해 자신을 벗어나(탈자) 자신의 곁에 선다. 나 자신의 거기에 있음 곧 실존의 양태가 시간의 탈자적 지평, 곧 엑스터시에서 만 가능했던 것이다.

스릴러바크의 엑스터시들

브룩은 바로 이런 탈자적 존재의 도래를 알리는 사자(使 者)이기도 하다. 그의 등장과 더불어 밀짚모자 일당의 스릴러 바크 모험 편이 시작되는데, 이곳은 그야말로 탈자들로 우글 거린다. 스릴러바크의 지배자인 겟코 모리아는 그림자그림자 열매 능력자로 인간에게서 그림자를 떼어 좀비 속에 넣어서 조종한다. 그림자를 잃은 인간은 햇빛을 볼 수 없으며, 거울상 에 나타나지 않는다. 그의 부하인 천재 외과의 닥터 호그백은 징그러운 외과 수술을 통해서 시체를 살아 움직이게 만든다.

이렇게 만들어진 좀비 가운데 전사와 장군은 또 다른 부하인 일명 묘지의 압살롬이 지휘한다. 그는 투명투명열매 능력자로 자신을 보이지 않게 만들 수 있다. 시체나 장난감 좀비들을 지휘하는 프린세스 페로나는 홀로홀로열매 능력자다. 그녀는 유령을 만드는데, 이 유령에 접촉한 자들은 극단적인 비관론자가 된다. 좀비, 프랑켄슈타인, 그림자, 투명인간, 유령, 장난감 인형 등, 육체와 정신의 불일치를 보여주는 호러 캐릭터들이 무수히 등장하는 것이다.

헤겔의 '정신은 뼈다'

이제 브룩이 대표하는 두 번째 명제 '나는 뼈다'로 가보자. 브룩은 뼈가 아닌 다른 몸(살, 눈, 귀, 가슴…)에 대해서는 농담의 대상으로 삼지만, 뼈와 목숨(자신이 유일하게 갖고 있거나, 정작 가지고 있지 못한 것)만큼은 진지하게 선언하거나 맹세할 때에만 입에 올린다. 그의 용법에서 '뼛골 빠지게'는 '최선을 다해' '온몸을 바쳐'라는 뜻이다. 뼈만 남았으니 그럴 수밖에 없을 것이라고 짐작할 수 있지만, 다르게 생각해볼 수도 있다. 헤겔의 명제, '정신은 뼈다'에 기대서 말해보자.

한 가지 분명한 것은 뇌수가 살아 있는 머리라고 한다면, 두개(頭

蓋)는 죽어 있는 머리(caput mortuum)임에 틀림없다는 것이다. 따라서 두개라는 이 죽은 존재 속에 뇌의 온갖 정신적인 움직임과 그의 일정한 양태가 외부에 나타난 현실을, 그러나 필경 개인에게 있는 그러한 현실을 표현해주고 있으리라는 것이다. ~하지만 더 나아가 독자적인 유기적 생명력이 뇌와 두개골 모두에 동등하게 배분될 경우 여기서는 사실상 양자 간의 인과관계는 소멸된다. 즉 양자가 내면적인 연관에 의해서 동일하게 형성된다면 내면의 일종의 유기적인 예정조화가 성립되는 것이 되는데, 이렇게 되면 서로 관계하는 양면은 자유롭게 풀려나서 저마다 독자적인 형태를 이루는 가운데 그 어느 쪽도 상대방과 일치할 필요는 없게 된다.

게오르그 빌헬름 프리드리히 헤겔, 《정신현상학 1》, 351쪽

헤겔은 이성에서 정신으로 상승하는 마지막 단계의 논의에서 관상학과 골상학(骨相學)이라는, 시대착오적인 학문을 디딤판으로 삼는다. 내가 육체에 거한다고 할 때, 나는 어디에 있는가? 뇌가 생각하는 육체라면 뼈는 죽은 육체일 것이다. 뇌가 정신이 활동하는 곳이라면, 뼈는 사물처럼 굳어버린 것이기 때문이다. 머리에 한정한다면 뇌수가 살아 있는 머리라면 두개는 죽은 머리다. '두개골=죽은 사물' 대(vs) '뇌=살아 있는 정신'인 셈이다. 골상학은 바로 이 정신(뇌)의 외적 표현으로서의 머리뼈를 연구하는 학문이다. 두개골의 모양에서 한 개인의 특징을 유추한다는 것은 그 개인의 정신이 그 두개골에 '표현'되어 있기 때문이다. 뼈가 정신의 외적 표현이므로 이런 모순적인 단언이 나오게 된다. '정신은 뼈다.'

　물론 헤겔이 이 모순적이고 무의미해 보이는 언명을 끝까지 밀고 가는 것은 아니다. 인용문의 후반부에서도 드러나듯이 둘(정신과 육체, 뇌와 두개골)은 예정조화의 관계에 있지 않다. 단적으로 말해서 둘은 전혀 관련이 없다. 지젝은 헤겔의 정신이 무의미한 진술이 언명하는 바로 그 불일치와 모순에 있다고 말한다. "정신은 뼈다"라는 진술에서,

> 헤겔의 요점은 〈소박한〉 독해(골상학이 스스로를 파악하는 방식. 정신은 이 불활성 대상, 두개골이다. 정신의 특징들은 두개골의 오목하거나 볼록한 부위들로부터 연역될 수 있다)를 거부하고 사변적 의미(정신은 가장 불활성적인 객체성을 포함해서 현실성 전체를 포용하고 매개할 정도로 충분히 강하다)만 고려하려는 것이 결코 아니다. 이 사변적 의미는 우리가 〈소박한〉 독해를 유보 없이 따를 때에만 그리하여 그것의 내속적 무의미를, 그것의 터무니없는 자기모순을 경험할 때에만 출현한다. 그 두 항(정신과 뼈) 사이의 이 근본적 불일치, 양립불가능성, 이 절대적인 〈부정적 관련성〉은 부정성의 권능으로서의 정신이다.
>
> 슬라보예 지젝, 《부정적인 것과 함께 머물기》, 69쪽

지젝에 따르면 정신 곧 '나'라고 지칭할 수 있는 의식(자기의식)은 명백히 무의미한 언명("나는 뼈다") 속에서만 자신의 권능을 되찾는다. 그것은 정신이 두개골을 통해 자신의 현실을 표현한다는 골상학의 소박한 전제도 아니요, 정신이 두개골이라는 죽은 사물마저도 자신의 표현형으로 삼을 만큼 충분히 강력하다는 관념론적인 주장도 아니다. "정신은 뼈"라는 단언은, 정신이야말로 제가 거할 수 없는 곳(뼈와 같이)에 거한다는 뜻이며, 따라서 정신과 육체의 불일치(탈자, 엑스터시) 속에서만 제 자신을 구별할 수 있다는 뜻이며, 이 둘이 동거하는 모순과 무의미 속에서만 제 자신의 존재를 보장받는다는 뜻이다. 헤겔과 지젝의 말을 따라간다면 뼈만 남은 브룩이야말로 정신의 부정적 권능을 온몸으로 체현하는 존재인 셈이다.

브룩의 비극적 황홀(엑스터시)—약속을 지키다

브룩이 엑스터시(탈자)를 대표하는 캐릭터임을 염두에 둔다면, 그가 밀짚모자 일당에 받아들여진 비밀이 풀린다. 마지막으로 브룩이 겪은 비극적 황홀(엑스터시)을 감상해보자. 먼 옛날 브룩은 해적단의 동료 하나를 어떤 곳에 두고 왔다. 반드시 돌아가겠다고 약속했지만, 전투에서 전멸하면서 소식조차 전하지 못했다. 그렇게 50년을 떠돌았고, 브룩은 지금이라도 그를 찾아가 약속을 지키겠다고 말한다. 이 장면은 첫 등장에서의 실망감을 상쇄하는 것은 물론, 〈원피스〉 전체 에피소드 중에서도 가장 장려한 장면에 속한다. '숭고'라는 이름에 가장 잘 어울리는 이야기다.

밀짚모자 일당이 위대한 항로 입구에서 만난 거대 고래 '라분'이 바로 브룩이 두고 온 동료였다. 이 대화 이후에, 브룩은 자신의 그림자가 들어 있는 좀비 검사와 결투를 벌인다. 여전히 아프로 헤어스타일을 고수한다고 비웃는 검사와 싸우며 브룩은 라분에게 속엣말을 건넨다. 이 머리, 이 옛 모습 하나만이라도 지켜내어 만나러 가겠다고.

브룩의 엑스터시(자기를 벗어나기)는 50년 전 고래 친구와의 약속을 지키기 위한 것이었다. 그는 약속을 지키기 위해 죽어서도 죽지 못했고, 동료가 알아보지 못할까 봐 해골이 되어서도 우스꽝스러운 아프로 헤어스타일을 고집했다. 그러고도 한참 지나고 나서야 50년 전 그의 최후 장면이 펼쳐진다. 브룩이 속했던 룸바 해적단이 강적을 만나 궤멸될 때의 이야기다. 독을 바른 무기에 당해서 모두가 죽어갈 때, 브룩이 어차피 죽을 거라면 노래를 부르자고 제안한다. 그리고 모두가 평소와 다름없이 흥겹게 그리고 힘겹게 "일생일대의 대합창"을 부른다. 〈빙크스의 술〉이라는, 축제의 노래다. 이 노래는 지금 겟코 모리아 해적단과의 전투에서 이기고 잔치를 벌이는 밀짚모자 일당의 자리에서도 울려 퍼지고 있다. 브룩은 지금 해골이 되어, 원래의 자기 몸으로 불렀던 그 노래를 반복해서 연주하는 중이다. 다시 과거의 장면. 노래를 부르는 중에 동료들이 하나둘씩 쓰러져간다. 반주를 하던 브룩이 모르는 척, 반주만 남겨두고 어디로 가느냐고 묻는다.

브룩의 탈자(엑스터시)는 죽음에도 불구하고, 죽음을 건너와서, 동료와의 약속을 지키려는 사랑의 능력이었던 것이다. 본래 약속은 무시간성의 산물이다. 실현되기까지 약속은 종료되지 않으며, 따라서 무한히 연기된다. 브룩은 이 약속을 지키기 위해 죽음에서 부활했으며, 이 약속을 이행하기 위해서 50년 동안의 고독을 견뎌냈다. 그러고 나서 브룩은 이 탈자태로서, 이 에피소드가 끝난 이후에 다시 루피에게 묻는다. "저, 동료로 들어가도 됩니까?" 이로써 밀짚모자 해적단은 삶과 죽음을 포함하는, 자아와 탈자를 아우르는, 안정(스타시스)과 황홀(엑스터시)을 거느리는 음악가를 동료로 얻게 되었다.

셋이 붙어 있었던 것뿐인가?

삼두인간 바스카빌과 '변증법'

삼항조와 삼두인간

원피스 지구는 세 개의 거대 세력인 세계정부, 사황, 칠무해에 의해 분점되어 있다. 이 가운데 칠무해는 해적이면서 해군이므로, 둘을 매개한다고 할 수 있다. 사황은 넷이지만 자꾸 셋이 된다. 흰수염 해적단이 해체되어 셋이 되었다가, 검은수염 해적단이 그 자리를 차지한 후에는 백수 해적단과 빅 맘 해적단이 동맹을 맺어 다시 셋이 된다. 루피 입장에서는 그중 하나인 빨간머리 샹크스는 은인이므로 나머지 셋이 적이다. 칠무해는 일곱이지만 들고나는 이들이 많아서 세기가 어렵다. 어쨌든 이들은 루피 입장에서는 세 그룹으로 나뉜다. 적대적인 이들(도플라밍고, 크로커다일, 쥬라클 미호크, 겟코 모리아), 같은 편인 이들(징베, 트라팔가 로, 보아 핸콕) 그리고 적인지 아군인지 모호한 이들(버기, 바솔로뮤 쿠마). 세계정부도 셋으로 구성된다. 최고전력으로 불리는 삼대장이 있으며, 해군 본부 마린 포드(Marineford), 대감옥 임펠 다운(Impel Down), 사법 섬 에니에스 로비(Enies Lobby)로 이루어진 삼대 기관이 있다. 모든 것은 자꾸 셋으로 나뉘거나 수렴되는 것 같다.

해군 본부는 세계정부의 행정력을 대표하는 기관이다. 해적들이 지배하는 곳은 말할 것도 없거니와, 세계정부가 지배하는 나라들 역시 무력이 통치의 원리라는 점에서 일종의 경찰국가들이다. 에니에스 로비는 재판정이 있는 곳이며, 임펠 다운은 감옥이므로 이 셋은 법에 의한 판정, 집행, 처벌을 대표하는 삼항조(trio)다. 물론 이것은 형식에 지나지 않는다. 에니에스 로비에서 재판을 받는 모든 이들은 유죄판결을 받아서 임펠 다운으로 호송되며, 임펠 다운에 갇힌 모든 죄수들은 석방될 가능성이 전혀 없다. 임펠 다운이 《신곡》의 지옥도와 매우 흡사한 구조를 갖고 있는 것은 이 때문이다. 아무런 희망도 없는 곳, 탈출할 가능성이 봉쇄된 곳이 지옥이다. 우리의 주인공 루피는 이 세 곳을—에니에스 로비, 임펠 다운, 마린 포드 순으로—휘저어놓는다. 이로써 루피는 무력에 의해 정립된 세계질서를 교란하고 자유의 이념을 전파하게 된다.

에니에스 로비의 재판장이 '삼두 바스카빌'이다. 한 손에

칼을 든 거한인데, 특이하게도 머리가 셋이다. 세 머리는 등장할 때부터 서로 싸우는데, 왼쪽 머리가 유죄로 판결하면 오른쪽 머리가 무죄를 제안하고 가운데 머리는 사형을 주장하는 식이다. 이 좌충우돌 박치기는 끊임없이 계속된다.

원피스 세계가 삼분되어 있고, 세계정부가 삼대 세력으로 지탱되고 있으며, 사법부가 삼두 체제(이것은 3심제 및 재판장, 주심, 부심 판사에 대한 비유이기도 하다)를 이루는 셈이다. 우리의 세계 역시 이렇다. 국가의 체제는 권력의 소재가 일인이냐 소수냐 다수냐에 따라 군주정, 귀족정, 민주정의 셋으로 나뉘고, 통치의 이념이 덕이냐 명예냐 공포냐에 따라 공화정, 군주정, 독재정으로 나뉘며, 민주주의에서는 권력의 분산을 제도화함에 따라 입법부, 사법부, 행정부가 나뉜다. 우리 세계든 원피스 세계든 우리는 '셋'을 사고와 이념과 체제의 기본단위로 삼고 있는 것 같다. 왜 그럴까? 그런데 삼두인간의 다툼에서 보듯, '셋'이 전개하는 사고와 이념과 체제가 반드시 조화와 화해로 귀결되는 것 같지는 않다. 왜 그럴까?

하나에서 둘로, 둘에서 셋으로 — 주돈이의 '태극도설'

신화와 종교에서는 흔히 셋이 하나를 이룬다. 힌두교의 지배 신은 우주를 창조한 브라마, 우주를 유지하는 비슈누, 우주를 파괴하는 시바라는 삼항조이며, 그리스의 지배 신은 하늘(땅 위)의 신 제우스, 바다의 신 포세이돈, 저승(땅 밑)의 신 하데스라는 형제 트리오다(이들의 상징물 역시 각각 세 갈래로 갈라지는 번개, 삼지창, 머리 셋 달린 개 케르베로스다). 기독교의 유일신 역시 성부, 성자, 성령이라는 삼항조로 한 몸을 이루고 있으며(삼위일체), 잉카의 주요 신도 태양과 달, 폭풍을 대표하는 트리오다. 그리스의 여신 헤카테(하늘과 땅, 바다를 지배했다는 풍요의 여신)는 아예 삼두여신이다. 불교의 삼보(三寶), 알라의 딸로 알려진 세 여신(알-라트, 알-우자, 알-마나트), 그리스의 운명의 세 여신, 분노의 세 여신, 미의 세 여신, 고르곤 세 자매, 기독교의 세 가지 덕목(믿음, 소망, 사랑), 동방박사 세 사람, 예수가 받은 세 가지 유혹, 베드로의 세 번에 걸친 부인, 골고다에 세워진 세 개의 십자가, 사흘 만의 부활… 셀 수 없을 정도로 많은 이야기들이 '3'을 품고 있다.

　실제로 인간과 세계 전체가 3분할되어 있다. 지구는 하늘과 땅, 바다로 구획될 수 있으며, 세계는 저승을 포함하면 이승, 천국, 지옥으로 나뉘고, 인간은 육체와 영혼, 정신으로 구성되고, 태어나고 살고 죽으며, 시간은 과거와 현재와 미래로 구성되고, 이야기에는 처음과 중간과 끝이 있으며, 논리는 삼단으로 구성되어 있다… '3'은 우리의 세계를 구성하는 기본 단위인 듯하다. 이것은 어떻게 출현했을까?

먼저 '하나'가 있었다. '하나'는 '모든 존재하는 것' 곧 '있음'의 이름이며, 무(無, zero)와 대립하는 것이다. 태초에는 '하나'가 아니라 '무'가 있었다. 이 무는 사실은 '없음'이 아니라 문명 이전의 폐허, 황무지를 뜻한다. 수메르의 창세신화는 이렇게 말한다.

하늘신 주(主)가 하늘을 밝게 하였으며

땅은 어두웠고 저승에 눈을 두지 않았다.

골짜기에 물이 흐르지 않았고 무엇도 생기지 않았으며

넓은 땅에 밭고랑이 없었다

엔릴의 훌륭한 구마사제가 존재하지 않았고

거룩한 손을 씻는 정결례를 갖추지 않았다

하늘신의 성녀(聖女)는 손을 두드리지 않았고

찬양 노래를 부르지 않았다

하늘과 땅은 서로 왕래하지 않았고

아내로 택하지 않았다.

달이 비치지 않았으며

어둠이 와 걸려 있었다.

좋은 땅에 풀과 약초가 스스로 자라지 않았다

조철수, 《메소포타미아와 히브리 신화》, 101쪽

엔릴은 하늘(의 신)과 땅(의 여신)의 결합으로 탄생한 대기와 대지의 신이며, 엔릴의 구마사제는 지하수의 신 엔키를, 하늘신의 성녀는 여신 인안나를 말한다. 태초에 구마사제가 없었다는 말은 지하수로 손을 씻을 필요 곧 정결례를 치를 필요가 없었다는 뜻이며, 성녀가 손을 두드리지 않았다는 것은 손으로 나무토막을 두드려 예식을 선포하는 성혼례가 없었다는 뜻이다.(같은 책, 102쪽) 하늘과 땅, 남녀의 결합이 없었으므로, 인간은 신과 통합되지 못했으며 문명은 자연과 이어지지 못했다. 성스러움과 질서가 없었다는 이야기다. 또한 태초에는 밭고랑도 없었고(농사가 없었고) 풀과 약초도 자라지 않았다. 하지만 여기에는 이미 땅과 하늘이 (서로 왕래하지는 않았지만) 존재했다. 농경이 시작되지 않았고 문명이 발생하지 않았으나, 장차 그것들이 자리 잡게 될 황무지는 거기에 있었다. 그러니까 '무'는 아직 인간을 위해 세어지지 않은(=셀 수 없는) 것들, 황무지처럼 인간에게 '유익'을 제공하지 않은 것들의 이름인 셈이다.

메소포타미아 창세신화는 히브리 창세신화의 원형이다. "하느님이 세상을 창조하신 일은 대략 이렇다. 하느님이 땅에 비를 내리지 않으셨고 경작할 사람도 없었으므로 들에는 나무나 풀이 아직 없었고 밭에는 채소가 나지 않았다."(《창세기》 2장 4-5절) 여기서도 창조 이전에는 황무지가, 과실수와 채소가 자라지 않는 땅이 먼저 있었다. 〈창세기〉가 두 개의 서로 다른 이야기를 결합했다는 사실은 잘 알려져 있지 않다. 지금 우리가 읽은 구절은 학자들이 'J문서'라고 부르는 자료에서 따온 창세신화인데, 학자들이 'P문서'라고 부르는 또 다른 자료는 창세의 시작을 이렇게 적었다. "태초에 하느님이 천지를 창조하셨다. 땅은 형체도 없이 어둠이 깊은 물 위에 있었고, 하나님의 영(the Sprit of God)은 물 위에서 움직이고 계셨다."(〈창세기〉 1장 1-2절) 여기서도 창세 이전에 어둠과 물이, 나아가 어쩌면 그 물이 흐르는 대지까지가 선재(先在)했다는 사실이 기록되어 있는데, 여기서의 '깊은 물'(트홈)은 아카드어로 '바다'(티암투)에서 온 말로, 농사지을 수 있는 물(민물)이 아닌 황폐한 물(바닷물)을 뜻한다. 이 역시 황무지란 하나로 셀 수 없는(=인간에게 유익한 것으로 세어지지 않는) '무'라는 사실을 보여준다. '하나'는 이런 '없음' 위에 나타난 문명의 시작이다.

처음 '하나'(첫 번째 존재하는 자)는 대지모신(만물을 낳은 대지의 여신)이자 할망(산과 바다와 인간을 낳은 큰어머니)이며, '둘'(두 번째 존재하는 자)은 자식이자 아버지인 근친상간의 주인공(가이아의 아들이자 남편인 우라노스, 레아의 아들이자 남편인 제우스, 이시스의 아들이자 남편인 호루스)이다. 그리고 마침내 둘이 짝을 지어 세 번째 하나(='셋')인 자식을 낳는다. 따라서

'셋'만이 진정한 계승이자 발전이며, 새로운 시작이자 근본적인 변환의 이름이다.

> 무극이 곧 태극이다. 태극이 움직여 양(陽)을 낳고 움직임이 극에 이르면 고요해진다. 고요함이 음(陰)을 낳고 고요함이 극에 이르면 다시 움직이는 것이다. 한 번 움직이고 한 번 고요한 것이 서로 근거가 되며, 음으로 나뉘고 양으로 나뉘어 두 가지 모양이 정립된다. 양과 음이 변하고 합하여 오행(물, 불, 나무, 쇠, 흙)을 낳으며, 이 다섯 기운이 차례로 펼쳐져서 사계절이 운행된다. 오행은 하나의 음양이요, 음양은 하나의 태극이며, 태극은 본래 무극이다.
>
> 주돈이, 《태극도설》

동양의 역(易)도 이런 논리라고 할 수 있다. '무'와 '하나'가 어우러짐→'하나'가 '둘'이 됨→'둘'이 서로 어울려 '만상'이 됨의 논리이기 때문이다. 무극이 '무'라면 태극은 큰 '하나'(존재하는 모든 것으로서의 하나)이며, 양과 음이 짝을 이룬 '둘'이라면 이 둘이 부모가 되어 만상을 낳는다. '셋'은 그렇게 낳은 자식이기에 3이자 모든 만물을 대표하는 수다. 곧 3은 2와 4의 중간수가 아니라, 모든 다양성의 출구이자 단순성의 입구다. 셋까지밖에 세지 못하는 어린아이를 생각해보자. 아이는 손가락을 짚어가며 "하나, 둘, 셋, 셋, 셋…" 이렇게 셀 것이다. 셋은 바로 그런 다양성을 이르는 대표수다. 그 아이가 손가락을 줄여가며 카운트다운을 한다고 해보자. 셋이 될 때까지 아이는 동어반복을 하겠지만, 그다음에는 확실하게 단순해질 것이다. "…셋, 셋, 셋, 둘, 하나." 셋은 음양(둘), 태극(하나), 무(없다)로 줄어드는 단순성의 문턱이다. 그래서 주역의 논리가 음양의 둘(2)에서, 넷(2의 제곱)이나 여섯(2의 3배수)으로 가지 않고 여덟(2의 3제곱인 팔괘)으로 가는 것이다. 셋은 모든 다양성의 시작점이기 때문이다.

아바타와 성육―카시러의 '삼위일체'

1, 2, 3으로 나아가는 논리는 신화시대의 사유에만 속한 것이 아니다. 의식이나 무의식을 기술하는 모든 논리에서도 이 과정은 관찰된다. 이때 '3'은 구체화이자 보편화를 상징하는 신비로운 수다. 이를 불교에서는 아바타(avatar, 현신), 기독교에서는 성육(incarnation)이라고 부른다.

숫자 1, 2, 3에 대한 그러한 실체화의 예는 자연민족의 사유에서뿐 아니라 오늘날의 모든 문화적으로 위대한 종교들에서도 분명하게 보인다. 일자가 자기 자신으로부터 나와서 '타자', 즉 제2의 것이 되고, 마지막으로 제3의 자연에서 다시 자기 자신과 결합되는 것—이러한 문제는 인류의 참된 정신적 공동 자산인 것이다. 이 문제의 순수한 사상적 표현은 사변적 종교철학에서 비로소 등장하는 것이지만, '삼위일체의 신'이라는 관념이 보편적으로 퍼져 있다는 사실은 이러한 관념에 대한 어떤 궁극적이고 구체적인 감정의 기반이 존재하고 그 관념은 이러한 기반으로 거슬러 올라가며 이것으로부터 항상 새롭게 생겨난다.

에르스트 카시러, 《상징형식의 철학 2권 신화적 사유》, 309-310쪽

하느님은 모든 자연의 이법 내지 섭리를 상징하는 일자('하나')이다. 일자가 지배하는(=일자의 원리가 관철되는) 세상은 어떤 분열(유혹자 뱀의 출현, 선한 신 아후라마즈다에 대적하는 악신 앙그라 마이뉴의 작용, 오시리스 신을 죽이고 왕좌를 차지하는 세트 신의 개입…)로 인해 통일성을 상실하고 만다. 타자화된 세상은 본래의 일자와 통합될 수 없으며, 이 분열은 항구적이다. 분리된 타자가 일자로 되돌아갈 방법은 없다. 둘이 재통합하기 위해서는 일자가 타자가 되는 방법밖에는 없다. 신이 인간이 되어 유한자로서의 죽음을 겪고 신으로 다시 부활하는 일이 그것이다. 예를 들어, 성부 하느님이 자연의 위력을 상징하는 문명 이전의 일자라면, 성자 하느님은 타자(인간)가 되어 그 유한성과 필멸성을 고스란히 겪은 후에(=구체성을 획득하

기) 다시 신으로 귀환한다(=보편성을 회복하기).

정확히 말하자면 기독교의 삼위일체는 성부, 성자, 성령이므로 지금 우리가 기술하는 셋의 논리(어머니, 아버지, 자식)와는 잘 들어맞지 않는다. 사정이 이렇게 된 것은 유대교가 성립할 때, 이미 확립된 가부장적인 질서의 영향으로 모신이 억압(삭제)되고, 그 자리를 아버지(2위가 1위로)가, 아들(3위가 2위로)이 하나씩 올라가서 차지했기 때문이다. 비어 있는 아들의 자리(3위)는 기독교 바깥의 신들(정령과 요정들)에게 배당되었다. 본래 유대-기독교 전통에도 여신의 자리가 있었으니 이름을 소피아(지혜)라고 부른다. "지혜가 길거리와 광장에서 소리쳐 부르며 복잡한 길목과 성문에서 외친다. '어리석은 자들아, 너희는 언제까지 어리석은 것을 좋아하겠느냐?'" (〈잠언〉, 1장 20-21절)

이것은 자아가 세상과 부딪쳐 타락 내지 고난을 겪고 다시 신성을 깨달아 보편성을 회복해가는 과정에도 투영되어 있다. 영웅담의 주인공이란 결국 '깨달은 나'였던 셈이다. 무의식을 설명하는 기본적인 도식에도 셋의 논리가 배여 있다. 정신분석에서 말하는 세 가지 영역이란, 미분리된 일자의 영역(상상계), 타자화된 분리의 영역(상징계), 분리가 생산해내는 사후적인 가상의 영역(실재계)의 셋으로 나뉘는데, 이 역시 1, 2, 3의 전개 과정을 보여준다(이에 대해서는 '로빈'과 '브륄레' 편을 보라).

헤겔의 변증법

'셋'의 논리를 가장 정교하게 다듬은 것이 헤겔의 변증법 (dialetic)이다. 변증법이란 대화술이나 문답법을 뜻하는 그리스어 'dialektike'에서 유래한 말로, 플라톤의 철학에서 그 고전적인 예를 접할 수 있다. 플라톤은 스승인 소크라테스를 주인공으로 삼아 다른 이들과의 대화와 토론으로 자신의 철학적 체계를 기술하는 방법을 썼다. 이 과정에서 대화하는 둘 사이의 대립지점이 밝혀지고 논쟁이 벌어지며, 상대의 무지가 폭로되거나 주장이 논박되고, 마침내 올바른 결론에 이르게(=합의하게) 된다. 따라서 플라톤에게서 변증법은 먼저 제기된 덜떨어진 견해를 논박하고 나중에 제기되는 올바르거나 더 정교한 견해를 옹호하는 논쟁술이다. 칸트 역시 《순수이성비판》에서 이성의 참된 조건을 기술하는 부분을 분석론, 이성의 거짓된 조건을 기술하는 부분을 변증론(변증법)이라 하여, 오류를 고발하고 거짓을 논박하는 기술에 변증법이라는 이름을 붙였다.

그런데 헤겔은 이렇게 거짓을 논박하고 참으로 나아가는 방법을 논쟁술이나 대화술로만 간주하지 않고, 논리의 자기전개 과정 내지 특정한 개념의 고차원적인 발전 과정으로 보았다. 헤겔의 말대로 하나의 논리나 개념이 자체 내의 모순으로 인해 분열되고, 그 분열을 극복하면서 보편성과 특수성을 겸하게 되는 과정이 변증법이라면, 변증법은 모든 사유가 고차적인 사유로 진화해가는 데 필요한 내적 자가발전의 논리가 된다. 헤겔 변증법의 삼항조에 관해서 살펴보자.

먼저 '하나'가 단순하게 주어진다. '다른 것'과의 관계되지 않고 오직 그 자신에 대해서(ansich) 주어져 있다는 점에서 이 '하나'를 즉자(卽自, Ansich)라고 부른다. 즉자는 '하나'가 다른 무엇과도 관련되지 않고, 그 자신에게 밀착해 있는 상태다. 비유하자면 갓난아기나 처음 사랑에 빠진 젊은이와 같다. 아기는 배고프면 울고 엄마 젖을 접하면 만족한다. 아기는 허기나 배설에 즉각적으로 반응하는 '하나'로서 주어져 있을 뿐이다. 아기에게 엄마는 타자가 아니다. 아기의 입은 엄마의 젖과 한 몸이어서, 아기는 엄마 젖이 자신의 것이 아니라는 것을 알지 못한다. 마찬가지로 처음으로 사랑하는 이를 자기 마음에 받아들인 젊은이는 그 사랑과 분리될 수 없이 한 몸이어서, 그가 없는 세상을 상상조차 할 수 없다.

그다음 '둘'로 세어지는 존재 곧 절대적으로 다른 타자가 그에게 도래한다. 이렇게 되면 하나는 더 이상 혼자만의 하나 (=즉자)가 아니게 되고, 그는 타자와의 관계 속에서만 그 자신이 된다. 이렇게 타자와의 관계를 내면화함으로써, 그 자신을 대상화하여(fürsich) 볼 수 있게 된 존재를 대자(對自, Fürsich) 라고 부른다. 최초로 자기의식이 생기는 때가 이때다. 자기의

식이란 자기를 거울에 비추어보듯 타자화한 의식이기 때문이다. 젖떼기를 시작하는 아기는 드디어 엄마 젖이 자신의 것이 아니라는 것을 알게 된다. 아기는 공갈젖꼭지나 손가락으로 이 결여를 채우려고 하지만, 자신의 일부로 알았던 어떤 것의 상실을 피할 수 없다. 아기는 엄마에게서 떨어져 나온 몸인 자기를 느낀다. 첫사랑과 헤어진 젊은이에게도 상실은 피할 수 없는 체험이다. 첫사랑이 세상 전부였기에 그는 세상에서 버려졌다고 느끼며, 자신을 버림받은 영혼으로 체험한다.

그다음에는 즉자로서의 나와 대자로서의 내가 그 모순을 품은 채 동거하는, 곧 둘의 대립이 보존된 채 종합되는 셋의 상태(모순된 둘을 하나로 세는 상태)가 온다. 총체성이란 이런 모순들의 공존을 포괄하는 전체성을 말하며, 이런 대립물의 통일 상태를 즉자-대자(an und für sich)라 부른다. 이 상태에 이른 아기는 엄마를 특별한 타인으로, 나 자신은 아니지만 자신과 특별하게 맺어져 있는 존재라는 것을 자각한다. 이별의 슬픔에서 헤어난 젊은이 역시 다른 사람을 만날 수 있게 된다. 하지만 그렇다고 해서 아기가 큰 '하나'(엄마와 한 몸이었던 나)를 상실했다는 사실이 사라지지는 않는다. 마찬가지로 젊은이가 첫사랑을 영원히 상실했다는 사실이 지워지지도 않는다. 첫사랑은 그 결여 속에서, 모든 만남을 대상화하는 '부재하는 기준점' 같은 것으로 작용하게 될 것이다.

흔히 변증법을 정반합(正反合: 테제, 안티테제, 진테제)이란 도식으로 설명하는 것은 오해를 낳기 쉽다. 첫째, 두 번째 계기(안티테제)는 첫 번째 계기(테제)의 내적 모순이 표현된 것이므로 테제의 필연적인 전개인데, 저 도식은 이 둘이 정반대되는 대립자라고 생각하게 만든다. 반(反)은 정(正)의 반대가 아니라 정의 필연적 귀결이다. 둘째, 따라서 반이든 합이든 내재적인 전개에 의한 것이기 때문에 새로운 관념이나 계기가 외부에서 도입될 필요가 없다. 변증법에서 중요한 것은 이런 내재적 적합성, 논리적 필연성이다. 셋째, 합(合)은 앞의 모순을 절충하거나 뒤섞는 게 아니라, '부정＋보존'하는 것이다. 이 과정을 '지양한다'(aufheben)고 하는데, 이것은 제거(＝부정)하는 동시에 포함(＝보존)하는 것이다. "헤겔은 〈aufheben〉에 이중의 의미가 있다고 말한다. 〈aufheben〉은 소거(부정)하는 동시에 보존하는 것을 뜻한다."(줄리 메이비, 《헤겔의 변증법》, 13쪽) 곧 지양은 즉자적인 자신을 부정하는 동시에 부정된 자신을 내부에 포함하는 것이다. 아기가 크면서 영원히 자신이 아닌 타인으로서의 엄마를 품는 것이나, 젊은이가 다른 사람을 사귀면서 첫사랑의 설렘을 영원한 상실로서 (다른 사람을 통해서) 다시 갖는 것이 그런 예라 할 수 있다. 넷째, 이 과정은 한 번으로 완결되지 않고 보편적인 개념이나 형태로 계속 진화해나간다. 헤겔은 이 과정에 최종적인 완성(예컨대 모든 것을 포괄하는 무조건적인 것, 곧 절대자)이 있다고 보았으나, 그곳은 종교나 불가지의 경지여서 더는 짐작하기 어렵다.

3은 모순인가 극복인가?―지젝의 '아래로의 종합'

'지양'이라는 개념에 얹어서 생각하면 저 세 번째 항은 둘의 종합이긴 하지만, 실은 예전의 모순을 그대로 품은 종합이다. 어떤 이들은 헤겔의 변증법적 종합('셋')이 고차원적인 종합이 아니라, 그 모순 자체를 덮어쓴 이름, 다시 말해서 그 모순을 종합이라 부르는 것에 지나지 않는다고 말한다.

헤겔의 체계를 모든 부분적 계기들에 각기 고유한 자리를 부여하는 닫힌 총체로 이미지화하는 것은 심각한 오독이다. 모든 부분적 계기들은 〈내부로부터 절단되어 있다〉. 그것은 결코 완전하게 〈자기 자신〉이 될 수 없다. 그것은 절대로 〈자신의 자리〉에 도달할 수 없다. 그것은 자기 내속적인 장애에 의해 표지된다. 변증법적 발전을 가동시키는 것은 바로 이런 장애이다. 헤겔의 일원론에서 〈일자〉는 모든 차이를 덮어버리는 동일성의 일자가 아니다. 그것은 어떠한 실정적 동일성도 획득하지 못하게 가로막는 근본적인 부정성의 역설적 〈일자〉다.

슬라보예 지젝, 《그들은 자기가 하는 일을 알지 못하나이다》, 237-238쪽

지젝은 헤겔의 체계가 모든 부분이 체계의 발전 과정에 기여하는 통일적이고 진화적인 모델이라는 생각에 반대한다. 이런 생각은 '지양'을 극복하기로만 읽은 것이다. 지젝이 보기에 각각의 부분은 토막 나 있으며, 종합은 이런 모순과 분열을 극복할 수 없다. '지양'은 그 모순을 그대로 품은 채 다음 단계로 이행하는 것이며, 따라서 헤겔의 체계를 관통하는 하나의 원리(=일자)가 있다면, 그것은 이런 모순을 인정하고 그것의 부정성에 머물러 있는 일이다. 지젝은 이런 부정적 종합을 '아래로의 종합'이라고 부른다.

> 우리는 때로 헤겔의 저작에서 아래로의 종합(내가 붙인 이름이다)을 보게 된다. 대립하는 두 입장이 제시되고 세 번째 입장이 두 입장의 지양(Aufhebung)으로 나타날 때, '아래로의 종합'은 두 입장에서 보존할 만한 내용을 합치는 상위의 종합이 아니라 일종의 부정적 종합—최저점—을 뜻한다.
>
> **슬라보예 지젝, 《죽은 신을 위하여》, 6쪽**

'아래로의 종합'은 모순이 첨예하게 드러나고, 갈등이 해소되지 않은 채 보존되며, 분열이 화해 불가능한 지경에 그저 머무르는 종합이다.

바스카빌의 평결, 모순을 극대화하다

이제 삼두인간 재판장 바스카빌의 말을 이해할 수 있겠다. 처음 등장한 자리에서 바스카빌의 좌우 머리는 "유죄"와 "무죄"를 주장한다. 가운데 머리는 둘을 종합해서 "사형!"이라고 선언한다. 아무것도 종합되지 않았으나 평결은 내려졌다. 사형은 가장 극단적인 유죄 판결이다. 앞의 모순은 제거되지 않은 채 보존되었다. 이 '아래로의 종합'의 비밀은 다른 장면에서 밝혀진다. "재판장이 이 섬에 있을 줄 몰랐다"는 해적의 말에, 바스카빌의 세 머리는 입을 모아 이곳의 배심원들은 원래 해적이었던 사형수이며, 역사상 이 도시에서 무죄가 된 자는 한 명도 없다고 대답한다.

결국 유죄냐 무죄냐가 대립항이었던 게 아니라, 작은 유죄냐 큰 유죄(사형)냐가 대립항이었던 셈이다. 따라서 가운데 바스카빌의 평결은 정당했다. 그는 두 번째로 등장해서 자신의 이름을 밝힌다. 좌우의 머리가 각각 자신을 좌바스카빌과 우바스카빌로 소개했음을 상기할 때 가운데 머리는 자신을 "중(中)바스카빌"이라고 밝혔어야 했을 것이다. 그런데 그는 엉뚱하게도 자신이 "중앙 고속도로"라고 소개한다. 상관인 스팬담이 그들을 전보벌레(우리 세계의 전화기와 같다)로 호출하자, 바스카빌은 또다시 자신들이 좌바스카빌과 우바스카빌, 그리고 "중앙 본선 나홀로 여행"이라고 대답한다.

가운데 바스카빌이 왜 '중앙 본선'인지, 왜 '나홀로 여행'인지는 나중에 밝혀진다. 전투 중에 해적들이 바스카빌을 공격해오자, 바스카빌의 몸이 셋으로 쪼개진다. 그들은 삼두인간이 아니라, 실은 세 사람 즉 재판장 트리오였던 것이다. 갈라진 세 사람은 각각 자신을 바스(왼쪽), 카빌(오른쪽) 그리고 공주님(가운데)이라고 소개한다.

가운데 머리가 내뱉은 저 엉뚱한 별명이야말로 '아래로의 종합'이 다다른 특별한 경지라 할 수 있겠다. 좌우의 머리가 원래의 이름("바스카빌")을 나누어 가졌기에 그에게는 할당된 이름이 없다. 그래서 그는 자신이 좌우의 의견을 종합해서—실은 둘의 의견과 무관하게—평결을 내리는 지위에 있음을 "공주님"이란 별명으로 말하고 있는 것이다. 최종국면에서 루피 일행과 해적들은 폭주 기차 로켓맨을 타고 사법의 탑까지 날아오고, 바스카빌과 부하들은 추풍낙엽 신세를 면치 못한다. 가운데 머리가 자신을 불렀던 이전의 이름("중앙 고속도로" "중앙 본선 나홀로여행")이야말로 로켓맨의 진로가 되어버린 자신을 일컫는 이름이었던 셈이다. 루피 일행은 중앙 고속도로를 타듯 자신(들)을 밟고 지나갈 것이다. 이전의 이름들은 변증법이 암시하는 '분열로서의 종합'을 일컫는 부정적인 이름이었던 셈이다.

사랑해줘서 고마워

자연계 능력자들과 '아르케'

악마의 열매 가운데 자연계 열매에 관해서 살펴보자. 해군본부 대장들, 사황인 흰수염과 검은수염, 신이라 자처한 에넬 등 이 열매를 먹은 자들은 원피스 세계에서 극강의 능력을 발휘한다. 무력이 곧 권력인 원피스 세계에서 자연계 열매는 세계를 구성하는 바탕인 질료(質料) 자체를 제 맘대로 하는 능력, 곧 자연 그 자체의 근원적인 힘을 운용하는 능력이므로 최강의 능력이 될 수밖에 없다.

아르케와 자연철학

자연의 근원이란 무엇일까? 아리스토텔레스는 사물이 질

료와 형상으로 이루어져 있다고 말했다. 여기 머그잔이 있다고 하자. 이 잔을 이루는 재료(질료)는 흙이며, 이것은 손잡이가 달린 컵이라는 형상을 하고 있다. 사물은 늘 이 두 가지(질료와 형상)의 결합이다. 이 둘이 분화되기 전의 상태, 곧 형상이 전제되어 있지 않은 원질(原質)을 아르케(arche)라고 부른다. 아르케는 만물을 이루는 근원적인 바탕이다. 세계의 창세신화들도 세상이 무에서 생겨났다고 말하지 않는다. 현재의 세상을 이루는 근원인 아르케가 선재(先在)하고 있었기 때문이다. 질료에도 독자성을 부여하는 신화의 논리에 따라 아르케는 대개 인격화되어 나타난다. 중국신화의 반고(盤古), 메소포타미아신화의 티아마트(Tiamat), 《장자》에 나오는 혼돈(混沌), 스칸디나비아신화의 이미르(Ymir) 등은 태초의 거인인데, 신화는 이들이 죽고 난 후에 그 시체에서 현재의 세상이 생겨났다고 전한다. 창조는 일종의 분리작용이다. 미분화된 태초의 하나를 구별하여 큰 빛(해)과 작은 빛(달)과 더 작은 빛(별들)을, 하늘과 땅을, 몸과 몸에 깃드는 것을, 사물과 식물과 동물을, 유한자와 무한자를 구별하는 능력이 창조이기 때문이다. 아르케는 이 창조(＝분화)를 가능하게 하는 원재료인 셈이다.

고대에 최초의 철학자로 알려진 이들은 '만물의 근원은 무엇인가?' 하는 질문에 대한 답을 내리려고 노력했다. 이런 철학을 자연철학이라 부른다. 자연철학의 저 질문은 다음과 같은 뜻을 품고 있다. ① 세계는 무엇으로 구성되어 있는가? 이 것은 세계를 구성하는 구성요소 내지 질료에 대한 질문이다. ② 세계를 운영하는 원리는 무엇인가? 아르케에는 '원리, 근원'이라는 뜻도 있으므로, 이 질문은 세계 운영의 원리를 묻는 질문이기도 하다. ③ 변화하는 이 세계 속에서 변치 않는 것은 무엇인가? 세계는 무수한 변화를 품고 있다. 이 변화 속에서 (변화를 야기하는) 변치 않는 것, 곧 불변자가 있을 것이다. 이 것은 변화를 불러일으키는 최초의 원인에 대한 질문이다. 이 것이 훗날 아리스토텔레스의 네 가지 원인 가운데 하나인 작용인(作用因, causa efficiens)으로 발전한다. 어떤 변화가 일어났다면 그 변화의 원인이 있을 것이다. 앞의 머그잔을 예로 든다면, 그 잔을 빚어낸 도공의 손길이 작용인이다. 나머지 셋은 (앞에서 든) 형상인(形象因, causa formalis)과 질료인(質料因, causa matealis), 그리고 목적인(目的因, causa finalis)이다. 머그잔은 음료를 마시기 위한 용도로 만들어졌다. 이것이 목적인이다. 모든 사물에 목적인과 작용인이 있다는 생각은 후에 신의 존재를 역설하는 수많은 증명의 근거가 된다. ④ 본질이란 무엇인가? 무수한 변화들은 우리에게 현상(겉으로 보이는 것)으로 나타난다. 그 현상들의 저변에 있는 불변하는 것을 본질이라고 한다면, 이 질문은 세계의 본질에 대한 질문이기도 하다. ⑤ 진리란 무엇인가? 우리는 무수한 현상들 가운데 참과

거짓을 판단해야만 한다. 아르케가 무엇인가를 묻는 일은 어떤 것이 참이고 어떤 것이 거짓인가를 묻는 일이 된다. 결국 만물의 근원에 대한 질문은 인간이 세계를 이해하고 거기에 올바로 대처하기 위해서 필요한 자연과학, 역학, 인식론, 인간학, 윤리학 등이 망라된 질문이며, 아르케가 그렇듯 인간의 지적 체계가 분화되기 이전의 총체적인 앎에 대한 질문인 셈이다. 아르케를 통해서 몇몇 자연계 악마의 열매 능력자들을 살펴보자.

해군본부 대장 쿠잔—탈레스의 '물'

최초의 자연 철학자인 탈레스는 "만물의 근원은 물이다"라는 주장으로 알려져 있다. 고대 그리스인들이 생각했던 아르케의 네 가지 후보, 이른바 사원소(四元素: 물, 불, 흙, 공기) 중에서 물이 그것들의 근본이라고 여겼던 것이다.

최초로 철학을 했던 사람들 가운데 대다수는 오직 질료의 형태를 가진 것들만이 모든 것의 원리들이라고 생각했다. 있는 것들 모두의 구성요소이고 그것들이 생겨날 때는 그 첫 출처가 되고 소멸할 때는 마지막 귀환처가 되는 것—실체는 그 밑에 남아 있지만 그 양태들은 변화한다—바로 그런 것을 일컬어 그들은 있는 것들의 요소이자 원리라고 말한다. ~그런 철학의 시조(始祖) 탈레스는 물이 그런 원리라고 천명했다(이런 이유에서 그는 땅도 물 위에 떠 있다고 말한다). 아마도 그는 모든 것의 양분 속에는 습기가 있고 열기조차도 그것으로부터 생겨나고 또 그것에 의해 살아 있는 것을 보고서 그런 판단을 내렸을 것이다(생성이 유래하는 출처, 이것이 모든 것의 원리다). 이런 이유 이외에 모든 것의 씨앗은 본성상 습기를 포함하고 물은 습기 있는 것들이 가진 본성의 원리라는 사실도 그가 그런 관념을 취하게 된 이유가 되었을 것이다.

아리스토텔레스, 《형이상학》, 42-43쪽

탈레스의 저작은 전해지지 않으며, 다른 이의 글을 통해서만 단편들이 전해 내려온다(제논 외, 《소크라테스 이전 철학자들의 단편 선집》에 고대 그리스 철학자들의 조각 글들이 집성되어 있다). 이 글을 보면 아리스토텔레스는 탈레스의 아르케를 '질료'로서만 파악하고 있음을 알 수 있다. 땅이 물 위에 떠 있다는 생각은 당시의 지중해 세계에서는 일반적인 관념이었다. 다도해 지역의 풍광을 떠올리면 이해할 수 있는 관념이다. 바다 위로 점점이 솟아오른 섬은 물 위를 떠다니는 것처럼 보인다. 게다가 물은 얼면 고체가 되고 가열하면 기체가 된다. 탈레스는 이런 가변성 때문에 물을 다른 원소들의 근원으로 여겼을 것이다. 얼음은 흙처럼 단단하고 공기(바람)처럼 형체가 없으며 불처럼 변화하는 것이기 때문이다(고대에는 얼음이 더 단단해지면 흙이 된다고 여겼다). 탈레스의 추론 덕분에, 사람들은 변화하는 것 가운데 변치 않는 것(불변적인 것)을 짐작할 수 있게 되었다. 생물의 영역으로 시선을 좁히면 탈레스의 말은 지금도 진리로 간주될 수 있다. 모든 생명체는 바다에서 탄생했으며, 지금도 탄생과 생존을 위해서 물을 필요로 하기 때문이다. 인간에 한정한다면 탈레스의 말을 이렇게 말할 수 있겠다. 양수(羊水)는 모든 인간의 근원이다.

원피스 세계에서 물 자체를 이용한 악마의 열매 능력자는 존재하지 않는다. 악마의 열매가 바닷물에 닿으면 무력해지는 성질이 있기 때문에, 이런 열매는 있었다고 해도 이 세상에 나타난 어느 시점에선가 소멸해버렸을 것이다. 게다가 행성 표면의 대부분이 바다인 원피스 지구에서 '물물열매'가 있다면 그것은 행성 전체를 지배하는 터무니없는 능력일 터이니, 이 점에서도 이 능력은 존재하기 어렵다. 다만 물의 변형태, 곧 아르케로서의 물이 아니라 구별된 질료로서의 물이 가진 속성을 이용한 악마의 열매는 있다.

가장 유명한 이는 삼대장 가운데 하나인 쿠잔('푸른 꿩'이란 뜻의 아오키지란 별명을 갖고 있다)이다. 이외에도 눈눈열매 능력자이자 하피(여자와 새의 잡종)인 모네가 있으나 능력은 쿠잔에 미치지 못한다. 쿠잔은 해군 삼대장 가운데 하나로 얼음

얼음열매를 먹은 결빙인간이다. 평소에는 바다 표면을 얼려서 얼음길 위를 자전거를 타고 이동하며, 전투 시에는 접촉한 적을 얼려버린다. 밀짚모자 해적단의 주요 전투원들(루피, 조로, 상디, 로빈)을 순식간에 얼음덩어리로 만들었고, 정상결전에서는 흰수염 해적단의 대장 다이아몬드 죠즈를 얼려서 외팔이로 만들기도 했다. 주변의 바다 전체를 얼리거나('아이스 에이지'라는 기술로 흰수염이 일으킨 거대한 쓰나미를 멈춰 세웠다) 섬 전체의 기후를 바꾸기도 한다(한쪽은 결빙지옥, 다른 쪽은 화염지옥인 펑크 해저드의 극단적인 기후는 쿠잔과 사카즈키의 대결의 결과다). 그는 모든 것의 근원이 물(혹은 물의 한 양태인 얼음)이라고 선언할 수 있는 능력자다.

해군본부 중장 아인—아낙시만드로스의 '무규정자'

아낙시만드로스는 탈레스의 주장에 의문을 품었다. 네 가지 원소 가운데 물이 근원이라면 불이나 공기, 흙은 왜 아르케가 될 수 없는가? 물이 다른 것으로 변형될 수 있다면, 이것은 결국 모든 것이 모든 것으로 변형될 수 있다는 얘기다. 그렇다면 이 모든 변형을 가능하게 하는 또 다른 원인이 있어야 하지 않을까? 아낙시만드로스는 이것을 '아페이론(apeiron)'이라고 불렀다. 아페이론은 '무규정자(無規定者)' 혹은 '무한정자(無限定

者)'라고 번역된다.

> 아페이론은 규정되지 않은, 내적 제한을 갖지 않는, 분화되지 않
> 은 것(indefinitum)으로 간주된다. 무한자는 여러 가지 것들이 혼
> 합되어 있거나 뒤죽박죽으로 뒤엉켜 있는 상태가 아니라, 하나의
> 동질적인 것, 형태를 갖지 않는 것, 질이 없는 것으로 이해되어야
> 한다. 아페이론은 감각적으로 지각될 수 있는 세계의 모든 가능성
> 들을 내포하고 있지만, 이런 가능성들 가운데 어떤 것도 아직 분
> 화되거나 전개되거나 질료로 형성되지 않은 상태를 말한다.
>
> **콘스탄틴 밤바카스, 《철학의 탄생》, 97쪽**

아르케가 미분화된 원질이라면, 세계의 구성요소를 물,
불, 흙, 공기의 넷으로 나눈 것이나 그 가운데 하나(물)를 근원
적인 것이라고 본 것은 아르케의 원칙에 위배된다. 어느 쪽이
든 이미 분화(分化)의 결과이기 때문이다. 따라서 아르케는 그
넷을 출현시킨 것, 그 넷의 분화 혹은 규정을 가능하게 한 것,
그 자체로는 정의(定義)되거나 규정되지 않은 것이어야 한다.
아페이론은 모든 '규정되지 않음'의 이름, 이름 없음의 이름이
다. 아낙시만드로스는 아페이론의 성질로 다음과 같은 것을
들었는데, 이 모두가 '이름 없음' 곧 부정(否定)의 방식으로 명
명된 이름이다. "안-아르콘(an-archon, 기원-없음), 아타나

톤(a-thanaton, 죽지-않음), 안-올레트론(an-olethron, 소멸하지-않음), 아-게네톤(a-genethon, 탄생하지 않음), 아-프타르톤(a-phtharon, 썩지-않음)."(같은 책, 98쪽) 사물들은 아페이론에서 생겨나서 변화를 겪다가 소멸하면 다시 아페이론으로 돌아간다. 아낙시만드로스의 통찰은 현대물리학에서도 계승된다. 물질을 이루는 가장 작은 단위의 물질을 기본입자(elementary particle, 소립자)라고 하는데, 기본입자가 고대철학의 용어로는 (질료로서의) 아르케가 된다. 물이 다른 세 가지 원소들의 아르케가 아니듯, 현대물리학에서의 기본입자들—그것이 전자이건, 뮤온이건, 쿼크이건—은 어떤 것도 다른 기본입자들보다 근원적인 것이 아니다.

아페이론에 해당하는 악마의 열매는 없다. 그런 열매라면 '악마의 열매를 낳는 악마의 열매'여야 할 터이므로 이상한 순환에 빠져든다. 이런 순환을 '악무한'이라 부른다. 악마의 열매를 낳는 악마의 열매는 다시 그런 열매를 낳는 열매를 필요로 하며… 이렇게 무한히 소급해야 한다. 다만 그와 비슷해 보이는 능력이 있다. 극장판 애니메이션 〈원피스 필름 Z〉에 등장한 해군본부 중장 아인이 먹은 악마의 열매는 뒤로뒤로열매라 불리는데, 이 열매 능력자는 손에 닿는 것은 무엇이든 12년 전의 상태로 돌아가게 만든다. 사람에게 닿으면 열두 살이 젊어지고 사물에 닿으면 12년 전의 사물이 된다. 게다가 이 능력은 중첩해서 쓸 수 있어서, 두 번 만지면 24년, 세 번 만지면 36년 전으로 사람이나 사물을 되돌린다. 지금의 사람이나 사물은 이전의 어떤 원인에 의해서 지금 상태로 한정되거나 규정된 것이다. 따라서 지금의 사람이나 사물을 만든 이전의 원인을 아페이론이라 부를 수 있을 것이다. 아인의 능력은 규정자를 만드는 무규정자의 능력이다. 그런데 왜 12년일까? 아마도 그것이 하나의 사이클(12시, 12달, 12지…)을 뜻하는 완전수이기 때문일 것이다.

미치광이 과학자 시저 클라운—아낙시메네스의 '공기'

자연철학자들 가운데 세 번째 세대인 아낙시메네스는 "만물의 근원은 공기"라고 주장했다. 그는 공기가 차가워지면 물로 응축되고 더 차가워지면 얼음과 흙이 되며, 뜨거워지면 불이 된다고 보았다. 아르케가 되기에 탈레스의 물은 지나치게 구체적이고 아낙시만드로스의 아페이론은 지나치게 추상적이다. 물이 다른 세 가지 원소를 매개하는 지위를 갖고 있다면 공기는 다른 세 가지 원소와 아페이론을 매개하는 지위를 갖고 있다.

기상학의 한 요소 정도에 불과한 지금의 공기와 달리 아낙시메네스의 'aēr'(공기 - 인용자)는 동북아 사유에서의 기(氣)에 거의 근접하는 개념이라 보면 될 듯하다. 아낙시메네스가 우리의 영혼을 숨이라고 생각했던 것도 이렇게 보면 이해할 수 있다. 숨이란 결국 공기를 들이마시고 내뱉는 것이고, 죽는다는 것은 결국 "숨이 멈추는" 것이다.

이정우, 《세계 철학사 1》(개정판), 76쪽

영혼을 뜻하는 프네우마(pneuma)는 '입김을 불어넣다'라는 뜻의 프네오(pneo)에서 유래한 말로 본래 '미풍'이나 '바람'을 뜻한다. 아낙시메네스는 건조한 것과 따뜻한 것은 공기가 묽어져서 생긴 것이고, 축축한 것과 차가운 것은 짙어져서 생긴 것이라고 보았다. 영혼이란 공기(들숨과 날숨)의 이동이며, 그런 숨이 인체에 머물면 살아 있는 몸이 될 것이다. 이것이 동양의 기와 비슷한 개념이라는 설명도 이해하기 어렵지 않다. 동양에서 말하는 혼(魂)은 하늘에서 온 기(陽氣)이며, 백(魄)은 땅에서 온 기(陰氣)다. 사람이 죽으면 혼은 하늘로, 백은 땅으로 흩어져버린다. 아낙시만드로스의 아페이론이 외재적인 사유라면(그의 아페이론은 불멸하는 것, 영원한 것이므로 '신적인 것'이다), 아낙시메네스의 공기는 내재적인 사유라 할 수 있다(그의 공기는 '역학적인 것'이다). 현대물리학이 사물을 설명하는 방법도 내재적이다. 분자는 원자들의 결합과 배열에 따라 다른 성질을 나타내고, 원자는 그 속의 양성자와 중성자와 전자의 숫자에 따라 달라지며, 양성자와 중성자는 그 속의 쿼크의 결합에 따라 달라진다. 구별된 것으로 보이는 어떤 것도— 그것이 분자이든 원자이든 원자핵이든—그 내부의 메커니즘에 따라서 생겨난 것이지, 외적인 원인(이를테면 신)을 갖지 않는다는 것, 이것은 아낙시메네스의 사유를 그 원조로 하는 것이다.

'공기'를 부리는 악마의 열매 능력자로는 미치광이 과학자 시저 클라운을 들 수 있다. 그는 가스가스열매 능력자로 몸을 가스로 바꿀 수 있는데, 가스의 내용에 따라 독가스가 되기도 하고 가연성가스가 되기도 하며(불을 붙이면 폭발한다), 공기 중의 산소 농도를 낮추어 상대방을 질식하게 만들 수도 있다. 게다가 닥터 베가펑크(지금까지 모습을 드러낸 적이 없는 최고의 과학자 이름이다) 다음가는 과학자로 인조 악마의 열매인 '스마일'을 비롯해서 수많은 살상무기를 만들기도 했다. 아이들을 유괴해서 생체실험에 쓰고 부하들을 포함해서 모든 사람의 목숨을 하찮게 여기며, 악당들과 이중삼중으로 암거래를 하는 등 못된 짓만 골라서 하는 악한이다. 원피스에 등장하는 인물 가운데 그 지위가 가장 극단적으로 추락한 인물이 시저 클라운일 것이다. 천재 과학자이자 최강인 자연계 열매 능력자로 시작해서 루피에게 흠씬 얻어터진 다음에는 포로가 되어 개그 소재로

낭비되고 버려지는 인물이다. 기체가 가진 '형체 없음'이라는 특성이 이처럼 무정형의 인물을 낳은 것이 아닐까 싶다.

　해군본부 중장 스모커는 뭉게뭉게열매 능력자로 연기로 변신할 수 있는데, 정의에 대한 신념이 투철하면서도 (바로 다음에 말할 사카즈키와 달리) 약자를 위하는 균형감각을 가진 긍정적인 인물이다. 공기보다 하위의 능력을 가졌으면서도 그 능력을 올바른 곳에 써서, 시저 클라운과 비교할 수 없을 정도로 높은 평가를 받는다. 군인의 본분에 충실하면서도 모든 것을 선악의 이분법으로 판단하지 않는다는 점에서, 그의 유연함은 '공기'의 장점을 표현한다고 할 수 있다.

해군본부 대장 사카즈키와 불주먹 에이스—헤라클레이토스의 '불'

　다음 세대인 헤라클레이토스는 "모든 것은 흐른다(만물은 유전한다)", "우리는 같은 강에 두 번 발을 담글 수 없다", "만물의 기원은 불이다"라는 주장으로 알려져 있다. 탈레스나 아낙시메네스의 경우에서도 그렇지만, 헤라클레이토스의 '불'도 자연의 질료로서의 불은 아니다. 이 불은 끊임없는 변화와 생성을 상징하는 것이며, 따라서 "모든 것은 흐른다"고 할 때의 그 흐름과도 같은 것이다. '물'과 '공기'의 흐름이나 유동성이 이번에는 '불'의 변화로 표현된 것이라고도 할 수 있겠다. 헤라클레이토스의 말로 전해지는 단편들은 역설적인 표현들로 가득 차 있다. 예컨대 그는 이런 말을 했다고 전해진다. "대립하는 것은 모이고, 불화하는 것들에서 가장 아름다운 조화가 이루어진다" "차가운 것들은 뜨거워지고 뜨거운 것은 차가워진다" "가장 아름다운 우주(Kosmos)는 아무렇게나 쌓인 쓰레기 더미보다 추하다" "올라가는 길과 내려가는 길은 하나이며 동일하다" "우리는 같은 강에 들어가지 않는다. 우리는 있으면서 있지 않다" "움직이면서도 쉰다" "화살의 이름은 삶이지만 그것의 임무는 죽음이다".

이 말들은 세계가 대립물들, 예컨대 철학과 시, 주관과 객관, 보편과 특수, 감각과 관념…들의 투쟁과 통일로 이루어져 있다는 생각에서 나온 것이다. '불'은 이런 대립물의 지속적인 투쟁과 통일을 상징하는 아르케라고 할 수 있다. 동일자의 내부에서 대립물을 찾는 것, 혹은 대립자들이 동일자라는 그의 사상은 후에 칸트와 헤겔의 사상으로 계승된다. 모든 것은 정지해 있지 않고 끊임없는 변화와 투쟁의 과정 속에 있는데, 역설적으로 말해서 바로 이 변화와 투쟁만이 불변하는 것이라는 통찰이 변증법의 기본 전제이기 때문이다.

불의 속성을 가진 악마의 열매 능력자로는 또 다른 삼대장인 '아카이누(붉은 개)' 사카즈키가 있다. 용암을 다루는 마그마그열매 능력자인 그는 정상결전에서 해군 가운데 독보적인 활약을 했다. 거대한 용암덩어리를 유성우처럼 쏟아내는 유성 화산(流星火山)이라는 기술로 흰수염 해적단의 배들을 침몰시키고, 자신의 몸을 마그마로 변화시키는 명구(冥狗)라는 기술로 흰수염의 얼굴 절반을 날렸으며, 용암주먹으로 같은 불 능력자인 에이스를 죽였다. 한편 불주먹(火拳) 에이스는 불꽃을 만드는 이글이글열매 능력자다. 총알 대신 불꽃을 쏘거나 거대한 불주먹으로 대함대를 일격에 부술 정도의 실력을 갖고 있으나, 어둠어둠열매 능력자인 마샬 D 티치에게 패하여 해군에게 넘겨졌으며, 정상결전 과정에서 사카즈키의 용암 주먹에 몸을 관통당해서 죽는다.

불 vs 마그마, 불 vs 얼음—누가 이겼는가?

원피스 세계에서는 같은 계열의 악마의 열매라고 해도 그 능력 사이에는 상극관계, 상하관계가 있다. 에이스가 티치에게 패한 것은 티치의 능력이 타인의 모든 능력을 무력화시키는 능력이었기 때문이며(상극관계), 사카즈키에게 패한 것은 이글이글열매의 능력이 마그마그열매 능력에 미치지 못했기 때문이다(상하관계). 일대일 대결에서 사카즈키는 맞부딪친 에이스의 주먹을 태워버린다.

본래의 특성으로 보자면 이 능력의 상하관계는 이해하기
힘들다. 용암은 지구가 생성될 때 암석들이 모이면서 내는 충
돌 및 중력 에너지를 기원으로 한다. 용암은 이때의 충돌로 인
해 암석들이 녹은 것으로, 지구 핵의 온도는 현재 기준으로 섭
씨 6000도, 표면에 올라온 용암의 온도는 1000에서 1100도
정도이다. 게다가 계속 식고 있다. 한편 에이스가 검은수염과
의 대결에서 썼던 기술 이름이 '염제(炎帝)'인데, 염제는 태양
의 별칭이다. 태양은 핵융합 반응으로 열을 내며 태양 중심의
온도는 섭씨 1억 5천만 도, 표면온도는 6000도 정도로 추산된
다. 비교 자체가 무의미한 수준이다.

물론 에이스의 저 기술이 태양열의 근원에서 나온 것이
아니라고, 그저 불꽃의 모습에서 비롯된 비유적인 명명에 불
과하다고 말할 수도 있다('염제'는 불꽃을 피워서 태양과 같은 구
체를 만들어내는 기술이다). 하지만 나는 다르게 보고 싶다. 사
카즈키의 능력은 '충돌' 에너지를 내는 것인 반면, 에이스의 기
술은 '융합' 에너지를 내는 것이다. 사카즈키의 모토는 '철저한
정의'이며, 그는 '해적＝악' vs '세계정부와 해군＝선'이라는
분명한 이분법에 따라서 행동한다. 정의를 집행하는 데 그는
조금의 망설임도 없으며, 그것을 실행하기 위해서 음모를 꾸
미는 것도 마다하지 않는다. 흰수염의 부하 거대소용돌이거미
스쿼드를 꼬드겨 흰수염을 찌르게 만든 자도 사카즈키이고,

전쟁의 승패가 분명해진 이후에도 해적을 끝까지 추격하여 죽이라는 명령을 내리는 자도 사카즈키이다.

야차와 같은 사카즈키의 모습은 차라리 '정의라는 이름을 가진 악'에 가깝다('악'에 관한 이야기에서 그를 다시 다룰 것이다). 그의 모토는 '철저한 정의'지만 그것이 정의인지는 매우 의심스럽다. 세계에서 타자를 분리하고 거기에 악이라는 이름을 붙이고 그것을 말살할 때까지 공격을 멈추지 않는 철저함, 그것이 사카즈키의 정의다. 반면 에이스는 해적왕 골 D 로저의 아들이자, 자애로운 가족 공동체를 꿈꾸었던 흰수염 해적단의 양아들이며, 미래의 해적왕 루피와 혁명군 총참모장인 사보의 의형제다. 그는 '지배하지 않는 자유'를 추구하는 해적왕, 불의한 체제의 타파를 목표로 하는 혁명군, 차별 없는 공동체인 흰수염 일가의 일원이다. 에이스가 꿈꾸는 세상은 사카즈키의 이상과는 정반대였다. 사카즈키가 자신의 이상을 실현하는 방법이 '충돌'(무력에 의한 제압)이었다면 에이스의 이상을 요약하는 말은 '융합'(더불어 사는 공동체)이었다. 그가 흰수염 해적단을 떠나 홀로 세계를 떠돈 것은 같은 동료를 살해하고 열매를 탈취한 검은수염을 잡아가기 위한 것이었으며, 정상결전에서 탈출할 수 있는 기회가 있었음에도 그것을 마다한 것은 사카즈키가 흰수염의 이상을 모독했기 때문이다. 사카즈키는 에이스를 죽인 후에도 외친다. "해적이라는 악을 용

납하지 마라!"(579화) 반면 에이스는 죽어가면서 이렇게 말한다. "나를… 사랑해줘서 고마워."(574화)

이렇게 에이스는 원피스 무대에서 퇴장하지만, 그의 능력은 형제인 사보에게 이어진다. 정상결전 이후에 사카즈키가 분쟁과 충돌로 최강 전력인 쿠잔을 잃은 것과는 대조되는 행보다. 이렇게 정리할 수 있을 것이다. 융합하는 불이 충돌하는 불에 패배했으나 이 패배는 일시적인 것이다. 그가 전한 자유, 우애, 평등의 불꽃은 결코 꺼지지 않을 것이다.

쿠잔과 사카즈키는 정상결전 후에 은퇴한 해군 원수 센고쿠의 후계 자리를 놓고 펑크 해저드 섬에서 격돌한다. 사카즈키는 그 자리를 욕심냈으나 사실 쿠잔은 그 자리에 집착하지 않았다. 그는 다만 사카즈키의 정의에 결코 동의할 수 없었기에 나섰던 것이다. 이 대결에서 패배한 쿠잔은 해군을 떠나서 방랑의 길에 나선다. 사실 '얼음'과 '불'은 질료끼리의 구별은 아니다. 얼음은 수소와 산소 원자의 결합체인 물 분자의 일종이지만 이 경우 초점은 질료가 아니라 '낮은 온도'에 있기 때문이다. 불은 질료가 아니라 물질이 높은 에너지 상태에 있음을 나타내는 표식에 불과하다. 자연철학에서 아르케의 후보들이었던 물이나 불은 근본적인 수준에서는 질료가 아니었던 셈이다.

얼음과 불의 대결은 판타지나 히어로물의 단골소재다. 원피스 세계에서는 얼음이 불에 패배했는데 이것은 이해할 만한 일이다. 낮은 온도에는 제한이 있으나 높은 온도에는 제한이 없기 때문이다. 온도는 절대온도(K) 0도(섭씨 영하 273.15도) 이하로는 내려가지 않는다. 열은 물질의 운동 에너지다. 절대 온도 영도는 원자들의 운동이 멈춘 상태이기 때문에 더 내려갈 수 없다. 반면 운동 에너지는 거의 무한으로 올라갈 수 있다(우주가 다다른 최고 온도는 빅뱅 상태의 온도였을 것으로 추정된다). 그러니 쿠잔의 패배는 예정된 것이라고 말해도 좋을 것이다.

쿠잔은 물과 어떤 관계가 있을까? 그의 모토는 '한껏 해이 해진 정의'다. 이것은 그의 느긋한 성격으로도 표현된다. 그는 선 채로 잠이 들기도 하고, 뭔가를 생각하다가 기억이 안 나면 "아무럼 어때" 하고 잊어버리기도 한다. 그의 '느슨함'은 사카즈키의 '철저함'과 반대되는 것이다. 사카즈키는 철저한 정의를 추구하다가 그 자신이 악이 되어버렸다. 쿠잔은 (로빈의 고향을 버스터콜로 말살한 사건인) 오하라 사건 이후로 선과 악, 정의와 불의에 대한 이분법적인 구별을 반성하게 된 것으로 보인다. 해적이 된 로빈의 뒤를 봐준 것도, 나중에 해군에서 끝내 전역한 것도 그 때문일 것이다. 쿠잔을 물의 유동성과 유연함을 체화하고 있는 인물이라고 보아도 좋을 것이다. 그의 '물'은 탈레스의 물, 아낙시메네스의 공기, 헤라클레이토스의 불이 가진 생성과 변화와 유동성을 구현하고 있는 셈이다. 그는 불에 패배했으나 아직 그의 여정은 끝나지 않았다.

빛의 속도로 차인 적이 있나?

자연계 능력자들과 표준모형

현대물리학과 표준모형

앞장에 이어서 자연계 열매 능력자들을 소개하려고 한다. 앞장에서는 고대철학에서 말하는 '아르케'를 참조했다면, 이번에 도움을 받을 지식은 현대물리학이다. 현대과학이 찾아낸 물질을 구성하는 기본입자와 힘을 현대물리학이 발견한 새로운 아르케라고 불러도 좋을 것이다. 물질을 구성하는 기본단위를 원자(atom, '더 쪼갤 수 없음'이라는 뜻이다)라고 부른 것은 고대 그리스의 철학자 데모크리토스였지만 원자 역시 물질의 최소단위가 아니라는 사실이 밝혀졌다. 1911년 러더퍼드에 의해 원자핵이 발견되고 나서, 양성자와 중성자로 이루어진 원자핵과 그 주변을 도는 전자로 이루어진 원자의 모형이 확립

되었다. 이 세 가지 입자들(양성자, 중성자, 전자)의 수에 따라 백 가지가 넘는 원소의 종류와 성질이 정해지고(우리가 고등학교 화학시간에 그토록 골머리를 앓았던 '주기율표'는 양성자의 수에 따라 원소들을 배열한 표다. 원자는 이런 원소의 성질을 구현하는, 물질을 이루는 최소 입자를 이르는 말이다), 원자가 결합하여 자연 상태로 존재하는 물체들의 최소 단위인 분자를 이룬다.

그런데 양성자와 중성자도 실은 더 작은 입자인 쿼크 (quark)로 이루어져 있다. 여섯 종류의 쿼크가 발견되었는데, 이름이 위-아래, 맵시-야릇, 꼭대기-바닥 쿼크이다. 이름에서 알 수 있듯이 쿼크는 둘씩 짝을 짓고 있다. 이 중에서 양성자는 위+위+아래쿼크가 결합한 것이고, 중성자는 아래+아래+위쿼크가 결합한 것이다. 결국 원자를 이루는 기본입자는 양성자와 중성자, 전자가 아니라 두 가지 쿼크(위, 아래)와 전자이다. 그 후에도 여러 종류의 기본입자들이 발견되었다. 이런 입자들의 상호작용을 설명하기 위해 만들어진 모형을 표준모형(Standard Model)이라고 부른다. 표준모형을 정리한 표는 다음과 같다(이 도표는 개빈 헤스케스,《입자 동물원》, 10-11쪽에서 가져왔다).

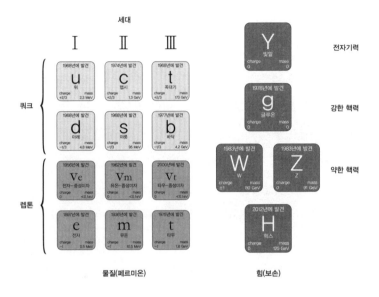

세대

I   II   III

쿼크

1968년에 발견
u
위
charge +2/3   mass 2.3 MeV

1974년에 발견
c
맵시
charge +2/3   mass 1.3 GeV

1968년에 발견
t
꼭대기
charge +2/3   mass 173 MeV

1968년에 발견
d
아래
charge -1/3   mass 4.8 MeV

1968년에 발견
s
야릇
charge -1/3   mass 95 MeV

1977년에 발견
b
바닥
charge -1/3   mass 4.2 GeV

렙톤

1956년에 발견
Ve
전자-중성미자
charge 0   mass <0.1eV

1962년에 발견
Vm
유온-중성미자
charge 0   mass <0.1eV

2000년에 발견
Vt
타우-중성미자
charge 0   mass <0.1eV

1897년에 발견
e
전자
charge -1   mass 0.5 MeV

1936년에 발견
m
유온
charge -1   mass 10.5 MeV

1975년에 발견
t
타우
charge -1   mass 1.8 GeV

물질(페르미온)

Y
빛알
charge 0   0

전자기력

1978년에 발견
g
글루온
charge 0   mass 0

강한 핵력

1983년에 발견
W
charge ±1   mass 80 GeV

1983년에 발견
Z
charge 0   mass 91 GeV

약한 핵력

2012년에 발견
H
힉스
charge 0   mass 125 GeV

힘(보손)

    왼쪽에 있는 도표는 물질을 구성하는 기본입자로 이탈리아 물리학자 엔리코 페르미의 이름을 따서 페르미온이라고 부른다. 페르미온은 다시 렙톤과 쿼크로 나뉜다. 렙톤(lepton)이란 '가벼운 입자'라는 뜻이다. 렙톤은 가장 가벼운 전자와 가장 무거운 타우, 그 중간에 해당하는 뮤온 그리고 이 셋에 대응하는 세 가지 중성미자(전자-중성미자, 뮤온-중성미자, 타우-중성미자)로 구성되어 있다. 위에 표시한 1, 2, 3세대는 질량이 커지는 데 따른 분류다. 세대가 넘어갈수록 질량은 훨씬 더 무거워지며, 전자와 뮤온과 타우는 그것과 짝을 이루는 중성미자보다 훨씬 더 무겁다. 앞에서 말했듯 양성자와 중성자를 구성하는 위쿼크와 아래쿼크 외에도 네 가지 쿼크가 더 있는데, 이후에 발견된 무수한 입자들을 구성하는 기본입자들이다.

실험실에서 쓰는 입자가속기와 검출기의 성능이 향상되자, 전하와 질량이 서로 다른 많은 입자들이 계속 발견되었다. 처음에는 여기에 그리스 알파벳(뮤온, 파이온, 케이온, 이타, 로오, 시그마, 크사이, 오메가…)을 붙여 이름을 지었는데, 나중에 이 입자들은 (뮤온을 제외하고는) 쿼크들의 조합으로 구성되어 있다는 사실이 밝혀져 기본입자 명단에서 제외되었다. 머리 아픈 수험생들을 위해서는 다행스러운 일이지만, 이미 표준모형을 이루는 입자수(17개)만으로도 충분히 머리가 아프다. 게다가 이게 다가 아니다. 쿼크에는 세 가지 색전하(color charge, 적, 녹, 청으로 구별한다)가 있으며, 기본입자들에게는 각각의 반입자(질량은 같으나 전하가 반대인 입자)가 있다. 거기에 W보손이 둘, 글루온이 8개다. 도합 61개다.

각 세대 당 2개씩 3세대에 걸쳐 존재하는 렙톤(6개)과 각 세대 당 2개씩, 입자 하나당 3종류의 색전하로 3세대에 걸쳐 존재하는 쿼크(18개)를 더하면 24개이고, 이들의 반입자를 고려하면 48개이다. 여기에 12개의 매개입자(광자, W^+, W^-, Z^0, 8개의 글루온)와 힉스 보손을 더하면 61개가 된다.

짐 배것, 《기원의 탐구》, 92쪽

오른쪽에 있는 도표는 기본입자들의 상호작용을 매개하는 입자로, 인도 물리학자 사티엔드라 나트 보스의 이름을 따서 보손이라고 부른다. 우리의 우주에는 네 가지 서로 다른 힘이 존재한다고 알려져 있다. 중력과 전자기력, 강력(강한 핵력)과 약력(약한 핵력)이 그것이다. 이 중에서는 중력이 가장 약한 힘이다. 질량을 가진 물체가 주변의 시공간을 휘게 하는 힘이 중력이며, 전자를 원자핵 주위에 붙들어두는 힘이 전자기력이다. 강력은 원자핵 안에서 쿼크를 결합하여 중성자나 양성자와 같은 입자들로 만드는 힘이며, 약력은 우라늄이나 코발트 같은 원소에서 방사능 붕괴를 일으키는 힘이다. 이 중에서 중력을 제외한 세 가지 힘을 매개하는 입자가 각각 전자기력을 매개하는 광자(빛알), 강력을 매개하는 글루온, 약력을 매개하는 W보손과 Z보손이다.

중력을 매개하는 입자를 중력자(graviton)라 부르는데, 아직 발견되지 않았다. 다른 힘에 비해 중력은 대단히 미약한 힘이다. 두 개의 전자 사이에서 끌어당기는 힘(중력)을 서로를 밀어내는 힘(전자기력)과 비교하면 얼마나 될까? "한 마디로 말해서 '쨉도 안 된다!' 전자기력에 의한 척력이 중력보다 100만×10억×10억×10억×10억(10^{42}) 배나 크다! ~전자기력이 이렇게 위력적임에도 불구하고, 왜 우리가 살고 있는 세계에는 중력이 판을 치고 있는 걸까? 그 이유는 간단하다. 우리 주변의 모든 물체들은 양전하와 음전하를 똑같은 양만큼 갖고 있기 때문에 전자기적 효과가 서로 상쇄되어 겉으로 나타나지 않는 것뿐이다. 반면에 중력은 항상 끌어당기는 인력의 형태로 작용하기 때문에 전자기력과 같은 상쇄 효과가 나타나지 않는다. 질량이 많으면 많을수록, 중력의 세기는 오로지 증가하기만 한다. 그러나 근본적인 개념에서 볼 때 중력은 너무나도 미미한 힘이다. 실험적으로 알려진 사실에 의하면 강력은 전자기력의 100배, 그리고 약력의 10만 배에 해당하는 위력을 갖고 있다."(브라이언 그린, 《엘러건트 유니버스》, 35쪽) 중력이 이처럼 미약하기 때문에, 이를 매개하는 중력자 역시 발견되기 어려울 것이라 한다.

결국 우주에 존재하는 힘은 입자를 주고받을 때 생기는 상호작용인 셈이다. 전자기력은 전자끼리 광자를 교환하여 발생하는 힘이고, 강력은 쿼크끼리 글루온을 교환함으로써 발생하는 힘이며, 약력은 W입자와 Z입자를 교환함으로써 베타붕괴를 할 때 발생하는 힘이다. 이처럼 입자를 교환함으로써 상호작용하는 성질을 게이지 대칭성이라고 부른다. 이 대칭성이 깨져서 질량이 없는 입자가 질량을 갖게 되는 과정을 힉스메커니즘이라 부른다. 힉스 입자는 이 메커니즘의 부산물로 생기며, 2012년 발견되었다.

이것이 입자물리학의 표준모형에 관한 개괄이다. 자연계

열매 능력자들의 여러 능력을 이 표준모형의 몇몇 요소로 설명할 수 있을 것이다. 표준모형이 자연을 구성하는 근본적인 원소와 힘을 설명하고 있으니 말이다. 이제 원피스 세계의 능력자들을 살펴보자.

해군본부 대장 보르살리노와 '빛'

보르살리노는 키자루(노란 원숭이)란 별명으로도 불리며, 〈원피스〉 서사의 전반부(위대한 항로의 전반부를 모험하던 시기)에서 사카즈키, 쿠잔과 함께 해군본부의 삼대장을 맡은 인물이다. 그는 '철저한 정의'를 내세우는 사카즈키와 '한껏 해이해진 정의'를 표방하는 쿠잔의 중간쯤 되는 인물이다. 사카즈키가 극단적인 원리주의자이고, 쿠잔이 반성적인 회의주의자라면 보르살리노는 타협적인 현실주의자다. 그는 번쩍번쩍열매를 먹은 빛 인간이다. 빛의 속도로 이동할 수 있으며, 손가락 끝에서 레이저를 쏠 수도 있다. 그가 선보인 기술 가운데 팔지경(八咫鏡)은 빛이 거울에 굴절되는 것처럼 빛으로 변한 제 몸을 굴절시켜 원거리를 이동하는 기술이며, 천총운검(天叢雲劍)은 손에서 발한 레이저를 검의 형태로 만든 것이다. 그에게는 무엇보다도 속도 그 자체가 가장 큰 무기다.

보르살리노는 바질 호킨스에게 속도는 중량이라며, 빛의

속도로 차인 적이 있느냐고 묻는다. 그 직후, 호킨스는 얻어맞고 나가떨어진다. 그런데 이 문장에는 역설이 숨어 있다. 빛(광자)은 우리가 사는 시공간의 한쪽 극단이다. 빛보다 빠른 입자는 없다. 빛은 속도가 최대인 대신에 질량이 0이다. 아예 무게가 없다는 얘기다. 빛의 속도에 이르는 것은 빛뿐이고 빛은 멈추지 않고 광속으로 이동하는 입자다. 따라서 빛의 속도에 차이는 것은 빛과 충돌하는 것이고, 그때 우리는 햇빛이나 전등빛을 받았을 때처럼 아무 충격도 느끼지 못할 것이다. 그런데 광속에 다가가는 물체의 경우에는 사정이 다르다. 광속에 도달할 수 없기에, 어떤 물체가 속도를 높여 광속에 다가가면 그 속도를 높이기 위해 물체에 들이부은 에너지가 물체의 질량으로 변해버린다. 따라서 통상의 물체가 빛의 속도에 가까워진다면(당연히 광속에 다다를 수는 없다) 거기에 들인 에너지가 모두 질량으로 변했을 것이므로 그 무게는 엄청날 것이다. 보르살리노의 발차기가 선보이는 파괴력은 여기에 기인한 것이다.

삼대장의 성격은 그들이 먹은 자연계 열매의 특성과는 정반대다. 뜨거운 용암을 자유자재로 부리는 사카즈키는 잔인하리만큼 냉혹한 인간이며, 얼음인간인 쿠잔은 누구보다도 따뜻한 인간이다. 빛은 세상에서 가장 빠른 입자이지만 보르살리노의 성격은 느긋함 그 자체다. 말을 할 때에도 그는 불필요하게 늘여서 말한다. 이런 식이다. "거참 이상하네에~~~."(52

권 507화) 이런 모순에도 이유가 있다. 빛은 속도가 최대인 대신에 시간도 0이다. 빛은 영원히 나이를 먹지 않는다는 뜻이다(반면 보르살리노는 주름투성이의 노안(老顏)을 하고 있으며, 실제 나이도 사봉디제도에서 처음 모습을 드러냈을 때를 기준으로 56세다). 그런데 빛과 달리 이 속도에 다가가는 물체의 경우에는 또 사정이 다르다. 광속에 도달할 수 없기에, 어떤 물체가 속도를 높여 광속에 이르면 점점 시간이 느려지고 길이도 짧아진다. 그의 느릿느릿한 말투는 여기에 기인했을 수 있다. 따라서 이 물체—이번에는 광속의 절반 속도로 달려가는 자동차라고 하자—가 빛과 나란히 출발한다고 해도, 이 자동차에 탄 사람의 눈에 빛은 자동차가 정지했을 때와 똑같이 저 앞에서 앞서나간다. 시간 지연의 효과(자동차가 빨라질수록 차에 탄 사람의 시간은 느리게 간다)와 길이 축소의 효과(동시에 이 차는 점점 짧아진다)가 발생했기 때문이다. 빛의 속성이 보르살리노의 행동과 성격을 설명해주는 셈이다.

신 에넬과 '전자기력'

에넬은 하늘섬 스카이피아를 다스리는 통치자다. 스카이피아에서는 통치자를 갓(神)이라고 부른다. 선대의 통치자였던 간 폴도 신이라는 이름으로 불렸다. 하지만 에넬은 스스로

를 (단지 통치자의 호칭이 아니라) 그 본질에서도 신이라고 생각한다. 그는 번개번개열매—원문은 'ゴロゴロの実'(고로고로, 천둥치는 소리를 흉내 낸 의성어)이므로, '쿠룽쿠룽열매' 정도가 적당한 번역이다—를 먹은 전기인간이며, 번개로 스카이피아를 통치한다.

에넬은 종종 자신이 신 또는 번개라고 선언하는데, "내가 신이다"라는 에넬의 말에 숨은 말놀이를 들여다보자. "내가 신이다"의 일본어 원문은 문어체 표현인 "我が神なり"(나는 신이노라)인데, 술어인 "神なり"의 발음이 '가미나리'이며, 이것은 번개 "雷"의 발음이기도 하다. 에넬은 스스로를 "나는 신이노라=번개다"라고 선언하고 있는 것이다. 에넬은 아마도 중국신화에 나오는 번개의 신인 뇌공(雷公)을 모델로 했을 것이다. 번개는 또한 하늘신 제우스의 무기이기도 하다. 에넬 역시 하늘나라(스카이피아)의 신이므로 번개의 속성을 갖고 있는 것은 자연스러운 일이다.

그는 번개로 변해서 순식간에 이동할 수 있으며, 100만 볼트에서 최대 2억 볼트의 전기를 내어 적을 감전시킬 수 있다 (에넬이 번개를 내어 만든 공격기에는 세계 여러 나라의 뇌신 이름이 붙어 있다). 게다가 그는 '만트라'라는 기술로 스카이피아를 통치하는데, 이것은 갓 에넬의 수하들도 쓸 수 있는 능력으로 지상 세계에서는 견문색 패기(상대의 기척이나 동작을 미리 읽어내는 능력)라고 알려진 능력이다. 에넬은 이 기술을 번개 능력과 결합하여 스카이피아 주민의 모든 말을 엿듣는 데에 쓴다. 혼잣말을 듣는다는 것은 마음의 소리를 듣는다는 것과 같다. 에넬은 번개의 능력으로 무소부재(無所不在), 전지전능(全知全能)이라는 신의 속성을 획득할 수 있었다.

표준이론에 따르면 에넬의 힘은 전자기력이다. 실생활에서는 전기(電氣)와 자기(磁氣) 두 가지 모습으로 표현되지만, 이 둘은 한 가지 힘의 두 가지 효과에 해당한다. 그리고 이 전자기력을 매개하는 힘이 빛이다.

빛의 파동은 앞으로 나아가는 한 부분이 다음 부분을 자극함으로써 나아가는 것이다(빛의 파동에서 전기적인 부분은 가물거리며 앞으로 나아가고 자기 부분을 누른다. 그 자기 부분은 에너지가 올라감에 따라 전기를 생성해서 이 순환이 계속 진행되도록 한다). ~우리가 인식하는 빛이란, 서로를 밀어주면서 앞으로 나아가는 전기와 자기의 상호작용을 통해서만 생성된다. 그렇기 때문에 빛은 정지 상태에서는 존재할 수 없으며, 그래서 결코 우리는 그것을 따라잡지 못한다.

데이비드 보더니스, 《E=mc²》, 77-78쪽

도선에 전류를 흘려보내면 도선 주위에 자기장이 형성된

다. 이 자기장 주위에 자석을 가져다 놓으면 가상의 자석(전기가 흐르는 도선 주변의 자기장 영역)과 실제 자석 사이에 힘이 생겨난다. 이 힘을 전자기력이라고 부르며, 이 힘의 방향을 설명하는 것이 플레밍의 왼손 법칙이다. 왼손의 엄지, 검지, 중지를 서로 수직을 이루도록 폈을 때, 검지가 자석의 힘 방향(N극에서 S극으로), 중지가 전기가 흐르는 방향(+극에서 −극으로)이라면 엄지가 전자기력이 향하는 방향이다. 전자기력을 전기력이라고 말하기도 하는데, 이것은 자기력이 전기력의 부대현상에 해당하기 때문이다. 전기에서 자기가 생기는 것이지, 전기와 무관하게 존재하는 "고유한 자기적 힘이란 결코 존재하지 않는다."(한스 그라스만, 《쿼크로 이루어진 세상》, 238쪽) 지구 자체가 N극과 S극을 가진 거대한 자석인 것은, 지구의 자기가 "유동적인 지구 내부에서 끊임없이 생성되고 있는, 상상할 수도 없을 정도로 막강한 원형전류에서 발생하기 때문이다."(같은 책, 240쪽)

전자기력은 원자를, 나아가 우주를 지금의 모습으로 존재하게 해주는 힘이다. 원자핵 안의 양성자가 바깥의 전자를 전자기력으로 붙잡아두고 있기 때문에 원자가 성립하며(음전하를 띤 전자와 양전하를 띤 양성자가 같은 수만큼 원자 안에 공존하고 있기 때문에 원자는 중성이다), 따라서 전자기력이 없다면 우리가 아는 모든 물질은 존재할 수 없다. 에넬은 우주에 알려진

네 가지 힘 가운데 강력 다음으로 강한 힘인 전자기력을 제 힘의 근원으로 삼은 인물이다. 가히 신이라 자처할 만한 능력자가 아닐 수 없다.

해군본부 대장 잇쇼와 '중력', '암흑에너지'

표준모형은 우주에 존재하는 힘 가운데 세 가지 힘(전자기력, 강력, 약력)과 물질을 이루는 입자들을 설명하기 위한 모형이다. 이 입자들과 힘들은 극히 작은 세계에서 존재하거나 작용하는 양자역학의 소관이다. 우리의 일상세계나 별과 은하 규모의 거시세계에 작용하는 힘인 중력은 극히 미약하여 이 미시세계에서는 무시해도 좋은 힘이다. 그러나 인간이 접하는 일상세계나 우주적인 규모의 거시세계에서는 중력의 영향이 절대적이다.

중력과 관련된 악마의 열매 능력자가 있으니, 쿠잔의 퇴역 이후에 새로 대장에 영입된 실력자 잇쇼(별명은 보라색 호랑이라는 뜻의 '후지토라')이다. 사실 그는 자연계 열매 능력자가 아니다. 자연계 열매는 그 열매를 먹은 이가 열매 자체로 변신할 수 있을 때 붙이는 이름이다. 앞에서 소개한 이들은 모두 그런 능력을 가졌다. 에이스는 '불꽃'으로, 쿠잔은 '얼음'으로, 사카즈키는 '용암'으로, 에넬은 '번개'로 몸을 변화시킬 수 있다. 모래인간인 크로커다일은 '모래'로, 연기인간인 스모커는 '연기'로 변신할 수 있기에 이들은 역시 자연계 악마의 열매를 먹은 능력자다. 그런데 잇쇼는 그 몸 자체가 중력이 될 수는 없고 중력을 부릴 수만 있다. 따라서 그는 초인계 악마의 열매 능력자에 속한다. 이것은 돈키호테의 부하인 피카에게도 해당되는 말이다. 바위바위열매 능력자인 피카는 거대한 암석인간으로 변신할 수 있으나, 이 경우에도 본체(그 자신의 몸)는 그 거대 석상(石像)의 어느 지점에 숨어 있다. 그는 이를 눈치챈 검객 조로와의 전투에서 거대 석상을 거듭 절단당해서 결국 본체를 드러냈으며, 그 결과로 패했다. 바위바위열매가 자연계 열매였다면 그의 몸은 그 자체로 암석이었을 것이다. 따라서 피카 역시 자연계 열매가 아니라 초인계 열매 능력자다.

잇쇼는 맹인검객으로 중력을 마음대로 다룰 수 있는 능력자다. 주변의 중력을 바꾸어 적들을 찌그러뜨릴 수 있으며, 우주 공간의 운석을 중력으로 끌어와 적을 공격할 수도 있다. 칼을 휘두르는 방향에 따라 중력을 수평이나 수직으로 전개할 수도 있고, 심지어는 중력을 거꾸로 작용하게 해서 건물이나 배를 공중에 띄울 수도 있다. 이 마지막 능력(인력이 아니라 척력으로 작용하는 힘)은 현대물리학에서 '암흑에너지'라는 이름으로 알려져 있다. 이때의 '암흑'이란 그것이 '무엇인지 알 수 없다'는 뜻으로 붙인 이름이다. 우주에 존재하는 힘의 70퍼센트가 암흑에너지이고, 우주에 존재하는 물질에서 나온 중력이 4퍼센트이므로, 잇쇼의 능력은 그 끝을 짐작하기 어렵다.

잇쇼는 이전 세대의 삼대장과는 상당히 다른 인물이다. 앞에서 우리는 사카즈키, 보르살리노, 쿠잔의 순서로 '정의'가 어떻게 달라지는지를 보았다. 철저하게 정의를 추구하다가 악이 되어버린 사카즈키, 현실적인 정의를 추구하다가 적당히 나쁜 짓도 저지르는 보르살리노, 자신의 정의가 올바른지를 고민한 끝에 해군을 은퇴한 쿠잔과 달리, 잇쇼는 스스로 판단하고 옳다고 믿는 정의를 따르고 실천한다.

다스리던 땅 드레스로자를 지옥도로 바꾸어버린 도플라밍고를 잡아야겠다고 잇쇼가 말하자, 메이너드 중장이 만류한다. 그를 잡으면 세계의 질서가 한쪽으로 기울어진다는 것이다. 이때의 세계 질서란 해군본부와 칠무해, 사황이 삼분(三分)하고 있는 원피스 세계의 권력 지형을 말한다. 잇쇼는 이런 현실지형에 따른 권력의 존재를 인정하지 않는다. 그는 사람들의 비명이 들리지 않느냐고, 이 소리는 울음이 아니라 분노라고 말한다. 세계정부는 옳고 그름을 판정하는 절대자가 아니라는 것이다.

잇쇼는 드레스로자의 전왕 리쿠 국왕과 국민들에게 세계정부를 대신해 절하며 사죄한다. 이 복배사죄(伏拜謝罪) 사건은 특종이 되어 전 세계에 알려진다. 잇쇼가 생각하는 정의란 현존하는 권력자의 권력의 크기에서 나오는 것이 아니라, 그 권력의 지배하에 놓인 인민의 입장에서 나온다. 잇쇼야말로 해군본부를 정의롭게 만들어주는 유일한 인물이다. 앞에서 말했듯 중력은 네 가지 힘 중 가장 미약하지만, 우리에게 가장 친근한 힘이다. 전자기력은 양전하와 음전하의 힘이 상쇄되어 일상에서는 별로 느낄 수가 없다. 전기나 번개, 자석의 힘 정도가 우리가 느끼는 전자기력이다. 강한 핵력은 원자핵 내부에서만 작용하는 힘이고 약한 핵력은 방사능 붕괴 때에만 작용하는 힘이므로 일상에서는 전혀 느낄 수가 없다. 잇쇼의 현실권력은 미약하지만(그는 새로이 원수가 된 사카즈키의 명령을 따라야 한다), 그가 추구하는 정의는 일상의 모든 이에게 영향을 미친다. 중력과 암흑에너지처럼.

검은수염 마샬 D 티치와 '암흑물질'

이 반대편에 절대악을 추구하는 인물인 검은수염 티치가 있다. 티치는 배신에 배신을 거듭하며 흰수염 해적단 산하 선원에서 최악의 세대로, 다시 칠무해로, 마지막에는 사황의 자리에 오르는 인물이다. 잔인하고 흉폭한 성격의 그는 사기와 음모와 배신으로 절대강자의 자리에 올랐으며, 부하들도 최악의 성격과 최강의 실력을 조합한 자들로만 골랐다. 심지어 주인공 루피와는 취미에서 입맛까지 정반대인 인물이다.

티치는 자연계 열매 중에서도 가장 이질적이라고 알려져 있는 어둠어둠열매를 먹은 암흑인간이다. 그는 주변의 물체를 끌어당겨서 흡수했다가 한 번에 방출하기도 하고, 다른 열매 능력자들의 능력을 흡수해서 무력하게 만들기도 한다. 그는 이 능력으로 에이스를 패배시켰으며, 흰수염에게 타격을 가하기도 했다. 현대 우주론에서는 우리가 아는 중력의 힘은 극히 일부에 지나지 않으며(알려진 힘 가운데 4퍼센트), 알려지지 않은 추가적인 중력이 있다(전체의 26퍼센트)고 말한다. 나머지 힘은 앞에서 말한 암흑에너지의 힘이다. 이 26퍼센트의 중력을 내는 물질을 '암흑물질'이라고 부른다. 이 경우에도 '암흑'이란 '무엇인지 알 수 없다'는 뜻이다. 암흑물질은 빛과 상호작용하지 않으며(정상결전에서도 티치는 보르살리노와는 만나지 않았다), 오직 중력에만 영향을 미친다. 그가 주변의 물체와 사람을 끌어당기는 기술을 '블랙홀'이라 하는데, 널리 알려진 것처럼 블랙홀은 물질의 질량이 너무 커서 빛마저도 빠져나오지 못하는 것으로 알려진 공간이다. 따라서 티치는 모든 사물의 무덤이자 능력자들의 무덤이다. 그런 그에게도 약점이 있다. 에이스와의 대결에서 불꽃에 타 고통스러워하던 티치는 자신의 몸이 '고통'을 일반인 이상으로 흡수한다고 말한다. 어둠은 모든 것을 빨아들이기 때문이다.

암흑물질은 '마초'와 '윔프'로 나뉜다. 암흑물질도, 마초와 윔프도 잠정적인 명칭이다.

> 과학자들은 암흑물질의 아주 작은 일부가 복사에너지를 거의 방출하지 않는 일상적인 물질의 형태로 존재한다고 믿고 있다(복사를 방출하지 않기 때문에 검게 보인다). 이것이 바로 거대질량체인 '마초(MACHO, Massive Astrophysical Compact Halo Object)'이다. 그러나 암흑물질의 대부분은 아직 알려지지 않은 미지의 입자인 '윔프(WIMP, Weakly Interacting Massive Particles)'로 이루어져 있다는 것이 학계의 중론이다. 이 입자는 뉴트리노와 비슷한 점이 많지만 질량이 훨씬 커서 이동속도가 훨씬 느릴 것으로 추정된다.
>
> 짐 배것, 《기원의 탐구》, 93쪽

암흑물질의 일부가 일상적인 물질의 형태로 있는 것이 '마초'이며, 나머지 대부분의 입자는 '윔프'이다. 말놀이지만, 티치는 실제로도 못 말리는 마초다. 그의 이런 무례한 성격은 대식가 주얼리 보니를 사로잡은 후에 그녀를 희롱할 때 잘 드러난다. 그런데 어둠어둠열매는 상대방의 능력을 흡수할 때, 그의 공격을 방어하거나 흘려보내는 게 아니라 그 충격까지도 흡수해버린다. 그래서 그는 상대가 공격할 때마다 격통을 느끼며 데굴데굴 구른다. 마치 '윔프'(소심한 사람 내지 약골)가

겁주는 사람 앞에서 구르듯이. 재미있는 우연의 일치다. 이런 수용성에 더하여, 그는 신체 구조마저 이형(異形)이어서 악마의 열매를 하나 더 먹을 수 있다. 그는 흰수염을 죽인 후에 그의 능력을 빼앗아버린다. 바로 흔들흔들열매 즉 지진의 힘을 손에 넣은 것이다. 티치는 크게 웃으며 최강이 된 것을 자축한다. 그의 능력 가운데 생산하는 힘, 세우는 힘은 없다. 그는 파괴신의 모습으로 원피스 세계에 군림하게 될 것이다.

흰수염 에드워드 뉴게이트와 '진동하는 끈'

표준모형은 우주가 탄생했을 때에는 네 가지 힘이 하나였을 것이라고 추정한다. 빅뱅 이후 극히 짧은 시간이 지난 뒤(10^{-43}초 후) 중력이, 그다음에 $10^{-35} \sim 10^{-32}$초 사이에 강력이, 다시 10^{-12}초 후에 약력과 전자기력이 분리되어 지금의 모습을 갖추었다는 것이다. 우주 탄생 초기에 힘들이 분화되기 이전의 힘(이 힘을 '원시 힘'이라 부른다)을 설명할 수 있다면 모든 것을 설명하는 만물의 이론이 될 수 있을 것이다. 만물의 이론 내지 대통일 이론은 물리학자들의 필생의 꿈이다. 아인슈타인도 30년 동안 대통일 이론(당시에는 두 가지 핵력이 알려지지 않아서, 전자기력과 중력을 통합한 이론)을 마련하고자 애썼으나, 끝내 실패했다고 한다. 이 이론은 아직까지도 마련되지 않았으나, 후보는 있다. 이 힘은 이 장에서 우리가 마지막으로 소개할 인물과도 관련되어 있다.

사황이자 흰수염 해적단의 선장 에드워드 뉴게이트는 초인계 흔들흔들열매를 먹은 지진인간이다. 그는 해군본부 원수 센고쿠에 의해 "세계를 멸망시킬 힘을 가지고 있다"(57권 552화)고 평가받는 최강의 사나이다. 그는 모든 것을 진동시킬 수 있다. 정상결전 때 그는 거대한 해일과 대지진을 일으켜 마린포드를 위기에 몰아넣는다(물론 삼대장의 힘에 의해 저지당했지만). 대신에 그의 힘은 '모든 것'에 적용되기 때문에, 아군에게도 똑같은 피해가 갈 수 있다는 약점을 가지고 있다.

> 대부분의 물리학은 물질세계를 이루는 기초적인 구성단위가 기본입자라고 가정한다. 겹겹이 쌓인 층을 벗기면서 안으로 들어가다 보면 결국 언제나 기본입자를 만나게 된다. 입자 물리학에서 우주의 가장 작은 요소는 기본 입자이다. 끈 이론은 이 가정에서 한발 더 나아가 기본 입자는 끈의 진동이라고 주장한다.
>
> 리사 랜들, 《숨겨진 우주》, 127쪽

모든 힘을 통일하는 만물의 이론 후보로 각광을 받는 것이 끈 이론이다. 이 이론에서는 우주에 존재하는 모든 입자와 힘이 극히 미세한 1차원 끈의 모양을 하고 있으며, 이 끈의 진동수에 따라 끈이 다른 모습의 입자나 힘으로 나타난다고 가정된다. 양자역학에 따르면 모든 입자는 파동이기도 하다. 그렇다면 모든 입자는 특정한 진동수를 가진, 그래서 파동으로 나타나는 끈이 아닐까? 끈이 특정한 패턴으로 진동함으로써 다양한 입자와 힘이 나타난다는 가정은 사실임이 입증된다면 만물을 기술하는 이론이 될 수 있을 것이다.

흰수염의 능력은 모든 것을 진동하게 할 수 있는 것이며, 바로 이것이 끈이 하는 일이다. 흰수염은 모두가 한 가족인(=누구도 배척되지 않는) 세상을 꿈꾸었다. 끈이론 역시 모든 것을 설명하는(=어떤 입자도 배제되지 않는) 이론이 되고자 한다. 흰수염의 꿈은 좌절로 끝났으나, 그의 후계자(루피는 흰수염의 양아들인 에이스의 의형제이므로 간접적으로는 흰수염의 아들이기도 하다)에게서 더욱 평등한 세상에 대한 꿈으로 이어졌다. 끈이론은 실험실에서 검증되기 어렵다는 약점이 있으나 '초끈'이나 '막'과 같은 아이디어로 계속 발전하고 있다. 자연의 힘에 대한 인간의 탐구와 자연의 힘을 구현하고 있는 인간에 대한 묘사가 이렇게 같이 간다.

실체가 없는 공허한 적

와포루, 빅 맘, 사카즈키, 호디와 '악'

악의 다양성

연일 무서운 뉴스가 쏟아진다. 평범한 사람들이 이웃들을 잔인하게 해쳤다는 소식들이다. 전 남편이 아내를, 혼자 된 남자가 헤어진 연인과 그 가족을, 예비신랑이 예비신부를, 고등학생이 이웃집 소녀를, PC방 손님이 아르바이트생을 무참히 살해했다. '치정'이나 '원한', '심신미약'과 같은 말이 범행동기 칸에 적히겠지만 그것은 원인이 아니라 벌어진 일의 '알 수 없음'에 대한 분식(粉飾)에 지나지 않는다. 그들은 희생자들이 지금의 처지로 자신을 내몰아서, 평소 자신을 무시해서, 1000원을 돌려주지 않아서, 심지어는 그저 호기심으로 인해 죽였다고 말한다. 저 사건들에는 단 하나의 공통점이 있다. 범죄를 저지른 자들이 상대를 '해칠 수 있는' 능력 내지 자격을 자신이 갖고 있다고 여겼다는 것. 폭력을 휘두를 수 있는 육체적 능력을 말하는 게 아니다. 그들은 상대를 소유물 내지 사물로 여겨 함부로 부수거나 파괴해도 된다고 여겼다. 그들은 이런 무서운 권력을 어떻게 부여받았을까? 왜 그들은 자신이 아닌 모든 사람을 파괴해도 좋은 장난감처럼 여겼을까? 상대에게 위해를 끼치는 모든 생각이나 행동을 우리는 나쁘다고 말하지만, 그중에서도 이유를 알 수 없는 곧 그 근원에 대해서 알려진 바 없는 생각이나 행동은 특별히 '악하다'고 말한다.

원피스 세계 역시 약육강식의 세계여서 다양한 악의 형상들이 출현한다. 악은 늘 선과 짝을 이룬 개념이다. 그런데 선/악이라는 영역은 원피스 세계의 두 대립세력인 해군/해적이라는 실체적 범주와 겹쳐져 있지 않다. 무엇보다도 〈원피스〉의 주인공 루피 일당이 법에 의해서는 악으로 정립된 해적들이다. 밀짚모자 해적단은 원피스 세계를 횡단하면서 선의 이름 뒤에 숨은 악과 악의 이름 아래 모인 선의 실체를 폭로해나간다. 원피스 세계의 몇몇 인물들을 통해서 악의 범주를 살펴보기로 하자.

두 가지 선악—플라톤과 스피노자의 선악

'선/악'은 두 가지 의미를 내포하고 있다. '옳음/그름'이라는 뜻이 하나라면, '좋음/나쁨'이라는 뜻이 다른 하나다.

두 경우는 매우 다른 내용을 뜻합니다. 옳음/그름은 초월적 가치 기준과 의무 개념을 함축하지만, 좋음/나쁨은 내재적 가치 기준과 행복/기쁨의 개념을 함축하기 때문이죠. 옳음/그름은 왜 초월적 가치 기준을 전제하느냐? 철수가 영희에게 거짓말을 했다고 합시다. 순수하게 내재적으로만 보면 영희가 그 거짓말 때문에 기분이 좋아질 수도 있고 나빠질 수도 있습니다. 영희가 새로 산 옷이 철수가 보기에는 영 아닌데 그렇다고 진실을 이야기했다간 그날 분위기를 완전히 망치겠죠. 그럴 때는 거짓말을 해야 합니다. 그런데 도덕의 관점에서 보면 "거짓말은 그른 것"이라고 해야 합니다. 그래서 도덕적 판단은 철수와 영희 사이의 내재적인 지평 바깥에 어떤 초월적인 기준이 있다는 것을 전제합니다. 바로 그렇기 때문에 우리는 "거짓말하지 말아야 한다"고 합니다. 다시 말해 도덕적 판단은 "~하지 말아야 한다" 또는 "~해야 한다"는 의무의 개념을 함축하고 있어요. 반면에 좋음/나쁨을 느끼는 것은 철수와 영희 당사자들이죠. 무언가에 비추어서 옳고 그른 것이 아니라 내가 좋으면 좋은 것이고 나쁘면 나쁜 것이죠. 그리고 남과 나의 사이가 좋아지면 좋아지는 것이고 나빠지면 나빠지는 것입니다.

이정우, 《개념 - 뿌리들》 2권, 206 - 207쪽

'옳음/그름'으로 파악된 선/악이 도덕원칙의 문제여서 초월적인 명령의 형식("너는 ~해야 한다, ~해서는 안 된다")을 갖는다면, '좋은/나쁜'으로 파악된 선/악은 쾌/불쾌의 문제여서 내재적인 선택의 형식("나는 ~이 좋다, 싫다")을 갖는다. 악(惡)이 '싫어함, 미움'이란 뜻의 오(惡)로 읽힐 때는 전자가 아니라 후자일 때다. 악의 개념은 후자의 영역에서 전자의 영역으로 추론, 확장, 발전해나갔을 것이다. '쾌적하지 않은 것, 좋아하지 않는 것'이 '올바르지 않은 것, 해서는 안 되는 것'이 된 셈이다. 그렇다면 악의 최초의 모습은 '좋음'(善)의 부정으로서의 '나쁨'(不善)이었을 것이다. 선이 '분별'되지 않은 것, 곧 과도하거나 모자란 것이 악이다.

우리 한 사람 한 사람 안에는 지배하고 인도하는 두 가지 원리가 있어서, 우리는 그것들을 따르면서 그것들이 이끄는 쪽으로 끌려간다는 사실을 깨달아야 하네. 그 하나는 타고난 것으로서 쾌락에 대한 욕망이고, 다른 하나는 나중에 획득한 의견인데 이것은 가장 좋은 것을 좇는다네. ~의견이 이성을 따라서 가장 좋은 것으로 이끌면서 힘을 쓰면 이 힘에는 분별이라는 이름이 붙지만, 욕망이

이성 없이 쾌락으로 끌고 가면서 우리 안에서 득세하면, 이런 지배에는 무분별이라는 이름이 붙네. ~욕망이 먹기를 탐하면서 가장 좋은 것에 대한 이성적 판단과 다른 종류의 욕망들을 억누른다면, 그런 욕망은 식탐(食貪)이고, 이것은 그 소유자로 하여금 바로 그런 이름으로 불리게 할 것이네, 그런가 하면 음주에 대한 욕망이 독재자 노릇을 하면서 그 욕망의 소유자를 그 쪽으로 이끈다면, 그 사람이 어떤 이름으로 불릴지는 자명한 일이네.

플라톤, 《파이드로스》, 37 - 39쪽

우리 안에 있는 것으로 상정된 두 가지는 '쾌락(hēdonē)에 대한 선천적인 욕망'과 '좋은 것에 대한 후천적인 의견(epikētos doxa)'이다. 그런데 자세히 보면 이 둘은 상극이 아니라 하나가 다른 하나에 부가된 것, 다른 하나를 제어하는 것이다. '쾌락' 자체가 나쁜 게 아니라 그것이 지나치게 추구되었을 때가 나쁜 것(=악한 것)이며, 그래서 이를 제어하는 기능을 '분별' 혹은 '절제'(sōphrosynē)라고 부른다. 식도락은 쾌락이지만 식탐은 악이며, 음주는 쾌락이지만 과도한 음주벽은 악이다. 같은 방식으로 아름다움이 주는 쾌락에 과도하게 탐닉하는 욕망이 '에로스'다.(같은 책, 39쪽) 선으로서의 쾌락이 과도해졌을 때 악이 된다면, 악은 바로 그 '과도함'(excess)이다. 성경에서 말하는 일곱 가지 죄악도 여기에 해당한다.

식탐, 탐욕, 나태, 분노, 교만, 욕정, 질투

식탐은 먹는 즐거움이 과도해진 것이요, 탐욕은 소망이 과도해진 것이며, 나태는 휴식이 과도해진 것이요, 분노는 정의감이 과도해진 것이며, 교만은 자부심이 과도해진 것이요, 욕정은 사랑이 과도해진 것이며, 질투는 사랑에 과도한 소유욕이 결합된 것이다. 모두가 좋은 것으로서의 즐거움이 과도해진 것이다. 그런데 이 단계에 오면 이미 '악'은 과도함이라는 '좋음/나쁨'의 범주에서 '옳음/그름'의 범주로 옮겨간다. '좋음/나쁨'이 종교에 포획되자 '옳음/그름'이라는 초월적인 것, 신적인 행위/금지명령의 일부로 바뀐 것이다. 스피노자는 이런 범주의 이동을 되돌리려고 했다.

> 선과 악에 대하여 말하자면, 이것들 또한 우리들이 사물을 그 자체로 고찰할 경우 사물에 있어서의 아무런 적극적인 것도 지시하지 않으며, 사유의 양태나 우리가 사물을 비교함으로써 형성되는 개념일 뿐이다. 왜냐하면 동일한 사물이 동시에 선이고 악일 수 있으며 또한 양자와 무관할 수 있기 때문이다. 예컨대 음악은 우울한 사람에게는 좋고, 슬픈 사람에게는 나쁘며, 귀머거리에게는 좋지도 나쁘지도 않다. (중략) 선이란 우리가 형성하는 인간의 본성의 전형에 점차로 접근하는 수단이 되는 것을 우리들이 인지하

는 것이고, 악이란 그 전형에 유사하게 되는 데 방해가 되는 것을 우리들이 확실히 아는 것이다. (중략) 1.우리들에게 유익하다고 우리가 확실히 아는 것을 나는 선(bonum)으로 이해한다. 2.우리들이 선한 어떤 것을 소유하는 데 방해되는 사실을 우리가 확실히 아는 것을 나는 악(malum)으로 이해한다.

베네딕트 데 스피노자, 《에티카》, 244-246쪽

음악이 각각의 사람들에게 좋을 수도 나쁠 수도 있고 좋지도 나쁘지도 않을 수도 있다고 할 때, 그 '좋음/나쁨'은 '옳음/그름'과는 무관한 '쾌/불쾌'의 범주에 속한다. 스피노자는 이 범주에 따라서 선이란 우리에게 좋은 것(정확히는 그것이 우리 자신에게 유익하다는 것을 아는 것)이요, 악이란 우리가 선한 것을 소유하는 데 방해가 되는 것(不善)이라고 보았다. 스피노자를 무신론자로 보는 것은 그가 이처럼 선/악을 초월적인 것으로 보지 않았기 때문이다. 그는 같은 방식으로 우리에게는 '기쁨'만이 있을 뿐이라고 주장했다. "그러므로 나는 기쁨을 정신이 더 큰 완전성으로 이행하는 수동으로 이해하지만, 슬픔은 정신이 더 작은 완전성으로 이행하는 수동으로 이해한다."(같은 책, 166쪽) 선 곧 쾌적하고 유익한 것은 우리 자신의 능력을 증가하게 하며 그때 느끼는 감정이 '기쁨'이므로 기쁨만이 본원적인 감정이다. 슬픔은 기쁨으로 나아가지 못했을 때 느끼는 방해받은 감정에 지나지 않는다.

폭군 와포루와 사황 빅 맘—과도한 선(쾌락)으로서의 악

최초의 악은 이처럼 선(좋음, 쾌락)의 과도함 내지 무절제로서 출현했으며, 종교의 세례를 거치면서 초월적인 범주에 귀속된 것으로 보인다. 원피스 세계에서 이런 악을 체현한 인물들은 대개 코믹하게 그려지거나 풍자적으로 그려진다.

와포루는 드럼왕국을 다스리던 폭군이었다. 해적이 쳐들어오자 나라를 버리고 달아났다가 해적이 가버리자 다시 왕이 되기 위해서 돌아온다. 그는 우걱우걱열매 능력자로 모든 것들을 먹어치우는 탐식(貪食)의 대가다. 처음 등장했을 때부터 칼과 배를 뜯어먹더니, 자기 나라에 도착해서는 마을에 불을 지르고는 집들을 통째로 씹어 먹는다. 그에게 '다스린다'는 것은 '먹어치운다'는 뜻이다.

우걱우걱열매의 장점은 먹어치운 것들을 다시 산출하는 데 있다. '우걱우걱 쇼크'라는 기술은 먹어치운 것들을 자신의 몸에 구현하는 기술이며(대포를 먹고 손이나 입을 대포로 변형시키는 식이다), '우걱우걱 팩토리'는 먹어버린 것들을 자신의 체내에서 합성시키는 기술이다(이 기술로 두 부하인 '체스'와 '쿠로마리모'를 '체스마리모'로 합쳐버렸다). 보통 인간에게 이 과정은

'배설'에 불과하다. 체내에서 음식은 분자 단위로 낱낱이 분해되어 재활용된다. 산출이나 합성은 꿈도 꿀 수 없다.

마침내 그는 그 자신을 먹어치운다. 입만 남기고 제 몸을 먹었다가 다시 입으로 날씬한 몸을 토해낸다. 이 장면은 그리스 신화의 에뤼시크톤, 힌두 신화인 키르티무카를 떠올리게 한다. 허기를 못 이겨 자기 자신을 먹어치운 인물들이다. 탐식이 '자신마저 먹어치웠다'는 것은 지나친 욕망이 '자기의식마저 집어삼킨다'는 뜻이다.

과도한 욕망에 휘둘려 제 자신을 잃은 자, 욕망을 통제하지 못한 자로는 빅 맘도 빼놓을 수 없다. 사황 중 한 명인 빅 맘, 샬롯 링링은 자신이 다스리는 왕국의 전력과 통치자를 자식들로만 채웠다. 사황 흰수염과 대조되는 지점이다. 흰수염이 부하들을 일러 '가족'이라고 선언할 때 그 말은 '이 나라 안에서는 모두가 평등하다(＝한 가족이다)'는 이상(理想)의 표현이었다. 반면 빅 맘에게 가족은 실제로 자신이 낳은 혈육만을 의미했다. 게다가 자식을 낳은 후에는 남편마저 내치거나 죽였다. 빅 맘에게 가족이란 자식으로만 이루어진, '자기'의 확장 내지 증식(增殖)에 해당한다.

빅 맘에게도 병적인 식탐이 있다. 그녀는 불과 다섯 살에 과자를 주지 않는다고 거인족 마을을 몰살하고 용사를 죽였으며, 생일 케이크를 정신없이 먹다가 은인인 마더 카르멜과 고

아였던 가족들을 모두 먹어버렸다. 정작 그녀는 마더와 아이들이 어딘가로 가버렸다고 여기지만 이 사건 이후에 샬롯 링링에게 마더의 능력이 생긴 것으로 보아 마더와 아이들이 식탐의 결과로 희생된 것은 분명해 보인다. 토트랜드 에피소드에서 본격적으로 등장하는 빅 맘은 그 엄청난 능력과는 무관하게도 생일 케이크가 쓰러져 먹지 못하게 되자 정신이 붕괴해버린다. 이후 이야기는 허기로 인해 급격하게 노쇠해가는 와중에도 "생일 케이크"를 외치며 루피 – 벳지 연합군을 쫓아오는 빅 맘의 추격담으로 채워진다. 이 과정에서 그녀는 자신의 자식들을 죽이고 자신의 영토를 파괴하는 짓도 서슴지 않는다. 과도한 욕망, 그것은 악의 시작이다.

해군본부 대장 사카즈키―칸트의 '실천이성'과 사드의 '실천'

처음의 악은 과도하거나 무절제한 좋음(善)이라는 형식으로 출현했다. 그런데 '옳음'이라는 의미의 선에서도 악은 자라나온다. 앞에서 '옳음/그름'은 초월적인 당위/금지의 형식으로 바뀐 선/악이며, 따라서 초월적이라고 말한 바 있다. 근대가 되면서 초월은 외재적인 것(신)에서 내면적인 것(윤리)으로 넘어온다. 근대인은 신의 명령이 아니라 이성의 판단에 따라 '옳음/그름'을 판별한다. 근대인에게 행위의 옳고 그름을 나누는 주체는 이성이며, 이성이 이 판단을 내리는 기준은 개별적이고 우연적인 선택이 아니라 보편적이고 필연적인 법칙이다. 따라서 이 법칙(도덕법칙)은 선악보다 먼저 주어져야 한다. 칸트에 따르면 "선악의 개념은 도덕법칙에 앞서서가 아니라, 오히려 도덕법칙에 따라서(도덕법칙의 뒤에) 그리고 도덕법칙에 의해서 규정될 수밖에 없다."(임마누엘 칸트, 《실천이성비판》, 138쪽)

> 선악의 개념들은 ~이성의 범주들처럼, 객관들과는 관계하지 않는다. 선악의 개념들은 오히려 이 객관들을 주어진 것으로 전제한다. 선악의 개념들은 모두 단 하나의 범주, 곧 인과성 범주의 양태들이다. ~이 인과법칙은 자유의 법칙으로서 이성이 자기 자신에게 주는 것이고, 그로써 자기 자신이 선험적으로 실천적임을 증명하는 바이다.
>
> **같은 책, 141쪽**

칸트에게 선악은 객관적인 외부 세계와 관계 맺는 것이 아니다. 선악은 오직 인과성만을 따르며 이 인과법칙은 "자유의 법칙으로써 이성이 자기 자신에게 주는 것"이다. 순수이성이 객관적인 세계를 어떻게 인식할 것인가를 목적으로 한다면, 선악과 관련된 이성(실천이성)은 그와 무관하다. 실천이성은 판단의 근거를 외부의 어떤 것에서도 찾지 못하며, 오직 자기 자신의 판단에 따라(=자유롭게) 행동한다. 내가 옳다고 믿었으므로 이 행동은 옳다. 이것이 실천이성이 유일하게 따르는 인과의 원리다. 이것은 내용과는 무관한 것, 따라서 전적으로 형식적인 것이다. "오로지 형식적인 법칙만이 ~실천이성의 규정 근거일 수 있는 것이다."(같은 책, 140쪽)

여기에는 무엇인가 도착적인 면이 있다. "그것을 행해야만 한다고 말하기 때문에, 사람들은 그것을 행할 수 있다고 의식한다."(같은 책, 265쪽) 이것은 당위(해야 한다)가 행위능력(할 수 있다)을 규정하는 것인데, 거꾸로 '해야 한다'의 근거는 순전히 형식적인 것, 내가 옳다고 믿는 바로 그것이다. 다시 말해서 나는 내가 옳다고 믿는 것에 따라서 행동해야 하며, 그렇게 행동해야 하기 때문에 행동할 수 있다. 지젝은 라캉의 말을 따라 칸트의 도착이 사드의 실천으로 귀결되었다고 말한다.

사드는 우리가 악이라는 내용을 발견하는 것을 선의 자리에 갖다 놓은 것뿐이다. 달리 말해서, 사드가 타인을 자신의 성적 향락을 위한 수단으로 아무 제약 없이 사용할 때 그것은 그가 완전한 충성을 바치는 그 자신의 선이다(혹은 밀턴의 《실낙원》 속 사탄을 인용하면 "악, 그대는 나의 선이다!"). 우리는 '악'은 그것의 형식 자체가 (무조건적인 윤리적 서약) 선의 형식으로 남아 있는 내용이라는 생

각을 뒤집어야 한다. 선과 악의 차이는 내용이 아니라 형식의 차
이이다.

슬라보예 지젝, 《잃어버린 대의를 옹호하며》, 515쪽

칸트에게도 사드에게도 선/악은 실체적인 것, 내용적인
것이 아니라 순전히 형식적인 것이다. 사드는 칸트가 선하다
고 믿은 자리에 악을 대치한 게 아니라, 자신이 선하다고 믿은
것(성적 향락을 위해 타인을 희생하는 것)을 열심히 실천했다. 그
결과 한 개인의 자유로운 선택과 행위능력에 비추어 보았을
때 선한 것은 악한 것과 구별되지 않게 되었다.

원피스 세계에서 바로 이런 선, 그 자신이 옳다고 믿는 순
수하고 강렬한 의지에 따라 행동하였으나, 결코 그 결과가 선
했다고 말하기 어려운 인물이 해군 원수 사카즈키다. 그에게
해군은 선한 세계의 수호자이며 해적은 박멸해야 해야 하는
악이다. 이것은 사카즈키에게는 조금도 의심할 수 없는 절대
적인 행위준칙이다. 그런데 선악이 이처럼 형식이 아니라 내
용(실체)에 구현되면 실제의 선악이 가려지고 만다.

해군은 세계정부를 지키는 군대이며, 세계정부는 800년
전 20명의 왕들이 모여서 구성한 연합정부다. 이 20명 왕들의
후예(네펠타리 왕족이 빠져서 실제로는 19개 왕족)를 세계귀족 혹
은 천룡인이라 부르는데, 원피스 세계에서 악한 짓들은 골라

서 저지르는 망나니들이다. 이들은 자신들을 신 혹은 창조주의 후손이라 부르며, 원피스 세계의 모든 종족들을 미천한 동물 취급한다. 천룡인 중 하나인 차를로스 성(聖)은 세계정부 회의에 참석한 가맹국 어인섬의 공주인 시라호시를 진귀한 수집품이라 하여 납치하려 하였으며, 그의 아버지 로즈워드 성은 칠무해이자 소르베 왕국 국왕이었던 바솔로뮤 쿠마를 소나 말처럼 타고 다녔다. 사카즈키의 믿음에 따르면 천룡인은 무조건 지켜야 하는 선한 자들이다. 샤봉디 제도에서 차를로스 성이 비슷한 망나니짓으로 루피에게 얻어맞자, 사카즈키는 보르살리노를 파견하여 이를 응징하려고 한다. 정상결전에서도 그는 음모와 협잡으로 거대소용돌이거미 스쿼드를 속여 흰수염을 배신하게 만들었다. 요컨대 그는 자신이 선이라 믿는 천룡인들을 지키기 위해, 또 악이라 믿는 해적을 박멸하기 위해 어떤 짓도 마다하지 않는다. 선을 실천하는 괴물 내지 선이라 믿는 악을 추구하는 인물이 사카즈키다.

어인 호디 존스―키르케고르의 공허한 악과 '죽음충동'

'좋음/나쁨'에서 파생된 과도한 선으로서의 악, '옳음/그름'과 관련된 선의 이름으로 추구되는 악을 살펴보았다. 이 두 가지로도 현존하는 악을 대부분 설명할 수 있을 것이다. 그런데 한 가지 악이 더 있다. 선과 상관적인 개념으로서의 악이 아닌, 그래서 좋음이나 옳음과는 전혀 관련이 없는 악이 그것이다. 따라서 이 악은 정의하기가 어렵다. 우리는 이런 악을 '심연으로서의 악' 내지 '공허한 악'이라 부를 수 있을 것이다.

> 전설에 의하면 악마는 3천 년 동안을 앉아 있으면서 어떻게 인간을 파괴할 것인가를 곰곰이 생각했다. ~악마적인 것은 공허한 것, 지루한 것이다. ~권태와 소멸성은 바로 무(無)에서의 연속성이다. ~3천 년을 강조하는 것은 갑작스러운 것을 부각시키기 위함이 아니다. 그 엄청난 시간의 길이는 악이 무서운 공허함이며 끔찍스럽게도 공허한 것이라는 생각을 불러일으킨다.
>
> **쇠렌 키르케고르, 《불안의 개념》, 343–346쪽**

이 악은 텅 빈 악, 어떤 가치도 없고 어떤 연속성도 없으며 그저 무한히 이어지는 무와 권태만이 지속될 뿐인 악이다. 추구해야 할 어떤 목적도 없을 때, 그래서 어떤 행동이든 그저 우연의 주사위던지기와 같은 행동이 될 때, 모든 행동은 필연적으로 악해진다. 권태가 그것의 유일한 동기다. 에덴동산에서 악으로 선언된 하나의 금지명령(동산의 가운데 있는 나무 열매를 먹어선 안 된다)을 인간이 어긴 이유는 무한히 이어지는 권태에 굴복했기 때문이다. 그 열매를 먹기 전에는 권태가 셀 수 없는 시간 동안 이어졌을 것이고, 마침내 인간은 그 권태를 이기기 위해 무엇이든 저지를 준비가 된다. "진부하고 소외된 일상을 흥미진진한 대상으로 되살릴 수 있는 약은 악뿐이다."(테리 이글턴, 《악》, 88쪽) 이것은 죽음충동이라는 이름으로 알려진 것이다. 죽음충동이란 무한한 권태로서의 삶, 어떤 흥미도 선도 불러일으키지 못하는 텅 빈 심연으로서의 삶에 붙여진 역설적인 이름이다. 이들은 이 권태로운 무의미를 휘젓기 위해서 대량살상도 마다하지 않는다. 파시즘의 강령이 바로 이것이며, 이 때문에 그들은 역설적으로 선을 가장한다.

악의 고결하고 금욕적인 천사 같은 면은 타락한 육신을 초월해 무한을 추구한다. 그러나 이런 현실 도피는 세상을 공격해 모든 가치를 박탈당한 공허한 상태로 만든다. 현실 도피는 세상을 무의미한 물질로 환원시키며, 그렇게 되면 악의 악마 같은 면은 무의미한 세상에 탐닉할 수 있게 된다. 악은 늘 지나치게 많은 의미를 상정하거나 적은 의미를 상정하거나, 둘 다 동시에 한다. 악의 이런 양면성은 나치즘에서도 명확히 드러난다. 나치 일파들은 희생과 영웅적 용맹과 혈통의 순수성에 관한 '천사 같은' 허풍으로 가득차 있는 동시에 죽음과 비존재에 홀딱 빠져 프로이트학파가 '도착적 쾌락(obscene enjoyment)'이라 부른 것의 손아귀에 붙들려 있었다.

파시스트들이 내세우는 것은 숭고한 목표지만, 그것은 그 뒤의 무와 심연을 은폐하기 위한 가림막에 지나지 않는다. 초창기의 성공을 넘어서 히틀러는 독일이 결코 감당할 수 없는 (이길 수 없는) 목표를 설정하고 전선을 확대했다. 패배가 명확해지자 총통은 독일의 모든 시설과 인민을 파괴하라는 명령을 내렸다. 죽음충동은 그 파괴적인 행위 속에서만 자신이 살아 있다는 것을 느끼는, 무의미로서의 악이다.

독일인이 저지른 것은 어떤 식의 이해도 허용하지 않지만, 특히 심리학적인 면에서 그렇다. 왜냐하면 그들의 범죄는 사실 자기만족을 위한 자발적 행위라기보다는 맹목적으로 계획된 소외된 잔혹 행위로 보이기 때문이다. 증인들의 보고에 따르면 고문이나 살인은 아무런 쾌락 없이 이루어졌다고 하며 그 때문에 그 근거를 헤아릴 길이 없다. ~독일인의 잔혹 행위는 예견된 복수 같은 것이 아닐까 하는 생각이 언뜻 밀려온다. ~독일의 종말은 집단 수용소와 가스실에서도 이미 할인된 가격으로 벌어지고 있었다고 할 수 있다.

테오도르 아도르노, 《미니마 모랄리아》, 142쪽

나치 치하의 독일이 다른 민족을 어떤 감정도 없이 학살했을 때, 그 맹목적인 충동은 자신의 죽음(패배)에 이르러서야 중지되는 성격의 것이었다. 모든 것을 파괴할 때까지, 다시 말해서 그 파괴의 주체를 파괴할 때까지 이 충동은 멈추지 않을 것이다.

어인섬의 신어인 해적단을 이끄는 호디 존스가 바로 이런 악을 체현한 인물이다. 그는 어인 우월주의자로 어인섬을 다스리는 국왕 넵튠을 죽이고 어인섬을 장악한 후에, 지상의 인간들을 절멸시키려고 한다. 게르만 우월주의자들로 유태인들을 죽이고 세계를 장악한 후에, 다른 모든 인종을 절멸시키려고 했던 나치들과 판박이다. 호디는 어인들을 무시했던 인간들에게 '복수'하는 것이 자신의 목표라고 떠벌였지만, 사실 그것은 아무래도 좋았다. 인간과 공존할 것을 주장했던 평화주의자 오토히메 왕비를 저격해서 죽인 것도 실은 호디였다. 인간이 왕비를 죽였으므로 복수해야 한다고 주장하기 위해서 말이다.

인간이 무슨 짓을 저질렀기에 복수하겠다는 것이냐는 후카보시(넵튠왕의 장남)의 질문에, 호디 존스는 이렇게 대답한다. "아무것도." 그저 무(nothing). 그에게는 동기도 목적도 없었던 것이다. 따라서 "복수하겠다"는 말은 원한의 표현이 아니라 그저 아무렇게나 던진 말, 자신의 파괴적인 행동(악)을 그럴싸하게 보이게 만드는 가림막에 지나지 않는다. 그는 실체가 없는 공허한 악이었던 것이다. 루피에게 패배한 후에 호디 존스와 일당들은 하루아침에 노인들로 변해버린다. 일종의 스테로이드 약인 ES의 과다복용 탓이라고 알려져 있으나, 실은 그 '늙음'은 저 공허한 악의 속성이라고 보아야 할 것이다. 늙음이란 아무 희망(목표와 의지)도 없는, 3천 년과 하루가 다르지 않은 무의미한 시간에 붙인 이름이기 때문이다. ES는 실은 에덴동산에 놓여 있던 그 나무의 열매였던 셈이다.

오빠는 그대로면 돼

샬롯 브륄레와 '상상'

상상, 상징, 실재

고고학자 로빈 편에서 '상징'과 '실재'를 살펴본 바 있다. 이번 장에서는 '상상' 곧 '상상적인 것'(the imaginary)에 관해서 알아보자. 상징, 실재, 상상이라는 세 범주는 서로 긴밀하게 관련되어 있다.

상징계, 상상계, 실재는 '말하는 존재(parlétre)'인 인간이 자신과 세계에 대해 말하고 생각할 때 반드시 가정해야 할 최소한의 전제조건이다. 말하고 생각하기 위해서는 최소한 세 가지 전제조건이 충족되어야 한다.

첫째, 말 또는 언어가 있어야 한다. 말, 언어가 다름 아닌 상징계다. ~헤겔에 따르면 존재 자체, 즉 순수 존재는 아무런 의미가 없으며, 따라서 그것은 '무'와 구분되지 않는다. 그러므로 존재에 구체적 의미를 부여하기 위해서는 언어가 도입되어야 한다.

둘째, 말해지는 대상이 있어야 한다. 다시 말해 무엇인가가 존재해야 하는데, 바로 그것이 실재이다. 헤겔이 《대논리학》에서 '존재'라는 가장 일반적인 또는 보편적이면서도 의미를 갖지 않는 '(순수) 존재'로부터 논의를 시작하는 것도 바로 그런 이유에서다. 가장 근원적인 것은 (비록 우리가 의미를 파악하지 못할지라도) 존재 자체인 것이다. 라캉은 이를 실재라고 번역한다.

셋째, 말해지는 내용 또는 대상에 어떤 고정된 의미가 부여될 수 있어야 한다. 그렇지 않으면 인간은 같은 단어를 사용하면서도 다른 생각을 하게 되고, 서로 같은 말을 하지만 동상이몽에 빠지게 될 것이다. (중략) 적어도 우리가 서로 의사소통을 하고자 한다면 어떤 중요한 단어에 대해서만이라도 (비록 나중에 착각임이 드러나더라도) 적어도 어떤 순간에는 의미를 서로 정확히 파악하고 있다고 믿을 수 있어야 한다. (중략) 상상계라는 개념도 실재, 상징계와 마찬가지로 다양한 방식으로 설명될 수 있지만 여기에서 상상계라는 라캉의 개념의 한 가지 의미를 분명히 알 수 있다. 의미의 고정성이라는 것이 그것이다.

홍준기, 《라캉, 클라인, 자아심리학》, 184 – 185쪽 상징계는 언어가 구축한 세계다. 인간은 언어를 배우면서 (=언어에 의해 접수되면서) 본래의 몸에서 분리된다(뒤에 남은 것, 곧 분리되고 남은 본래의 자리 혹은 언어의 지시작용 뒤에 남겨진 그림자를 우리는 '주체'라고 부른다). 그 언어가 가리키는 대상이 실재인데, 문제는 언어(상징)와 대상(실재)이 늘 어긋난다는 데 있다. 언어(기표)가 가리키는 것은 그 언어의 대상(기의)이지, 실제 사물이 아니기 때문이다. 실재가 언어의 실패(지시할 수 없음)에서만 역설적으로 모습을 드러내는 이유가 여기에 있다. 그럼에도 우리는 언어가 바로 그 사물을 '가리킨다'고 믿는다. 이 믿음이 바로 상상이다.

언어가 구성하는 세계는 사물의 세계와 일대일로 대응하지 않기 때문에, 언어(상징)와 지시대상(실재)과 지시작용(상상) 사이에는 수많은 빈틈과 착오가 생겨난다. 밥을 앞에 둔 아이가 "나 배고파"라고 말할 때, 그 말은 ① '이 밥으로는 양이 부족해'라는 뜻일 수도 있고, ② '밥이 아니라 빵이 먹고 싶어'라는 뜻일 수도 있으며, ③ '먹는 것 말고 엄마의 관심에 굶주렸어'라는 뜻일 수도 있다. 이처럼 상징(언어)은 그것이 가리키는 대상(실재)과도 어긋나고, 그것이 의미하는 뜻(상상)과도 어긋난다. "실재는 존재하지 않는 것이다"라거나 "상상은 허구적인 것이다"라는 역설이 그래서 생겨난다.

앞에서 말했듯 칸트가 말한 '물자체'가 바로 실재계다. 우리는 우리가 언어로 포획한 대상만을 인식할 수 있으며, 그 너머의 대상(세계)은 우리 인식의 한계 개념을 보여주는 것(우리가 인식할 수 있는 범위 너머의 것)으로만 남게 된다. 인간은 가시광선 곧 380나노미터에서 780나노미터 사이의 파장을 가진 빛만을 인식할 수 있다. 그보다 파장이 큰 빛(적외선)이나 작은 빛(자외선과 엑스선, 감마선)은 인간의 눈으로는 지각할 수 없다. 이것은 인식의 한계가 아니라 지각의 한계다. 그런데 가시광선 범위 안에 든 빛을 우리가 분류할 때는 사정이 다르다. 이를테면 동양에서 무지개를 '일곱 빛깔 무지개'가 아니라 '오색 무지개'라고 부를 때, 동양인의 지각에 파란색과 초록색은 같은 색으로 인식된다. 그래서 "하늘도 푸르고 산도 푸르다"라거나 "우리 강산 푸르게 푸르게"라는 문구가 성립하는 것이다. 언어가 가시광선 내부의 두 영역(푸른색과 초록색 영역)을 구별하는 데 실패했기 때문이다. 오색 무지개를 분리하는 이런 언어의 영역(푸른색과 초록색을 구별하는 언어)이 존재하지 않기에, 그로써 지칭되는 실재는 존재하지 않는다고도(오색 무지개가 존재하는 세계에서는 '청'과 '녹'은 분리될 수 없다), 그 언어의 실패를 통해서만 존재한다고도(둘 다 푸르지만 둘은 '다르게' 푸르다) 말할 수 있다. 후자의 경우 두 빛은 거기에 있으나 그 둘을 포착하는 언어가 없기에 그것은 언어체계에 반영되지 않으며, 다만 언어체계 내부의 질서를 교란하는 얼룩으로 남는다. 실재가 상징계의 교란을 통해서만 측정될 수 있다는 말이 뜻하는 것이 이것이다.

반면 상상계는 언어가 작용하기 위한 필수적인 전제다. 언어를 이루는 기호들은 의미의 고정점 곧 기호를 특정한 의미와 결합시키는 정박점이 없으면 무의미의 바다를 떠돌아다니게 된다. 지구에 비교하자면 상징의 세계는 지표면을 기록하는 지도와도 같다. 지형의 굴곡, 곧 지형들의 상대적인 거리나 높낮이(위계)는 거기에 있으나, 그것을 측정하려면 그 위에 가상의 좌표를 그려야 한다. 상징계란 지표 위에 상상적으로 그어둔 위도, 경도, 해발(海拔)과도 같은 것이다. 실제로 그 선은 그어져 있지 않으나, 그 선을 기준으로 삼아야만 지형(혹은 언어)의 정확한 측정값을 얻을 수 있다. 상상계란 이 지도와 실제의 지구가 일대일로 대응한다는 믿음 그 자체.

상징이 분리작용에, 상상이 미분리의 세계에 적용되는 것도 이 때문이다. 언어는 대상(실재)과 분리된 이후에야 상징으로서 기능할 수 있다. 무엇을 가리키기 위해서는 손가락(언어)과 대상(실재)이 떨어져 있어야 한다. 손가락은 대상이 아니고 대상이 될 수도 없다. 그런데 적어도 그 손가락이 대상을 올바로 가리키기 위해서는 정확한 방위와 각도를 가져야 한다. 이 가상의 결합, 곧 손가락이 가리키는 방향으로 직진하면 대상이 있을 거라는 믿음이 상상의 세계를 가능하게 한다. 상상적인 것이란 손가락과 대상을 이어주는 보이지 않는 선인 셈이다. 가상의 힘으로 분리(상징) 이전의 세계(미분리)라는 환상을 구축하는 것, 이것이 '상상적인 것'의 역할이다.

거울, 상상계의 출입구

상상계를 대표하는 사물이 '거울'이다. 거울이 보여주는 상은 실재가 아니면서도 거울을 보는 이에게 통일된 '나'라는 환상을 선사하기 때문이다.

라캉은 실체가 아닌 평면적인 이미지에 매혹되는 거울단계가 주체화를 가능하게 만드는 필연적인 계기이자, 인간의 모든 지식과 대상관계를 허구적인 것에 기초하게 만드는 지속적 작용임을 힘주어 강조한다. 주체가 나라는 자기의식을 갖고, 대상들을 자아를 중심으로 한 대상관계 속에 위치시킴으로써 자신의 세계를 건설할 수 있는 것은 상상계 덕분이다. 상상계는 주체를 소외시키고 기만하지만 주체가 타자와 맺는 관계에 불가피하게 내재할 수밖에 없는 위상학적 영역이다.

김석, 《에크리 – 라캉으로 이끄는 마법의 문자들》, 145 – 146쪽

어린아이가 거울에 매혹되는 것은 그것이 통일성의 환상

을 심어주기 때문이다. 아기는 주위와 자신을 구별하지 못하지만, 세계(자신과 주변을 합친 전체)가 뭔가 조화롭지 못하다는 것, 완전한 하나가 아니라는 것을 어렴풋이 알고 있다. "거울단계에서 자아는 부분적으로는 우리 안의 통일성과 조화가 결여되었기 때문에 일어나는 긴장에 의해 만들어진다. 우리는 스스로가 주위에 보이는 조화로운 사람들과 같은 존재가 아니라고 느낀다. ~거울단계는 아무것도 없던 곳에 하나(One)를 창조한다."(브루스 핑크, 《에크리 읽기》, 189-190쪽) 거울단계 이전의 나는 아직 '나'라고 불릴 수 없는 조각들이다. 그런데 거울은 그 조각들을 모아서 '나'라는 그림(환상)을 창조한다. 이 '나'를 자아(ego)라고 부른다. 따라서 자아는 거울이 제공한 환영, '나'라고 부를 수 있는 허구의 통일성이다. "이러한 이유로 라캉은 자아를 허위 존재(false being)와 연계시킨다." (같은 책, 190쪽)

우리가 아침마다 옷을 갈아입을 때, 화장할 때 보는 거울 속의 '나'가 환상이라니 갸우뚱할 수도 있을 것이다. 글자 그대로, 보이는 그대로 생각해보면 된다. 어떻게 내가 평면거울 속의 이차원 그림일 수 있겠는가? 내가 내 밖에서 통일된 '나'를 관찰할 수 있는 방법이 거울 뿐이니, 거울 속에 비치는 허구의 그림이 나에게 '나'라는 통일성, 일관성을 부여한다고 말하는 것이다. 사실 내가 '나'라고 알고 있는 모든 것이 일종의 '거울상'이다. 예를 들어서 '나'는 (부모의) 아들이며, (벗에게는) 친구이며, (자식에게는) 아버지이고, (형에게는) 동생이며, (배우자에게는) 남편이다. 저 괄호 속 타자들의 시선들이 아니라면 내가 '나'임을 증명할 방법이 없다. 내가 '나'를 위와 같이 소개할 때, 나는 타인들의 시선에 비친 허구의 거울상을 '나'라고 인증하고 소개하는 것이다. 자아(나)가 상상계의 소산이라는 말의 뜻이 이것이다.

샬롯 브륄레, 거울 속의 지배자

원피스 세계로 가자. 상상계를 대표하는 주인공은 거울거울열매 능력자인 샬롯 브륄레다. 브륄레라는 이름은 프랑스의 디저트 음식인 '크렘 브륄레'에서 따왔다(빅 맘 해적단은 선장 빅 맘과 46남 39녀나 되는 자식들로 이루어져 있는데, 사람들이나 사는 곳의 이름을 요리나 요리도구, 음식의 이름에서 가져왔다). 부드러운 크림 위에 설탕을 얹고 표면을 태워서 만든 음식이다. '브륄레'(brûlée)는 '태운, 화상을 입은'이라는 뜻이다. 그녀는 크고 마른 체격에 크고 빨간 매부리코를 가졌으며 얼굴에 큰 상처가 나 있다(이 상처의 비밀은 나중에 밝혀진다). 마녀를 떠올리게 하는 전형적인 묘사다. 헨젤과 그레텔을 요리해 먹으려고 했던 마녀의 모습이 아마 이랬을 것이다. 그녀도 밍크족인

토끼 인간 캐럿을 커다란 솥에 넣어 삶아 먹으려고 했다.

그녀가 처음 모습을 드러낸 것은 루피 일행이 빅 맘의 본거지인 홀케이크 아일랜드에 도착했을 때다. 낯선 숲('유혹의 숲'이라 불린다)에서 길을 잃은 루피 앞을 또 다른 루피가 가로막는다. 거울거울열매 능력으로 변신한 브륄레였다.

브륄레의 능력은 다음과 같다. ① 거울로 '거울상'을 만들어 상대의 공격을 막거나 되받아칠 수 있다. 이렇게 만들어내는 대상은 거울상답게 좌우가 반전되어 있다. 거울의 되비추는 성질을 이용한 능력이다. ② 사람이나 동물, 사물을 거울에 비춘 뒤 다른 대상에 비추면, 최초의 대상의 모습이 두 번째 대상에 구현된다. 거울이 사물을 증식(增殖)한다는 성질을 이용한 능력이다. 양쪽으로 맞놓은 거울이 서로를 비추면서 무수한 거울상을 만들어내듯, 이 재생산 능력은 복수의 대상에 적용될 수 있다. 상디의 결혼예식 중에 웨딩 케이크를 부수고 뛰쳐나온 무수한 루피들은 (사로잡힌) 브륄레의 능력을 이용해서 루피 모습을 복제한 동물들이었다. ③ 상대를 거울 속에 가두어버릴 수 있으며, 거울 속의 길을 따라서 (미리 거울을 가져다 둔) 한 장소에서 다른 장소로 이동할 수 있다. 앞의 두 가지 능력이 대상을 비추는 거울의 성질을 이용한 능력이라면, 뒤의 능력은 거울이 대상을 포함한 배경 전체를 복사한다는 사실, 곧 이세계(異世界)를 창조한다는 사실을 강조한 능력이다.

이를 다음과 같이 정리할 수 있겠다. ① 모사(copy), ② 증식(multiplication), ③ 다차원(multidimension).

거울의 능력1—모사, 이상적 자아, 자아이상

모사는 둘(double)을 만드는 능력이다. 거울단계로 돌아가자.

> 상상적 동일시란 최초 동일시라고도 하며 거울단계에서 주체가 자신의 이미지에 매혹되면서 그것에 도취되는 것을 말한다. 이때 거울 속에 비친 이미지는 이상적 자아의 역할을 한다. 그것은 자아에 대해 이상화된 단위로 기능하며, 아직 무수하게 분열된 부분충동에 시달리는 주체에게 통일된 신체와 안정적인 자아를 약속한다.
>
> 김석, 앞의 책, 155 – 156쪽

거울을 보는 주체는 거울 속에서 완전한 자기 자신의 환영(이미지)을 본다. 조각난, 부조화된 감각에 시달리는 주체는 거울 속 이미지를 통해 자신의 몸이 통일되어 있음을, 자신의 정신이 '나'라는 하나(one)의 자아임을 믿게 된다. 이 이미지를 이상적 자아(ideal ego)라고 부른다. 브륄레는 마녀답게,

"예쁜 아이들을 보면 찢어발기고 싶어진다"고 말하며 해치려고 든다. 마녀는 상징체계 내에 처소를 갖지 못한 '이교도, 여성, 신비 능력자'를 이르는 이름이다. 기존의 이데올로기적 질서를 교란하고 파괴하는, 그래서 권력자들이 보기에는 절멸시켜 마땅한 이들이다. 이들의 추한 외양은 이데올로기적 부조화 혹은 일탈을 보여주는 것이다. 미(美)란 한 시대를 지배하는 이데올로기의 상상적 표현(거울상)이기에, 브륄레는 '예쁜 아이'들을 보면 '추한 자신'처럼 만들고 싶다고 달려든다. 그녀의 이상적 자아는 왜 이처럼 왜곡되었을까?

카타쿠리는 빅 맘 해적단 산하 모든 이들의 존경을 받던 강자였으나, 찢어진 입과 야수의 이빨을 가진 '추남'이었다. 어렸을 때부터 그 외모 때문에 "자루 뱀장어"라 놀림을 받았고, 놀리는 자들을 폭력으로 응징했다. 그에게 얻어맞은 자들이 보복하겠다고 브륄레의 얼굴에 깊고 길고 두터운 자상(刺傷)을 남겼던 것이다.

카타쿠리는 그 이후로 어떤 틈도 보이지 않는, 완벽한 공포 그 자체가 되었다. 그는 아무도 보지 않을 때에만 누워서 큰 입으로 도너츠를 먹는 우스꽝스러운 모습을 연출하곤 했다. "오빠는 그대로면 돼"라고 말해주는 브륄레는 오빠의 모습 그 자체를 받아들이는 속 깊은 동생이었다. 이것은 또 다른 여동생인 샬롯 플랑페의 행동과 극적으로 대조된다. 플랑페는 카타쿠리의 펜클럽 회장이자 특공대원이다. 오빠의 사랑을 기대해서 전투 중에 루피를 저격했다. 카타쿠리는 '그런 승리를 내가 바랄 거라 생각하나?' 묻고는 플랑페에게 "얄팍하기 짝이 없는 도움 따위 집어쳐라!"고 일갈한다. 그런데 마스크를 벗은 오빠의 모습을 보자, 플랑페는 "오지 마! 만지지 마! 이 괴물, 못난이! (중략) 입이 귀까지 찢어져선 완전 자루장어네. 퉷!"(89권 893화)하며 그를 비웃는다.

> 거울 단계의 나르시시즘적 동일시 과정에는 두 가지 상황이 동시에 발생하는데 그것은 이상적 자아와 자아 이상의 차이와 일치한다는 것이다. 첫째는 통합된 상(像)으로서의 타자의 이미지를 상상적으로 동일시하는 과정이고, 둘째는 어린아이가 자신의 파편화된 존재를 대상의 통합된 이미지 속에 놓고 보려면 부득이 자신의 존재를 타자와의 관계 속에서 관찰하게 된다는 것이다. 그 아이가 언어, 즉 상징계로 진입함에 따라 그 허구적/이상적 통합된 이미지는 깨진다. 그러나 그 이미지는 상징계 진입 이후에도 주체가 떠맡게 되고 이때 그것에는 전 단계에서 없었던 새로운 특성이 부여된다는 것이다. 다시 말해서 자아 이상이란 자아의 허구성이 깨진 연후에 일어나는 동일시라고 말할 수 있다.
>
> 박찬부, 《라캉: 재현과 그 불만》, 193–194쪽

거울을 통한 동일시에는 하나의 단계가 더 있다. 상상계에 속하는 '이상적 자아'가 첫 번째 단계라면, 상징계에 진입한 후에 만나게 되는 '자아 이상'(ego-ideal)이 두 번째 단계다(프로이트의 용어로 하면 '자아 이상'은 초자아(superego)에 해당한다). 정신분석에서 이 단계는 "아버지를 지칭하는 하나의 기표에 대한 무조건적인 동일시"(김석, 앞의 책, 157쪽)라고도 불린다. 주체는 거울에 비친 상상적인 '자아'만으로 자립할 수 없다. 언어의 세계(상징계)에 진입하기 위해서는 상징계의 법—'아버지'로 대표되는 상징세계의 질서—을 받아들여야 한다. 자아 이상은 (상상적 동일시에 의해 구성되는 이상적 자아와는 달리) 언어들에 의해 구성되는 심리적인 실체다. 아이가 어른들의 요구—"너는 우리 집안의 장남이니 의젓해야 해" "사내가 사소한 일에 울면 못써" "계집애가 조신해야지"—를 내면화할 때, 그는 아버지—정확히는 아버지의 법—를 자아 이상으로 삼은 것이다.

브륄레에게 오빠 카타쿠리는 '자아 이상'이었다고 할 수 있다. 빅 맘이 자식들을 얻는 과정에서 아버지들을 죽이거나 추방했다는 사실은 앞에서도 말한 바 있다. 원피스에 유일하게 등장하는 빅 맘의 남편이 로라의 아버지 파운드인데, 버림받아 숲에 묻혀 있다가 나중에 의붓아들(샬롯 오븐)에게 죽임을 당한다. 빅 맘의 딸들에게 모든 아버지는 무력하고 무가치한 존재들이다. 브륄레의 입장에서는 그 빈자리를 대신하는 강인한 자아 이상이 카타쿠리였던 셈이다.

거울의 능력2—증식

증식은 여럿(multitude)을 만드는 능력이다. 거울은 단순히 사물을 되비치는 것만으로도 사물을 증식한다.

> "자네는 자네 자신이 어떤 식으로는 이 모든 걸 만들어 낼 수 있다는 걸 모르고 있는가?" 내가 물었네.
>
> "그 방식은 어떤 건가요?" 그가 물었네.
>
> "그건 어렵지 않으이. 여러 가지 방식으로 그리고 재빨리 만들어 낼 수 있겠는데, 만약에 자네가 거울을 들고서 어디고 돌아다니기만 한다면 아마도 가장 신속하게 만들어 낼 수 있을 걸세. 곧바로 해와 하늘에 있는 것들을 만들어 낼 것이며, 곧바로 땅과 자네 자신, 여느 동물들과 도구들, 식물들, 그리고 그 밖에 방금 언급된 모든 것도 만들어 낼 걸세." 내가 말했네.
>
> "네. '보이는 것들'(phainomena)은 만들 수 있죠. 그렇지만 진실로 '있는 것들'([ta] onta)을 만들 수는 없겠죠." 그가 말했네.

플라톤, 《국가》, 614쪽

소크라테스는 거울을 들고 돌아다니기만 해도 세계와 사람과 동식물과 사물들이 증식될 것이라고 말한다. 물론 이 증식된 것들은 원본이 아니어서, 진실로 있는 것(존재하는 것, 타온타)이 아니라 현상(파이노메나)에 지나지 않는다. 이것들은 거울이 깨지면 함께 사라지는 환영에 불과하다. 브륄레가 거울로 만들어 낸 모사물과 증식물들이 거울이 깨지거나 그녀가 쓰러지자 사라지는 것처럼 말이다.

상징계가 아버지의 세계에 속한다면 상상계는 어머니의 세계에 속한다. 거울을 보는 어린아이가 처음부터 어머니의 품에 안겨 있기 때문이다. 아기가 거울 속의 자신을 보기 위해서는 어머니라는 보증인이 필요하다. 자신이 어머니 품에서 거울을 보고 있다는 사실이 어머니의 시선에 의해 인증되어야―어머니가 거울 속에서 거울을 보는 자신을 보고 있어야―상상적인 시선이 완결된다.

브륄레의 '증식' 능력은 어머니인 빅 맘의 능력이자, 빅 맘 해적단을 이루는 자식들의 능력이기도 하다. 행적이 비교적 자세히 소개된 인물들을 살펴보자. 스위트 3장성이라 불리는 대간부는 카타쿠리, 크래커, 스무디다. 밀가루 대신인 차남 샬롯 카타쿠리는 쫀득쫀득열매 능력자로 자신의 몸을 이리저리 늘이고 더해서 싸운다. 비스킷 대신인 10남 샬롯 크래커는 비스킷비스킷열매 능력자로 무수한 팔다리를 가진 거인으로 등장한다. 여덟 개의 팔에 검 여섯, 방패 둘을 들고, 네 개의 발로 빠르게 움직이며 루피와 싸운다. 루피가 거인을 쓰러뜨리자, 그 속에서 크래커 본체가 나왔다. 앞의 거인은 그가 만든 크래커 갑주에 불과했다. 그는 무수한 크래커 병사들을 만들어서 루피와 싸운다. 주스 대신인 14녀 스무디는 즙즙열매 능력자로 수분을 짜내어 적을 미라로 만들거나 짜낸 즙을 몸에 담아 거대한 크기로 자랄 수 있다. 하나의 몸을 큰 사이즈로 증식시킨 셈이다. 장남 샬롯 페로스페로는 할짝할짝열매를 먹은 캔디 대신으로 몸에서 끈끈한 설탕물을 무한히 낼 수 있다. 밍크족 페드로의 자폭으로 오른팔을 잃자 설탕으로 가짜 팔을 만들어내기도 했다. 3남 샬롯 다이후쿠는 램프램프열매를 먹은 콩 대신으로 갖고 있는 램프를 문질러 램프의 마인을 소환해서 싸운다. 4남 샬롯 오븐은 열열열매를 먹은 노릇노릇 대신으로 몸에서 무한정한 열을 낼 수 있다. 몸을 늘리거나 여러 개의 몸을 만들고, 잘려 나간 몸을 채우거나 몸에서 무한정한 에너지를 내고, 몸을 부풀리거나 다른 몸을 소환하고… 이 모두가 증식에 해당한다고 하겠다.

자식들은 부모의 증식이기도 하다. 보르헤스는 이렇게 말했다. "거울과 부성(아버지성)은 가증스러운 것이다. 왜냐하면 그들은 눈에 보이는 세계를 증식시키고, 마치 그것을 사실인 양 일반화시키기 때문이다."(호르헤 루이스 보르헤스, 《픽션들》,

220쪽) 보르헤스의 말을 교정하자면, 거울에 빗댈 수 있는 것은 아버지가 아니라 어머니일 것이다. 신체를 증식하는 것은 상징계에 속한 아버지가 아니라 상상계에 속한 어머니의 일이기 때문이다. 빅 맘의 자식들이 모두 어머니의 슬하에만 속하듯이.

거울의 능력3—다차원

마지막으로 다차원에 관해서 살펴보자. 쵸파와 밍크 족(獸人) 토끼인간 캐럿을 사로잡은 브륄레는 이들을 '미러 월드'(거울 속 세계)에 있는 자기 집으로 데려간다. 마녀답게, 거대한 솥단지에 이들을 넣어 잡아먹으려는 것이다. 쵸파와 캐럿의 활약으로 브륄레는 끓는 물을 뒤집어쓰고 감전을 당해서(이름처럼 그녀는 화상을 입는다) 사로잡힌 신세가 된다. 이때부터 미러 월드는 밀짚모자 일행이 빅 맘의 영지 이곳저곳을 오가는 통로가 된다. 이것은 다른 차원의 비유다. 거울 속은 거울 바깥의 삼차원적 공간과는 무관한 다른 차원의 세계다. 2차원의 개미에게는 3차원의 우리가 신이다. 우리는 개미가 모르는 3차원에서 나타나 개미를 집어 올릴 수 있다. 다른 개미들은 결코 눈치챌 수 없는 다른 차원의 개입이다. 거울 속 세계 역시 삼차원의 공간과는 다른 특별한 차원을 품고 있다. 현실 세계(3차원

세계)의 이곳저곳에 나타나는 다른 차원의 세계이기 때문이다. 미러 월드의 주인공인 브륄레에게 미러 월드는 거울이 있는 곳이면 어디든 통해 있는 네 번째 차원의 세계인 것이다. 브륄레는 3차원 세계에 사는 우리로서는 그 출몰을 이해할 수 없는 다른 차원의 상상적인 신인 셈이다.

거울 속 세계는 본래 무시간성의 세계다. 그것은 3차원 공간만을 반영할 뿐 1차원의 시간은 반영하지 않기 때문이다. 그런데 브륄레의 미러 월드는 조금 다르다. 미러 월드는 현실 세계와 거울을 통해서 연결된 또 다른 현실 세계다. 포로 신세에서 풀려난 브륄레는 거울을 통해 미러 월드의 이곳저곳에 출현한다. 그러니까 미러 월드가 현실 세계의 3차원적 공간의 이곳저곳에 출현하는 다른 세계인 것과 마찬가지로, 현실세계 역시 미러 월드의 3차원적 공간의 이곳저곳에 출현하는 다른 세계인 셈이다. 둘은 위상적으로 같다.

보로메오의 고리

보로메오의 고리(Borromean rings)라고 불리는 그림이다. 르네상스 시대에 유명했던 가문인 보로메오 가문의 문장(紋章)이다. 라캉은 세 개의 고리가 서로 얽혀서 동형의 구조를 이룬 이 그림이 상상계, 상징계, 실재계를 표현한다고 보았다. 각각

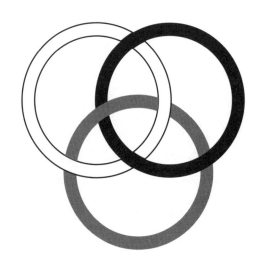

의 원에 상상, 상징, 실재계라는 이름을 배당하고 나면, 우리
는 세 세계가 동등한 위상을 가지고 서로 들고나는 국면을 목
격한다. 이 과정에서 의미와 무의미가, 존재와 비존재가, 쾌락
과 주이상스—주이상스란 고통과 함께 체험되는 특별한 성격
의 쾌락을 말한다—가, 자아와 주체와 타자가 교환된다. 브릴
레의 거울은 이처럼 세 겹으로 중첩된 거울의 한쪽이었다고
할 수 있다. 다른 두 개의 차원과 들고나는 이세계의 입구로서
말이다.

다른 이들을 구분하는 마음을 이해할 수가 없어

Mr.2 봉쿠레, 이반코프와 '뉴하프'

다시, 변증법의 하나 둘 셋

밀짚모자 해적단 이야기로 글을 시작했으니 이들의 이상에 공감하는 몇몇 동료 얘기로 끝을 맺도록 하자. 무력에 따른 철저한 위계(位階) 조직을 추구하는 다른 해적단과 달리, 밀짚모자 해적단은 우정에 기초한 평등한 조직을 추구한다고 말한 바 있다. 평등이란 '구별'하되 '차별'하지 않는 것이다. 하나가 둘로, 둘이 (최초의 둘을 매개하는) 셋으로 나뉘면서 이 셋이 큰하나가 되어 새로운 운동을 시작하는 것—이런 운동을 변증법이라고 부른다는 것도 앞에서 말했다. 우리는 알게 모르게 변증법적으로 사고하는 데 익숙해져 있다. 가위바위보가 서로 맞물리는 두 개의 대립물을 세 번 중첩함으로써 이루어져 있

는 것, 신호등이 대립물(빨간색과 파란색)로 넘어갈 때 매개물
(노란색)을 갖는 것, 주역의 논리가 하나(태극)에서 둘(음양)로
나뉜 후에 넷이 아니라 여덟($8=2^3$)으로 가는 것, 신화가 하늘
과 땅만이 아니라 둘을 매개하는 제3의 영역(바다, 세계수, 동
굴…)을 갖는 것, 상징과 실재가 상상의 영역을 통해서 매개되
는 것, 관념철학에서 이성과 감성이 상상력에 의해 매개되는
것, 기독교에서 성부와 성자의 분열이 성령으로 인해 통합되
는 것… 이 모두가 변증법의 논리다.

　　밀짚모자 해적단의 구성원들 역시 변증법에서 말하는 셋
의 논리로 이루어져 있다. 다시 상기해보자. ① 해적단의 주요
전투원인 루피, 상디, 조로는 몸과 몸의 일부와 몸의 연장(무
기)으로 싸운다. 몸의 3분할이다. ② 싸움은 당연히 해적단원
전체로 확산되는데, 이들은 악마의 열매 능력으로 싸우는 능
력자(루피, 로빈), 타고난 신체적 능력으로 싸우는 비능력자(조
로, 상디), 무력한 신체를 가졌으나 머리로 싸우는 비능력자(우
숍, 나미)로 나뉜다. ③ 이들이 가진 지식도 세 종류다. 현실적
인 지식에 해박한 선원(나미, 쵸파, 프랑키, 우숍)이 있고 현실적
인 지식을 갖추지 못한 선원(루피, 조로)이 있으며, 비현실적인
지식을 추구하는 선원(로빈)이 있다. ④ 구성원들은 사람과 동
물(쵸파)과 그 중간(어인인 징베)으로 이루어져 있다. 나아가 이
들은 ⑤ 산 자와 죽은 자(브룩)와 (처음부터 생명이 없는) 사물과

결합한 자(프랑키)로 이루어져 있기도 하다.

그런데 삼두인간 '바스카빌' 편에서 말했듯이 변증법은 분열의 논리이기도 하다. 이것은 하나 안에 내재한 둘을 읽는 논리이므로, 필연적으로 갈등과 투쟁을 낳는다. 가위바위보는 서로를 쳐부수며, 파란색은 빨간색에 의해 금지되고, 여덟은 예순넷으로 쪼개지며, 바다와 세계수와 동굴은 하늘과 땅을 영원히 갈라놓는다. 상상은 실재도 상징도 포괄하지 못하며, 상상력은 이성과 감성을 통합하지 못하고, 성부와 성자와 성령은 성모의 자리를 추방해버린다. 변증법은 분열과 감산(減算)의 논리이기도 한 것이다. 이 반대의 논리, 채움과 가산(加算)의 논리가 가능할까?

변증법에서 사랑으로―플라톤의 '향연'

가능하다. 변증법의 운동순서를 바꾸면 된다. 《향연》이 전하는 유명한 이야기로 가보자. 인간의 기원, 더 정확히는 기원의 기원에 대한 이야기다.

오래전 우리들의 본성은 바로 지금의 이것과 같은 것이 아니라 다른 유의 것이었네. 우선 인간들의 성(性)이 셋이었네. 지금처럼 둘만, 즉 남성과 여성만 있는 게 아니라 이 둘을 함께 가진 셋째

성이 더 있었는데, 지금은 그것의 이름만 남아 있고 그것 자체는 사라져버렸지. 그때는 남녀추니가 이름만이 아니라 형태상으로도 남성과 여성 둘 다를 함께 가진 하나의 성이었지만, 지금은 그것의 이름이 비난하는 말 속에 들어 있는 것을 빼고는 남아 있지 않네.

그다음으로 각 인간의 형태는 등과 옆구리가 원형을 이룬 둥근 전체였네. 네 개의 팔, 그리고 팔과 같은 수의 다리, 그리고 원통형의 목 위에 모든 면에서 비슷한 두 개의 얼굴을 가지고 있었네. 서로 반대 방향을 향해 있는 두 얼굴 위에 한 개의 머리, 그리고 네 개의 귀, 두 개의 치부(恥部), 그리고 다른 것들도 전부 이것들로부터 누구라도 미루어 짐작할 만한 방식으로 가지고 있었네. 지금처럼 곧추 서서 두 방향 중 어느 쪽으로든 원하는 대로 걸어다녔고, 빨리 달리기 시작할 때는 마치 공중제비 하는 사람들이 다리를 곧게 뻗은 채 빙글빙글 돌아가며 재주를 넘는 것처럼 그때는 여덟 개였던 팔다리로 바닥을 디뎌 가면서 재빨리 빙글빙글 굴러다녔네.

플라톤, 《향연》, 93-94쪽

이 최초의 인간들은 "힘이나 활력이 엄청났고 자신들에 대해 대단한 생각(자만심)을 가지고 있었으며, 신들을 공격"하곤 했다. 이 때문에 신들의 고민이 깊었다.

제우스와 다른 신들은 그들에 대해 무슨 일을 해야 할지를 숙의하면서 어쩔 줄 몰라 막막해 하고 있었네. 그들을 죽이거나 거인들에게 그랬던 것처럼 벼락을 쳐서 그 족속을 싹 없애버릴 수도 없었고(그렇게 되면 인간들에게서 그들이 받는 숭배와 제사가 싹 없어져버리게 될 테니까 말일세), 또 그렇다고 제멋대로 구는 것을 그냥 내버려둘 수도 없었거든. 그래서 제우스가 간신히 생각을 짜내어서는 다음과 같이 말했네. '어떻게 하면 인간들이 계속 살아 있으면서도 힘이 약해져서 방종을 멈추게 될 수 있을지 그 방도를 나는 갖고 있다고 생각한다. 이제 나는 그들 각각을 둘로 자르겠다. 그러면 한편으로는 그들이 약해지면서 동시에 다른 한편으로는 그 수가 더 많아지게 되어 우리에게 더 쓸모 있게 될 것이다. 그리고 그들은 두 다리로 곧추 서서 걸어 다니게 될 것이다. 그런데도 여전히 그들이 제멋대로 구는 걸로 보이고 얌전히 있으려 하지 않을 때는 다시 한번 더 둘로 자르겠다. 그렇게 되면 그들은 외다리로 서서 겅중거리며 걸어 다니게 될 것이다.'

이렇게 말하고서 그는 인간들 각각을 둘로 자르는데, 그건 마치 마가목 열매들을 말려 저장하려고 자르는 자들이 하듯 혹은 마치 터럭으로 계란을 자르는 자들이 하듯 했네. 각 인간을 자를 때마다 그는 아폴론에게 (그 인간이 자신의 잘린 곳을 바라보면서 더 질서 있는 자가 되게 하기 위해서) 그 얼굴과 반쪽 목을 잘린 곳 쪽으로 비틀어 돌려놓으라고 명했고, 또 다른 것들을 치료해주라고 명했네. 그러자 아폴론은 얼굴을 비틀어 돌려놓았고, 마치 끈으로 돈 주머니를 졸라매듯 몸의 모든 곳으로부터 살가죽을 지금 배라고 불리는 것 쪽으로 끌어 모아서는 배 한가운데에 꽉 묶어 주둥이 하나를 만들어놓았는데, 바로 그걸 사람들은 배꼽이라 부르지.

그런데 이제 그들의 본성이 둘로 잘렸기 때문에 반쪽 각각은 자신의 나머지 반쪽을 그리워하면서 줄곧 만나려 들었네. 서로 팔을 얼싸 안고 한데 뒤엉켜 한 몸으로 자라기를 욕망하다가 결국에는 상대방과 떨어진 채로는 아무것도 하고 싶어하지 않았기 때문에 굶어서 혹은 다른 아무 일도 하지 않음으로 해서 죽어갔네.

플라톤, 같은 책, 95 - 96쪽

이것을 타락의 신화로 읽으면 최초의 인간이 지금의 인간이 되는 데에 변증법에서 말하는 분열이 있었다고 말하게 될 것이다. 태초의 하나가 둘로 나뉘었으며, 이로써 남녀, 남남, 여여가 생겨났다. 그래서 한 사람은 다른 사람을 만나서 자식을 낳거나(남녀의 경우), 같이 있을 때 생기는 만족감을 느끼거나(남남과 여여의 경우) 한다(이 신화를 전하는 아리스토파네스는 여여의 경우는 여성 '동성애'이고, 남남의 경우는 '사내다움'이라고 설명한다. 시대가 사유에 그어놓은 한계선이다). 그런데 실제로 이 신화는 거꾸로 읽어야 한다. 최초의 인간은 처음부터 복수(複數)로, 이를테면 세 개의 성(性)—남남, 여여, 남녀—으로 존재했다(셋의 출현). 지금의 인간은 최초인의 절반이며(남녀, 둘의 출현), 그래서 최초인으로 돌아가고 싶어한다.(하나로의 회귀) 그게 사랑이다. 이것은 변증법의 반대 순서를 따른다. 게다가 지금의 인간은 분리되기 이전의 하나가 되려고 하고(둘이 하나가 되기), 그 자신을 반쪽이라 여기며(2분의 1이 되기), 그것도 아니면 반의 반쪽이 될 뻔했다(제우스가 지금의 인간도 둘로 나누어 4분의 1로 만들려고 했다). 배꼽도 그런 증거다. 본래 배꼽은 탯줄을 자른 자리다. 곧 배꼽은 원초부터 어떤 단절과 분리가 있었다는 변증법적인 표식이다. 그런데 이 신화에서의 배꼽은 주변의 살가죽을 그러모아 만든, 그래서 지금의 인간이 반쪽밖에 되지 않는다는 것을 증거하는 봉합의 표식이다.

변증법은 이렇게 요약될 수 있다. 하나가 분열하여 그 자신의 대립물인 둘이 되고, 둘이 매개물이자 화해물인 또 다른 하나를 통해서 큰 하나가 되기. 하나에서 둘로, 둘에서 다시 셋으로. 비유컨대 하나의 인간이 남녀로 분열되고, 이 둘이 다시 결합하여 분열/화해의 상징인 제3의 인간(자식)을 낳는 것이다. 자식은 부모의 사랑의 증거(화해물)이지만, 둘이 영원히 하나가 되지 못한다는 증거(분열의 확증)이기도 하다. 그리스 신화는 이것의 신화적 표현이기도 하다. 지어미이자 어머니인 대지모신/ 자식이자 지아비인 하늘신/ 아버지에게 잡아먹히는 운명을 겨우 모면한 후에 아버지를 거세함으로써 권력을 쥔 아들신, 이 셋의 구도가 바로 변증법의 구도이다. 그런데 저 신화의 논리는 다르다. 본래부터 남녀양성 혹은 남남, 여여인 세 종류의 인간이 있었고, 이들이 쪼개져 둘(남과 여)이 되었으며, 그래서 최초의 하나가 되려고 한다. 셋이 둘로, 다시 하나로. 《향연》의 신화는 바로 이것이 사랑의 논리라고 말한다.

나는 ½이야!—뉴하프 Mr.2 봉쿠레

최초 인간의 후예라도 되는 듯이 자신을 '절반'이라고 소개하는 인물이 있으니, Mr.2 봉쿠레(Bon Kurei)이다. 그의 본명은 벤담(Bentham)이며 바로크 워크스의 조직원으로 처음 등장했다. 바로크 워크스는 칠무해의 한 사람인 크로커다일이 지배하는 비밀스러운 회사로 암살, 절도, 첩보, 현상수배범 추적 등의 범죄 임무를 수행한다. 점조직으로 운영되며, 간부들에게는 코드명이 부여되어 있다. 남자 간부들에게는 Mr.0에서 Mr.12까지의 번호가 부여되어 있고, 여자 간부들에게는 Ms.더블 핑거(1월 1일), 골든 위크(황금 연휴), 메리 크리스마스, 발렌타인 데이, 마더즈 데이, 파더즈 데이, 그 이하에는 먼데이에서 새러데이까지의 이름이 붙어 있다. 남녀 사원들은 짝을 이루고 있는데, Mr.2 봉쿠레만 짝이 없다. 그는 남자이자 여자인 뉴하프(New-half)이기 때문이다. 뉴하프는 한국어 번역본의 용어이며, 일본에서는 오카마(여장 남자)라고 소개되었다(실제로 그는 여장남자다). 뉴하프는 트랜스젠더를 이르는 이름이므로 잘못된 번역어이지만, 글자 그대로 읽으면 '새로운 절반'을 뜻하므로 창조적인 오역의 사례이기도 하다.

그는 복사복사열매 능력자로 오른손으로 자기 얼굴을 만지면 다른 사람의 모습으로 변신하고, 왼손으로 만지면 본래의 자기 얼굴로 돌아오는 능력을 가졌다. 양손을 번갈아 쓰면서 타인과 자신을 왕복하는 2분의 1 인간인 셈이다. 처음에는 이 능력으로 바로크 워크스에서 부여된 악한 임무들을 수행하지만, 바로크 워크스가 해체되고 난 후에는 루피의 가장 충실한 친구가 되어 헌신적이고 자기희생적인 과업을 실천한다. 알라바스타에서는 해군의 추격을 받은 루피를 탈출시키고 대신 체포되어 임펠 다운에 수감되고, 임펠 다운에서는 형을 탈옥시키려고 잠입한 루피를 또 한 번 탈출시키고 또다시 해군에게 잡힌다. 코믹한 비호감 캐릭터에서 〈원피스〉 사상 가장 멋진 대사인 "친구니까! 이유 따위, 더는 필요 없어!"를 날리는 숭고한 캐릭터로 변신하는 순간이다.

친구니까! 선장 루피가 늘 자신의 선원들에게 하는 이 말을 한 때는 적이었던, 그리고 딱히 동료가 될 까닭도 계기도 없었던 봉쿠레가 말할 때, 독자는 반신반의하다가 깨닫는다.

루피의 입으로 듣는 말보다 봉쿠레의 이 말이 훨씬 더 숭고하다는 사실을, 루피가 말하는 친구나 동료는 평등한 구성원끼리의 연대(하나 더하기 하나 더하기 하나…)이지만, 봉쿠레가 말하는 친구는 자신의 절반(2분의 1 더하기 2분의 1)에 대한 호명이라는 것을 말이다. 이것이 어쩌면 '우정'과 '사랑'의 차이일 것이다.

봉쿠레는 임펠 다운의 감옥서장인 마젤란의 독에 당한 루피를 목숨을 걸고 구해내고, 고통스러운 해독치료를 받느라 사경을 헤매는 루피의 방을 지키며 하루 종일 그를 목이 터져라 응원했으며, 마침내 마젤란으로 변신해서 정의의 문을 열어 루피 일행을 탈출시키고는 그 자리에서 붙잡힌다.

이 숭고한 실천을 어찌 '사랑'이라고 부르지 않을 수 있겠는가. 여섯 개의 레벨에 따라 중죄인들을 가두고 있는 임펠 다운은 '지옥'을 형상화한 해저 감옥이다. 봉쿠레는 다시 열리지 않을 지옥에 영원히 갇히는 길을 선택했다. 자신의 2분의 1인 루피를 내보내기 위해서.

나는 새로운 인류야!—뉴커머 엠포리오 이반코프

마젤란의 독에 당해서 죽어가던 루피는 봉쿠레의 조력으로 뉴하프만 왕국의 왕/여왕 엠포리오 이반코프와 그 일당에게 구원을 받는다. 뉴커머는 신인류를 뜻하며, 이반코프는 호르호르열매 능력자로 호르몬 주사를 통해 죽어가는 이를 살리기도 하고 남자와 여자의 성별을 바꾸기도 한다.

(너는 나와) '다르다'에 가치판단이 개입하면 '(나는) 옳고 (너는) 틀렸다'로 변하고 만다. 538화의 무명의 해적은 자신이 전락한 까닭을 뉴하프 탓으로 돌리지만, 그것이 어찌 뉴하프 탓이겠는가. 뉴하프를 차별하는 불평등한 사회의 탓이다. 반면 이반코프는 남자든 여자든 뉴하프든 원하는 인간이 되면 된다고, 성별의 경계를 이미 초월했다고 말한다. 인간이란 남자든 여자든 뉴하프든 차별되지 않는 하나였으며, 지금 2분의 1이 되었다고 해도 그 경계들을 '초월'해야, 다시 말해서 차별하지 않고 타인을 자신의 다른 2분의 1이라고 인정해야 진정한 신인류가 된다. 이반코프는 서로의 다름을 인정하고 그 경계를 넘어서는 것이 사랑이고 자유라는 사실을 설파하고 있다. 사랑이란 내 자신이 하나가 아니라 2분의 1임을 아는 일, 그래서 다른 이와 만나서 하나로 세어지는 일이며, 자유란 나와 네가 아무런 차별 없이 서로를 넘나드는 일, 그렇게 하나가 되는 일이다.

이 경지에 이르면 이미 싸움과 사랑은 한 가지 일의 두 가지 표현이 된다. 봉쿠레가 구사하는 뉴하프 권법은 발레 동작을 본뜬 것으로 '마취의 백조 무도회' '백조 아라베스크' '그 여

름날의 회상록' '그 겨울 하늘의 회상록'과 같은 서정적이고 정
감어린 이름들을 갖고 있다. 이반코프의 '데스 윙크'(죽음의 윙
크)는 큰 얼굴로 날리는 윙크로 거대한 바람을 일으키는 기술
이며, '헬 윙크'(지옥의 윙크)는 안면성장 호르몬으로 얼굴을 거
대화한 다음에 날리는 윙크로 충격파를 내는 기술이며, '갤럭
시 윙크'는 안면 스펙트럼이란 기술로 여러 개의 얼굴을 만들
어(실제로는 얼굴을 빠른 속도로 움직여서 잔상을 불러내는 것이다)
사방에 윙크를 날리는 기술이다. 이들에게는 전투와 사랑의
현장이 둘이 아닌 것이다.

구분하는 걸 이해할 수 없어!—늑대고기인어 덴

뉴하프가 여전히 논쟁이 되는 사회는 불행한 사회다. 같
은 인간 사이에서도 분열이 있고, 그 분열된 둘에 속하지 않는
제3의 자리를 인정하지 않는 사회는, 다른 모든 차원에서도 동
일한 차별을 저지른다. 성 차별, 지역 차별, 외국인 차별, 계급
차별… 분리는 점점 불가역적인 것이 되고, 이 분열을 매개하
거나 통합하는 제3의 자리는 추방된다. 우리가 '하나'에서 갈
라져 나왔다는 생각도 이데올로기다. 차라리 우리가 처음부터
여럿인 하나였다고, 그래서 지금의 '나'는 하나가 아니라 2분
의 1이거나 8분의 1이라고 말하는 것이 더 좋을 것이다.

원피스 세계에서는 인간과 동물을 차별하지 않는다. 사람처럼 생각하고 말하는 동물들(밍크 족)이 있는가 하면, 물고기와 인간의 중간형들도 있다. 중간형에도 또 다른 '구별'이 있다. 상반신이 인간, 하반신이 물고기인 인어가 있는가 하면, 인간과 물고기의 합체형인 어인도 있다. 덴은 늑대고기인어이고 덴의 형인 톰은 복어인어다. 둘이 서로 닮지 않았음을 의아해하는 프랑키에게 덴은 이렇게 설명한다. 인어와 어인의 유전자에는 서로 다른 물고기의 기억이 아로새겨져 있다고. 그 기억이 발현되면 문어 인어에게서 상어 인어가 태어나기도 하고, 늑대고기 인어와 복어 인어가 한 배에서 태어나기도 한다. '기억'이라고 표현하고 '유전정보'라고 읽지만, 이것은 앞에서 읽은 최초 인간의 신화에 나오는 기원(맨 처음 2분의 1이 된 인간의 조상)의 기원(그 전의, 머리 둘에 팔다리가 여덟인 원형 인간)과도 통하는 얘기다. 그 기원이 명확히 밝혀지지 않았으나 이후의 파생형을 통해서만 짐작되는 그런 기원, 자손의 표현형을 통해서 그 자신이 복수(複數)인 하나임을 증언하는 그런 기원 말이다. 이들의 입장에서는 "인간들이 다른 형상의 이들을 구분하고 싶어하는 마음"은 애당초 "이해할 수 없"는 마음이다. 나는 이것이 원피스가 우리에게 전해주는 가장 아름다운 전언이라고 믿는다.

부록

1. 인용한 책들

〰〰〰〰〰

개빈 헤스케스, 《입자 동물원》, 배지은 옮김, 반니, 2017.

게오르그 빌헬름 프리드리히 헤겔, 《정신현상학》 1권, 임석진 옮김, 한길사, 2005.

고트프리트 라이프니츠, 《형이상학 논고》, 윤선구 옮김, 아카넷, 2010.

김석, 《에크리 – 라캉으로 이끄는 마법의 문자들》, 살림, 2007.

데이비드 보더니스, 《$E=mc^2$》, 김민희 옮김, 생각의나무, 2010.

데이비드 흄, 《오성에 관하여》, 이준호 옮김, 서광사, 1994.

르네 데카르트, 《성찰》, 이현복 옮김, 문예출판사, 1997.

르네 데카르트, 《정념론》, 김선영 옮김, 문예출판사, 2013.

리사 랜들, 《숨겨진 우주》, 이민재 외 옮김, 사이언스북스, 2008.

마르틴 하이데거, 《이정표 1》, 신상희 옮김, 한길사, 2005.

마르틴 하이데거, 《존재와 시간》, 이기상 옮김, 까치, 1998.

미치오 카쿠, 《아인슈타인의 우주》, 고중숙 옮김, 승산, 2007.

미하일 바흐친, 《프랑수아 리블레의 작품과 중세 및 르네상스의 민중문화》, 이

　덕형 · 최건영 옮김, 아카넷, 2001.

박찬부,《라캉: 재현과 그 불만》, 문학과지성사, 2006.

베네딕트 데 스피노자,《에티카》, 강영계 옮김, 서광사, 2007.

브라이언 그린,《엘러건트 유니버스》, 박병철 옮김, 승산, 2004.

브라이언 그린,《우주의 구조》, 박병철 옮김, 승산, 2005.

브루스 핑크,《에크리 읽기: 문자 그대로의 라캉》, 김서영 옮김, 도서출판b,
　2007.

사사키 아타루,《잘라라, 기도하는 그 손을》, 송태욱 옮김, 자음과모음, 2012.

쇠렌 키르케고르,《불안의 개념》, 임규정 옮김, 한길사, 1999.

슬라보예 지젝,《그들은 자기가 하는 일을 알지 못하나이다》, 박정수 옮김, 인
　간사랑, 2004.

슬라보예 지젝,《부정적인 것과 함께 머물기》, 이성민 옮김, 도서출판b, 2007.

슬라보예 지젝,《잃어버린 대의를 옹호하며》, 박정수 옮김, 그린비, 2009.

슬라보예 지젝,《죽은 신을 위하여》, 김정아 옮김, 도서출판 길, 2007.

아리스토텔레스,《형이상학》, 조대호 옮김, 도서출판 길, 2017.

양윤의,《포즈와 프러포즈》, 문학동네, 2013.

에드문트 후설,《유럽학문의 위기와 선험적 현상학》, 이종훈 옮김, 한길사,
　2015.

에른스트 카시러,《상징형식의 철학 2권 신화적 사유》, 박찬국 옮김, 아카넷,
　2014.

윌리스 반스토운 편,《숨겨진 성서 1》, 이동진 옮김, 문학수첩, 1994.

이성복,《남해 금산》, 문학과지성사, 1986.

이정우,《개념 - 뿌리들》 2권, 철학아카데미, 2004.

이정우,《세계 철학사 1》(개정판), 도서출판 길, 2018.

임마누엘 칸트,《순수이성비판》 1권, 백종현 옮김, 아카넷, 2006.

임마누엘 칸트,《실천이성비판》, 백종현 옮김, 아카넷, 2009.

자크 데리다,《그라마톨로지》, 김성도 옮김, 민음사, 2010.

자크 데리다, 《환대에 대하여》, 남수인 옮김, 동문선, 2004.

제논 외, 《소크라테스 이전 철학자들의 단편 선집》, 김인곤 외 옮김, 아카넷, 2005.

조엘 도르, 《라깡 세미나 에크리 독해》, 홍준기·강응섭 옮김, 아난케, 2009.

조철수, 《메소포타미아와 히브리 신화》, 도서출판 길, 2000.

주돈이, 《태극도설》

줄리 메이비, 《헤겔의 변증법》, 전기가오리, 2018.

지그문트 프로이트, 《정신분석학의 근본 개념》, 윤희기 옮김, 열린책들, 2004.

질 들뢰즈, 《스피노자의 철학》, 박기순 옮김, 민음사, 2001.

질 들뢰즈, 《천 개의 고원》, 김재인 옮김, 새물결, 2001.

짐 배것, 《기원의 탐구》, 박병철 옮김, 반니, 2017.

콘스탄틴 밤바카스, 《철학의 탄생》, 이재영 옮김, 알마, 2008.

테리 이글턴, 《악》, 이매진, 오수원 옮김, 2015.

테오도르 아도르노, 《미니마 모랄리아 – 상처받은 삶에서 나온 성찰》, 김유동 옮김, 도서출판 길, 2005.

플라톤, 《국가》, 박종현 옮김, 서광사, 2005.

플라톤, 《파이드로스》, 조대호 옮김, 문예출판사, 2008.

플라톤, 《향연》, 강철웅 옮김, 이제이북스, 2010.

한스 그라스만, 《쿼크로 이루어진 세상》, 염영록 옮김, 생각의나무, 2002.

호르헤 보르헤스, 《상상동물 이야기》, 남진희 옮김, 까치, 1994.

호르헤 보르헤스, 《픽션들》, 황병하 옮김, 민음사, 1994.

홍준기, 《라캉, 클라인, 자아심리학》, 새물결, 2017.

2. 악마의 열매

가스가스열매 → 시저 클라운

개개열매 늑대 → (재브라)

개개열매 닥스훈트 → (래스)

개개열매 자칼 → (챠카)

거울거울열매 → 샬롯 브륄레

격려격려열매 → 벨로 베티

고무고무열매 → 루피

그림자그림자열매 → 겟코 모리아

꽃꽃열매 → 로빈

눈눈열매 → 하피

늪늪열매 → 카리브

도톰도톰열매 → 바솔로뮤 쿠마

독독열매 → 마젤란

동강동강열매 → 버기

고양고양열매 레오파드 → 로브 루치

코끼리코끼리열매 고대종 매머드 → 잭

개개열매 환수종 구미호 → (카타리나 데본)

새새열매 환수종 불사조 → 마르코

뒤로뒤로열매 → 아인

램프램프열매 → 샬롯 다이후쿠

마그마그열매 → 사카즈키

매료매료열매 → 보아 핸콕

모래모래열매 → 크로커다일

무기무기열매 → 베이비5

문문열매 → 블루노

물고기물고기열매 모델 청룡 → 카이도

뭉게뭉게열매 → 스모커

바위바위열매 → 피카

배리어배리어열매 → 쿠로즈미 세미마루 → 바르톨로메오

뱀뱀열매 아나콘다 → 보아 썬더소니아

뱀뱀열매 킹코브라 → 보아 마리골드

번개번개열매 → 에넬

번쩍번쩍열매 → 보르살리노

반짝반짝열매 → 조즈

복사복사열매 → 쿠로즈미 히구라시 → 봉쿠레

부활부활열매 → 브룩

비스킷비스킷열매 → 샬롯 크래커

사람사람열매 대불 → 센고쿠

사람사람열매 니카 → 루피

사람사람열매 → 쵸파

성성열매 → 카포네 벳지

소울소울열매 → 샬롯 링링

수술수술열매 → 트라팔가 로

숲숲열매 → 로쿠규 아라마키

실실열매 → 도플라밍고

아트아트열매 → 조라

어둠어둠열매 → 티치

얼음얼음열매 → 쿠잔

열열열매 → 샬롯 오븐

용용열매 모델 알로사우루스 → X 드레이크

우걱우걱열매 → 와포루

이글이글열매 → 에이스 → 사보

즙즙열매 → 샬롯 스무디

짚짚열매 → 바질 호킨스

쫀득쫀득열매 → 샬롯 카타쿠리

촤촤열매 → 갤디노

쿠궁쿠궁열매 → 잇쇼

톤톤열매 → 마하 바이스

투명투명열매 → 압살롬 → 시류

펄럭펄럭열매 → 디아만테

푸시푸시열매 → 몰리

하비하비열매 → 슈거

할짝할짝열매 → 샬롯 페로스페로

헤엄헤엄열매 → 세뇨르 핑크

호르호르열매 → 엠포리오 이반코프

홀로홀로열매 → 페로나

흔들흔들열매 → 에드워드 뉴게이트

3. 고유명사 찾아보기

(괄호 안은 직위 혹은 별명)

4. 인명 찾아보기

원피스로 철학하기

1판 1쇄 인쇄 2024년 1월 3일
1판 1쇄 발행 2024년 1월 10일

지은이 권혁웅
펴낸이 박강휘 고세규

편집 정혜경 **디자인** 정윤수 **마케팅** 이헌영 **홍보** 반재서
발행처 김영사
등록 1979년 5월 17일(제406-2003-036호)
주소 경기도 파주시 문발로 197(문발동) 우편번호10881
전화 마케팅부 전화 031)955-3100 **편집부** 031)955-3200 **팩스** 031)955-3111

책값은 뒤표지에 있습니다.
ISBN 978-89-349-4626-7 03810

홈페이지 www.gimmyoung.com **블로그** blog.naver.com/gybook
인스타그램 instagram.com/gimmyoung **이메일** bestbook@gimmyoung.com

좋은 독자가 좋은 책을 만듭니다.
김영사는 독자 여러분의 의견에 항상 귀 기울이고 있습니다.